dtv

»Vor einem Jahr erfüllte ich mir einen langgehegten Wunsch und fuhr mit der Bahn nach Petersburg. Ich teilte das Abteil mit einer frischfrisierten Russin, ihrem Mann und einem Deutschen.« Hoffmann heißt dieser deutsche Mitreisende – und er hinterläßt der Erzählerin nach einer wilden Nacht zwischen Bialystok und Pskow eine Mappe voller literarischer Phantasien: »Hoffmanns Erzählungen« – so hätte man dieses fabelhafte, fabulöse Prosa-Debut des jungen Berliner Autors Ingo Schulze wohl auch augenzwinkernd nennen können. Er erzählt von einer Stadt, die Generationen von Schriftstellern, Künstlern, Musikern – und Lesern – fasziniert hat. Einer Stadt, wo aus jedem Kanaldeckel die Geschichte hervorzuquellen und jede Mauer von einer feinen Patina überzogen scheint.

Ingo Schulze, 1962 in Dresden geboren, Studium der klassischen Philologie in Jena, bis 1990 Dramaturg am Landestheater Altenburg. 1993 als Journalist für ein halbes Jahr in Sankt Petersburg. Seither lebt er als freier Autor in Berlin. Für ›33 Augenblicke des Glücks‹ wurde er mit dem Alfred-Döblin-Förderpreis und dem Ernst-Willner-Preis des Ingeborg-Bachmann-Wettbewerbs ausgezeichnet. 1995 erhielt er den ›aspekte‹-Literaturpreis.

Ingo Schulze

33 Augenblicke des Glücks

Aus den abenteuerlichen
Aufzeichnungen der Deutschen
in Piter

Deutscher Taschenbuch Verlag

Ungekürzte Ausgabe
August 1997
3. Auflage Juli 1998
Deutscher Taschenbuch Verlag GmbH & Co. KG,
München
Lizenzausgabe mit freundlicher Genehmigung
des Berlin Verlages
© 1995 Berlin Verlag Verlagsbeteiligungsgesellschaft mbH & Co. KG,
Berlin
Alle Rechte vorbehalten
ISBN 3-8270-0050-5
Umschlagkonzept: Balk & Brumshagen
Umschlagfoto: © Gregor M. Schmid
Typographie: Ina Munzinger, Berlin
Druck und Bindung: C. H. Beck'sche Buchdruckerei,
Nördlingen
Gedruckt auf säurefreiem, chlorfrei gebleichtem Papier
Printed in Germany · ISBN 3-423-12354-0

FÜR H. P.

ICH WILL es Ihnen erklären: Vor einem Jahr erfüllte ich mir einen langgehegten Wunsch und fuhr mit der Bahn nach Petersburg. Ich teilte das Abteil mit einer frisch frisierten Russin, ihrem Mann und einem Deutschen namens Hofmann. Die Russen sahen in uns ein Paar, und Hofmann, als der Übersetzer ihrer Fragen und meiner Antworten, ließ sie wohl in diesem Glauben. Ich weiß nicht, was er ihnen noch alles erzählt hat. Sie lachten unentwegt, und die Frau tätschelte meine Wange.

Auch in der Nacht blieb es schwül, die Hemden der Schaffner waren fleckig vor Schweiß, die Fenster beschlagen, schmutzig und im Abteil nicht zu öffnen – angeblich gab es eine Klimaanlage –, und wenn es nicht nach Desinfektionsmitteln stank, dann nach Klo und Zigaretten. Stahlbleche, wie Zugbrücken zwischen den Waggons herabgelassen, schlugen tarrara-tarrara-bsching, tarrara-tarrara-bsching aufeinander, wechselten beim Abbremsen zu tarrara-bsching-bschong, tarrara-bsching-bschong, bis die Puffer aufeinander prallten – unberechenbare, unablässige Stöße, so daß ich nicht schlafen konnte und auch am folgenden Tag, als die Hitze nachließ, wach lag. Wenn Hofmann nicht mit den Russen sprach, blickte er, den Kopf ins Kissen gedrückt, zum Fenster hinaus, wo sich zwischen sumpfigem Brachland und wüsten Wäldern hin und wieder Häuschen zeigten, blau und grün und schief in die Erde gedrückt, und aufgestapelte Scheite hell hinter abgebrannten Wiesen und getünchten Zäunen leuchteten. Von den gelben Fähnchen der Schrankenwärter war oft nur der Holzstab zum Salutieren übriggeblieben.

Am zweiten Abend, bereits in Litauen, lud mich Hofmann plötzlich in den Speisewagen ein. Wie er mir gegenübersaß, dunkelblond, fast grauäugig, mit einer Narbe unterm Kinn, wirkte er selbstsicher. Er bestellte ohne Speisekarte und putzte sein Besteck an den roten Gardinen. Auf die Frage jedoch, wie ein deutscher Geschäftsmann, für den er sich ausgab, dazu komme, mit der Bahn zu reisen, verlor er einen Moment lang

7

alle Leichtigkeit. Er lächelte angestrengt und fixierte mich. Statt zu antworten, begann er weitschweifig von seiner Arbeit für eine Zeitung zu sprechen. Vor allem aber sei er, neben seiner Leidenschaft für den Karaokegesang, ein Literaturliebhaber.

Je weiter wir uns von meiner Frage entfernten, um so unbekümmerter erzählte er, um so phantastischer und unglaubwürdiger erschienen mir seine Geschichten. Er überschüttete mich mit weitausholenden und erläuternden Ratschlägen, was ich unbedingt noch zu lesen hätte, wobei er mich tief seufzend zu meinem Nichtwissen beglückwünschte. »Was du noch alles vor dir hast!« sagte er immer wieder. Wir aßen und tranken viel, es war spottbillig, und alles kam, wie es kommen mußte – tarrara-tarrara-bsching ...

Ich erwachte mit höllischen Kopfschmerzen. Die Sonne schien grell, der Zug stand, eine Station namens Pskow. Hofmanns Bett war abgezogen, die Matratze zusammengerollt. Niemand wollte oder konnte sagen, wo er geblieben war. Wie gewonnen, so zerronnen. Mir war elend. Und so blieb es, selbst als ich diese Mappe, die nun vor Ihnen liegt, hinter meiner Handtasche entdeckte. Ich wußte weder, wie sie dahin gelangt war, noch was ich damit anfangen sollte. Erst wollte ich sie dem Schaffner geben, denn wer weiß, worauf man sich in seiner Unkenntnis einläßt. Dann aber begann ich zu lesen.

Bei allem, was wir einander erzählten, sprach Hofmann auch von täglichen Aufzeichnungen, die er von Petersburg nach Deutschland geschickt habe. Beim Schreiben – er sagte nicht, an wen – habe er sich mehr und mehr der Neigung hingegeben, die Erfindung anstelle der Recherche zu setzen. Denn für ihn, so Hofmann, sei etwas Ausgedachtes nicht weniger wirklich als ein Unfall auf der Straße. Ebenso muß er Geschäftsfreunde und Bekannte ermuntert haben, ihm Episoden zu schildern, was dem Westler in Rußland keine Schwierigkeiten bereitet.

Vielleicht erlag Hofmann auch mir gegenüber seiner Schwäche und fabulierte lieber, statt der Wahrheit die Ehre zu geben. Ich weiß es nicht und kann Ihnen kaum mehr sagen, als daß ich seit einem Jahr vergeblich versuche, ihn zu vergessen. »Und?« werden Sie fragen. »Was geht mich das an?« Als Sie so offenherzig über Ihre Pläne sprachen, kam mir der Gedanke, daß jemand wie Sie dafür sorgen sollte, die Mappe zu publizieren. Überarbeitet ergibt sie bestimmt eine recht kurzweilige Unterhaltung. Und wenn Hofmann noch lebt, wird er sich melden. Eine andere Möglichkeit, ihn wiederzufinden, sehe ich für mich nicht.

Ich bitte Sie herzlich! Leihen Sie diesen Phantasien Ihren Namen! Denn kein Verlag nimmt ein Buch ohne Autor. Die Leute brauchen Fotos, Interviews, sie sind hungrig nach Gesichtern und wirklichen Geschichten. Was bei Ihnen ein erwünschter Effekt sein könnte, wäre mir lästig. Zum einen fühle ich mich der Sache nicht gewachsen, zum anderen gefährde ich ungern meine berufliche Stellung. Sie dagegen haben literarischen Ehrgeiz, sind befähigt zum Umgang mit Texten und verfügen über Freunde, die Ihnen hilfreich zur Seite stehen werden. Vielleicht verdienen Sie auch etwas Geld dabei.

Freiburg i. Br., am 25. 6. 94

Ich habe diesen Brief, leicht gekürzt, vorangestellt, weil er mich aller Erklärungen enthebt. Trotzdem möchte ich anmerken, daß materielle Erwägungen bei der Übernahme der Herausgeberschaft im Hintergrund standen. Wäre ich nicht zu der Überzeugung gelangt, daß die hier versammelten Aufzeichnungen über einen bloßen Unterhaltungswert hinausgingen und die Möglichkeit in sich trügen, die anhaltende Diskussion um den Stellenwert des Glücks zu beleben, hätte ich von dieser Aufgabe Abstand genommen.

I. S.
Berlin, am 10. 6. 95

FRAUEN WIE MARIA begegnet man nur in Illustrierten und Werbespots. Abends wechselte sie im Foyer des Hotels Sankt Petersburg, in dem ich anfangs wohnte, von einer weißen Sesselgruppe zur anderen, als bewegte sie sich in einem Möbelgeschäft. Manchmal verschwand sie für fünf Minuten, aber jedesmal kam sie wieder, und jedesmal war sie allein.

Auf dem Weg in die Hotelbar sprach ich sie an, und so traten wir schon als Paar ein. Maria wurde fröhlich und noch schöner. Sie hatte tatsächlich auf mich gewartet. Der Barkeeper zog mich den anderen Gästen vor, und ich kehrte in Marias Blickbahn voller Erfolg an unseren Tisch zurück, ohne einen Schwapp aus den Gläsern verloren zu haben. Selbstvergessen verfingen sich ihre Finger in der Silberkette über dem Dekolleté, und ihre langen Nägel zogen Striemen auf dieser unglaublichen Haut, die über den Knien genauso rein aus ihrem roten Kleid wieder auftauchte. Ich bediente sie mit ihrem Feuerzeug, damit sie nicht abgelenkt wurde im Erzählen über Margarita und Lolita, über den Vergleich von Soschtschenkos Sprache mit der Platonows, und meine Hände lagen flach auf dem Tisch, während sie Puschkin und Brodsky rezitierte, als stellte sie ein Menü nach dem Alter der Weine zusammen. Sie hatte Zeit für mich, als warte kein Fußballstar oder Sänger, kein Abgeordneter oder Kapitän auf sie, und ich wußte: Petersburg, das sind ihre dunklen Augen. Wie Sterne sollten sie mir über der Stadt stehen, egal, was mich noch erwartete.

»Erzähl von dir«, sagte Maria, drückte ihre Hand auf meinen Arm und küßte mir behutsam die Finger. Ich war erschienen, um Maria zu retten. Sie wußte nicht, wer ihr Vater war. »Vielleicht ein Italiener«, sagte sie und hob mir ihr schwarzes Haar mit dem Handrücken entgegen.

Maria würde eine Wohnung für uns suchen, wir könnten zusammenleben und morgens umschlungen aufwachen. Ich würde ihren größten Wunsch erfüllen und ihr ein Auto kaufen. Zusammen würden wir durch die Stadt und ans Meer fahren, tanzen gehen, Schuhe kaufen, ihre Mutter besuchen und reisen, zuerst nach Amsterdam, und mit ihrer Freundin die Hochzeit feiern, und dann nach Italien.

Zwei Stunden saßen wir zusammen, der Barkeeper gab uns seinen Segen, und ich hätte ihn gern um zwei seiner goldenen Ringe gebeten. Wieso hatte Maria gerade mich erwählt? Sie ließ ihre Hand auf meinem Knie ruhen, nahm dann meinen Zeigefinger, der ihr Schlüsselbein auf und ab fahren sollte, und ich küßte die kleinen Mulden neben ihrem Hals, so daß sie die Schultern hochzog und die Augen schloß.

Mir war es peinlich, ihr Geld anzubieten, und sie nickte nur, wie man eben so nickt.

Nach fünf Minuten folgte mir Maria aufs Zimmer, nach zwanzig Minuten war sie wieder aus dem Bett.

»Milizija«, erklärte sie niedergeschlagen. Sie war schön bis in die Kniekehlen und bewegte sich auf der Suche nach ihrem Kleid so unbekümmert durch den Raum, als hingen ihre Sachen hier im Schrank.

Während ich an den Wasserhähnen drehte, setzte sich Maria auf die Toilette und versprach, für morgen früh ein Taxi zu besorgen. Wir würden uns wiedersehen und nach Pawlowsk fahren.

Kaum hatte sie mich verlassen, als jemand gegen meine Zimmertür schlug. Die Etagendame hielt Maria am Handgelenk fest. Ich erklärte, alles sei in Ordnung, es fehle nichts. Dann knallte die Tür wieder zu.

Zwei Wochen lang wartete ich morgens und abends in den weißen Sesseln auf Maria. Aber sie kam nicht. Ich fragte den Barkeeper nach ihr, den Taxifahrer, der mit ihr getuschelt hatte, die Etagendame. Vielleicht hatte man sie verschleppt, vielleicht war sie gar nicht mehr am Leben, oder ein alter Liebhaber war aus Sibirien zurückgekehrt. Noch lange fuhr ich abends von meiner Wohnung ins Hotel. Keine der anderen Frauen und Mädchen konnte sich mit Maria messen. Keine wußte etwas von ihr.

Nach einem dreiviertel Jahr sahen wir uns am Eingang des Europa-Hotels wieder. Maria hatte zwei Sterne zugelegt und Hunger. Wir setzten uns in den Innenhof, tranken Kaffee und aßen Bockwurst. Nach einer Stunde gab es kaum noch freie Plätze. Wir bezahlten wie Studenten, jeder für sich, küßten uns zum Abschied dreimal wie die Russen, und Maria begann ihre Arbeit wie eine Verliebte.

»SERJOSCHA, komm heim! Serjoscha, hörst du, komm heim!« Valentina Sergejewna kniff die Augen zusammen. Noch eine Stunde, und sie sähe nicht einmal mehr die Hand vor der Nase. »Serjoscha!« Valentina klatschte in die Hände. Zwei Hennen äugten im Profil zu ihr herüber und pickten dann wieder.

»So geht das nicht weiter!« platzte Valentina heraus und setzte sich an den Küchentisch. »Seit Wochen höre ich kein Wort von ihm, kein Guten Morgen, kein Gute Nacht, er sieht mich nicht an, trinkt nur die Wasserleitung leer und legt sich schlafen, fällt völlig vom Fleisch, der Junge!«

»Besser, als wenn er nachts den Keller leer frißt«, erwiderte Pawel, strich dick Butter aufs Brot und schob es mit dem Daumen an ihren Teller.

»Los!«

Valentina griff nach der Teekanne und füllte beide Tassen. Das krause Haar ihrer Achselhöhlen drängte unter den kurzen Ärmeln der Schürze hervor.

»Wäre er dein Enkel, würdest du was tun!« sagte Valentina. Sie begannen zu essen.

»Ach was, jeder Fresser ist zu viel!«

»Faschist«, flüsterte Valentina.

Pawel schlug mit der Hand aus und traf sie am Kinn. Ein Gurkenstück flog auf Valentinas Schoß. Noch bevor sie zu weinen begann, war Pawel aufgestanden, drückte ihr die flache Hand gegen die Stirn und spuckte auf ihren halboffenen Mund. Er zögerte noch einen Moment. Valentinas Gesicht zog sich zusammen ... An ihrer Oberlippe klebte Butter. Dann ging er hinaus.

Lange saß Pawel auf dem Holzklotz neben dem Schuppen. Die Zigaretten lagen in der Küche, seine Latschen noch unterm Tisch. Vor der Abendsonne färbten sich die Wolken blau. Pawel mußte nachdenken.

»In einer Stunde ist es finster wie im Arsch von Lenin«, sagte er zu seinen Fußspitzen.

Der entfernte Lärm von der Chaussee Petersburg-Nowgorod gehörte schon zur Stille. Nur wenn es hupte, war die Straße wieder da. Ohne vom Holzklotz zu rutschen, klaubte Pawel kleine Steine in die linke Hand und richtete sich wieder auf. Zwei Hennen pickten zwischen den Zaunlatten und reckten ihren Steiß empor.

»Feuer!« rief Pawel und schoß das erste Steinchen.

»Wuih!« Es knallte gegen den hellblauen Zaun, dessen Spitzen er weiß gepinselt hatte.

»Zwei Strich tiefer, drei rechts, Feuer!« Das Steinchen pfiff durch die Latten und verschwand lautlos im Feld dahinter.

»Feuer!« befahl Pawel.

»Zu tief, Feuer! Dauerfeuer!« Er zielte nicht mehr.

»Wuih, wuih, wuih, wuih, ureeeeeeh.« Die Hennen rannten, gackerten, flatterten den Zaun entlang, fanden aber keine Lücke, plusterten sich auf wie bei Unwetter – und wurden im nächsten Moment wieder klein und schmal, machten in der Ecke kehrt und wackelten zurück.

»Halt's Maul!« Noch zwei Schuß, und Pawels linke Hand gab nichts mehr her. Die Hennen stoben auseinander.

»Mistviecher! Gegner vernichtet!«

Pawel hatte Hunger und Lust, irgend etwas zu töten. Aber selbst fünf Hennen legten nicht genug, und bald war Winter. Im Gemüsegarten von Valentina Sergejewna riß er einen Kohlrabi aus, brach die Blätter ab, wusch den Rest in der Regentonne und hieb ihn mit dem Spaten entzwei. Abwechselnd nagte er an den Hälften.

»Pfuuh!« Pawel spuckte aus und setzte sich wieder auf den Klotz. Hatte er etwas abgebissen, kaute er darauf herum, bis der Saft heraus war, streckte die Zunge mit dem holzigen Rest vor und wischte mit dem Handrücken über seine Lippen.

»Ein fetter Arsch, ein saftiger Arsch, ein weißer Arsch«, ermunterte er sich und preßte die Schenkel zusammen. Ohne Eile hob er den rechten Unterarm quer über den linken und zerdrückte eine Mücke. »Was turnst du da auch herum«, rügte

Pawel. Langsam wurde ihm besser. Er rieb sich zwischen den Beinen. Der Kohlrabi klebte. Mit den Handrücken drückte er gegen seine Leisten und grätschte die Beine.

»Kommando zurück!« Wieder rieb er, wartete und schob mit den Händen seine Knie auseinander – sein Glied stieß gegen den gespannten Stoff der Hose. Pawel war mit sich zufrieden. Er stellte die Beine wieder nebeneinander, warf den Kohlrabirest gegen den Zaun, traf sogar den alten Hühnertopf und legte beide Hände an seinen Steifen. Pawel grunzte wie beim Einschlafen. Über dem Wald zog sich noch ein heller Streifen durch die Wolken. Im Grau des Himmels kreiste ein Bussard.

»Beng, beng, beng, beng!« Pawel zielte und hielt seinen Lauf umschlossen. Bei jedem »beng« zuckten die Hüften. »Nicht entschärfen, Pascha, nicht entschärfen. Halt dich trocken, Pascha, beng, beng, beng, beng!«

Pawel staunte, daß er neben dem Holzklotz stand. Nun setzte er sich wieder, ohne loszulassen. »Bebebebebebem.«

Vom Wald kam Serjoscha. Er rannte. Pawel sah die spitzen Knie wie einen Heuwender über dem hohen Gras auf- und abtauchen. Serjoscha war tatsächlich in den sechs Wochen seit seiner Ankunft abgemagert. Das Hemd hatte er ausgezogen und hielt es wie einen Sack in der Hand. Schon von weitem sah Pawel die Rippen des Jungen. Nur Serjoschas Kopf war gewachsen.

»Laufende Scheibe«, murmelte Pawel, kniff ein Auge zu und schlug sein rechtes über sein linkes Bein. So spürte er sich selbst warm und fest an den Schenkeln.

»Onkel Pascha!« krähte Serjoscha, winkte ihm zu mit dem freien Ärmchen und strich sich die Haare aus der Stirn. Im Lauf stieß er die Lattentür zum Hühnerhof auf.

»Onkel Pascha!« Serjoscha keuchte und rannte auf den Mann zu, der seit zwei Jahren bei seiner Großmutter untergekommen war. Pawel stand auf, den Oberkörper nach vorn gebeugt, und schob Serjoscha wieder von sich. Sie hatten sich noch nie umarmt.

»Onkel Pascha, ich hab's, schau mal!«
Direkt vor Pawels knochigen Zehen breitete Serjoscha sein
Hemd aus, in dem eine Handvoll groben Pulvers lag, dunkel,
dazwischen Klümpchen. Serjoscha hustete.
»Ich werd dir alles erklären, Onkel Pascha, alles, die ganze
Wahrheit!« sprudelte Serjoscha hervor, ohne den Blick von
seinem Schatz zu wenden.
Pawel sah hinab auf den Haarwirbel des Jungen, auf seinen
dürren Hals, die Schultern, den verschwitzten Rücken und
das Stück Poritze über dem Gürtel.
»Onkel Pascha, setz dich doch, bitte setz dich, ich erkläre dir
alles, die ganze Wahrheit, zehn Minuten, Onkel Pascha, fünf,
bitte!«
Pawel nickte, blinzelte wie immer, wenn er etwas nicht ver-
stand und setzte sich wieder.
»Probier mal, Onkel Pascha, es schmeckt, es schmeckt wun-
dervoll!« Serjoscha hielt ihm ein kleines Krümelchen direkt
vor die Lippen. Pawel nahm es zwischen die Finger, schob es
in den Mund und kaute.
»Knusprig«, sagte er.
»Nicht wahr!« Serjoscha sah glücklich auf, »und süß, süß wie
Zucker.«
Pawel kaute lange und schluckte mühsam.
»Ich erzähl's dir, die ganze Wahrheit, Onkel Pascha, dir
zuerst. Alles.« Serjoscha setzte sich vor das Hemd. Auf seinem
Bauch erschienen zwei winzige Fältchen.
»Nimm dir, Onkel Pascha, bitte, bedien dich!«
Pawel klaubte sich zwei Bröckchen heraus und futterte sie aus
der linken Hand.
»Wie Sonnenblumenkerne«, murmelte er und wischte sich
über die feuchten Lippen.
»Bei euch ist es schön, Onkel Pascha, aber wenn ich an meine
Abfahrt, wenn ich an Petersburg denke, muß ich gleich aufs
Klo. Das macht mich fertig, Onkel Pascha, kennst du das?«
Pawel starrte auf die Krümel zwischen ihnen. Heute früh hatte

ihm Valentina, ans Waschbecken geklammert, ihren Hintern entgegengestreckt. Fast hätte sie den Bus nach Nowgorod verpaßt.

»Vor Kummer und Angst kann ich mich nicht rühren«, fuhr Serjoscha fort, »und dann wird die Kacke hart, und nach einiger Zeit ist sie kalt und wie ein Körper, der nicht zu mir gehört, aber mich berührt, Onkel Pascha, schrecklich ist das!« Serjoscha forschte in Pawels Gesicht. »Das wollte ich nicht mehr, Onkel Pascha«, begann Serjoscha wieder, »ich wollte nicht mehr kacken müssen! Dieses Gefühl kennt jeder, nicht wahr, jeder, aber niemand spricht darüber, keiner will es sagen, weil es so schrecklich ist, stimmt's? Aber warum nur, fragte ich mich, habe ich, haben alle solche Angst davor? Es kommt doch von einem selbst, ist ein Stück von mir, also kann es doch nicht schlechter sein, als ich es bin!«

Pawel nickte.

»Das wußte ich schon lange«, strahlte Serjoscha, »aber heute habe ich von einem alten Haufen gekostet, er war von mir, und es schmeckt, Onkel Pascha, nicht wahr? Es schmeckt süß! Weißt du, was das bedeutet, daß es süß schmeckt? Ich muß keine Angst mehr haben, niemand muß mehr Angst haben, ist das nicht herrlich, Onkel Pascha?«

»Ich kenne das«, sagte Pawel und stand auf. »Komm!« Er wusch seine Hände in der Regentonne und rieb sie am Hosenboden trocken.

Serjoscha packte sorgsam sein Hemd zusammen. Noch einmal versuchte er, Pawel zu umarmen. Dann gingen sie ins Haus.

Valentina Sergejewna war schon im Bett. Pawel blieb an der Zimmertür stehen, um seine Augen an die Dunkelheit zu gewöhnen.

»Is was?« fragte Valentina Sergejewna.

»Ich hab mit dem Jungen gesprochen, der ist in Ordnung.« Pawel löste den Gürtel und ließ die Hose an sich herabfallen. »Morgen frühstücken wir zusammen.« Er stieg aus der Unterhose und trat ans Bett. Mit einem Ruck riß er die Decke weg. Valentina Sergejewna hockte auf dem Laken und streckte ihren weißen Hintern in die Luft.

»Komm, mein Hitler, komm«, flüsterte sie und vergrub ihr Gesicht im Kopfkissen.

WIE OFT hatten wir zu den Rundbogenfenstern aufgeschaut, deren samtene rote Vorhänge die Zimmer verhüllten wie ein kostbares Geschenk. Wie oft hatten wir versucht, uns den triumphalen Blick vom Balkon der zweiten Etage auf die Anitschkow-Brücke vorzustellen, oder, je nach Kopfwendung, den Newski hinab oder hinauf oder auf die Anlegestelle vor uns unter den Pappeln. Den flachen Schiffen wären unsere Augen bis zum Scheremetjew-Palais gefolgt oder, in entgegengesetzter Richtung, bis zur Fontanka-Biegung. Aus diesen Räumen an die schmiedeeiserne Balkonbrüstung zu treten, kam der Abnahme einer Parade gleich und würde unweigerlich die Huldigung der Menge hervorrufen, die hier, von Ampeln gestoppt, zu unseren Füßen verweilte. Es war nicht zu bestreiten: Wer an dieser Stelle der Stadt über den Köpfen der Menschen erschiene, besäße ein Charisma, wie es sonst nur die Geburt verleiht. Und von hier sollte die Tafel mit dem Schriftzug unserer Zeitung leuchten.

Die Besitzer der Wohnung hatten sich hinhalten lassen, sie hatten sich in unglaublicher Weise ein halbes Jahr hinhalten lassen, und es schien sich zu bewahrheiten, was ich immer geahnt hatte: Solche Gemächer betritt unsereiner nur im Traum oder als Gast. Dann aber waren die vierzigtausend Dollar gekommen, und Ende April zogen wir die Vorhänge von den Fenstern zurück.

Ich sah alles schon vor mir. Das mittlere, zum Newski gelegene Zimmer plante ich als Empfangsraum für Inserenten, Autoren und Leser. Für das Eckzimmer, wo mein Tisch neben der Balkontür Platz finden sollte, hatte ich das Layout vorgesehen. Mit dem kleinsten Raum müßten die Journalisten vorliebnehmen. Bad und Klo waren eng. Dafür bot die Küche genügend Platz für gemeinsame Besprechungen.

Was ich nicht erwartet hatte aber war, daß der Gestank des Treppenhauses an der Wohnungstür endete, als entströme unserer neuen Bleibe ein unaufdringlicher, frischer Duft nach Licht, nach Wärme, nach Meer und einem schwer zu bestimmenden, blumigen Extrakt, der sich entweder über viele Jahrzehnte in diesen Wänden gehalten hatte, also vom Aroma junger adliger Fräuleins zeugte, oder unserer Verzauberung durch diese Wohnung entsprang. Vielleicht wehte der Duft aber auch durch die Fenster herein, vor denen sich das Gurren der Tauben mit dem ersten Rauschen des Laubs und dem Klatschen der Wellen an der Anlegestelle mischte.

So gab es beste Voraussetzungen, das zu schaffen, was sich jeder Unternehmer wünscht, wenn er kein Halunke und Beutelschneider ist, nämlich daß seine Belegschaft die Firma als ihr zweites Zuhause betrachtet. Entgegen meinem Wunsch, einen Malerbetrieb zu beauftragen, sprachen sich alle anderen dafür aus, die Renovierung selbst zu übernehmen, natürlich am Wochenende oder an freien Tagen. Ich biß mir auf die Zunge, denn eine Initiative von unten abzuwürgen, wäre im Verständnis modernen Managements eine unverzeihliche Torheit gewesen, zumal wir dabei noch Geld sparten.

Trotz unserer üblichen Nachtschicht am Donnerstag versammelten wir uns freitags um fünfzehn Uhr. Sogar die Redakteure waren gekommen. Das war um so verwunderlicher, als es sich mit der Zeit durchgesetzt hatte, daß sie nur noch telefonisch die Artikel ihrer Ressorts ankündigten, sich flüchtig absprachen und immer weniger bereit waren, ihre Texte selbst in die Computer einzugeben. Sie beriefen sich auf meine Devise, nach der Artikel allein dazu bestimmt seien, den Platz zwischen den Anzeigen zu füllen. Deshalb wüßten sie nie, ob ihre Beiträge auch wirklich erscheinen würden. Ab Juni, spätestens ab Juli, sollten sie Honorarverträge erhalten. Dafür würde ich eine zusätzliche Sekretärin einstellen. Bei den Angestellten ließ man mir freie Hand, da es auf fünfzig Dollar monatlich mehr oder weniger nicht ankam.

Wir waren so viele, daß die wenigen Abwaschbürsten, Eimer, Spachtel und Pinsel nicht reichten. Erst am Sonnabend konnte in jedem Raum gearbeitet werden. Schon am folgenden Freitag bezogen wir die Küche. Ich gab Tanja und Ljudmila

Geld, um Geschirr, Besteck, Gläser und eine Kaffeemaschine zu kaufen, eine Investition, die sich auszahlen würde, wie ich glaubte. Kaum waren sie wieder zurück, packte jeder, wie auf Verabredung, etwas zu Essen aus – im Nu war der Tisch gefüllt, und wir tranken und erzählten bis in die Nacht.

Ich versuchte, in all dem Trubel klaren Kopf zu bewahren, und war bestrebt, diese Stimmung möglichst lange zu halten. Nie zuvor hatte es so viele Vorschläge zur Optimierung des Arbeitsablaufes und zur Verbesserung der Zeitung gegeben. Wir setzten unseren Ehrgeiz daran, schon die nächste Ausgabe in diesen Räumen herzustellen, und nutzten den Mittwoch, der ein wichtiger Produktionstag war, zum Einräumen und Fensterputzen. Niemand staunte, daß wir, trotz eines ungewöhnlich hohen Werbeaufkommens und eines fehlenden Tages, früher fertig waren als sonst. Ja, wir hätten am Donnerstag schon vor Mitternacht nach Hause gehen können, wären nicht die Probleme mit dem Drucker gewesen.

Endlich hatte es gezündet! Nun sollte ein neues Leben beginnen. Kam ich gegen zehn zur Arbeit, traf ich nicht wie früher nur Tanja, unsere Sekretärin, an – sie war gerade erst siebzehn geworden –, sondern fand bereits die drei Plätze am Computer besetzt. Hatte sich zuvor niemand für das Telefon verantwortlich gefühlt, wenn Tanja einmal nicht im Zimmer war, so geschah es jetzt häufiger als mir lieb war, daß die Journalisten oder die Mädchen vom Layout, Ljudmila und Irina, den Hörer abnahmen. Die Freude und das Engagement jedes einzelnen Mitarbeiters waren sogar noch am anderen Ende der Leitung spürbar. Tanja hingegen durchstreifte jetzt halbe Tage lang die Läden und Märkte, um preiswert Fleisch, Gemüse, Honig, Käse, Eier, Butter und Zutaten für Borschtsch, Soljanka, Pelmeni, Pizza, Rouladen und Pasteten zu kaufen. Als Sekretärin war sie faktisch überflüssig geworden.

Ich unternahm nichts dagegen, denn unsere Mittagessen waren der unbestrittene Höhepunkt eines jeden Tages. Es schmeckte nicht nur phantastisch, es war auch billiger, und die regelmäßige Ernährung tat allen gut. Blieb etwas übrig, gaben sie es mir mit, und ich kam auf diese Art zu einer weiteren warmen Mahlzeit. Last but not least, oder, w konze konzow, wie die Russen sagen: das Kollektiv, das Team, wurde durch die gemeinsamen Essen zusammengeschmiedet. Obwohl wir weiß Gott nicht nur über die Arbeit sprachen, erledigten sich die Redaktionssitzungen auf diese Art von selbst, die Abstimmung zwischen Außendienst und Anzeigensatz klappte hervorragend, und jede Anregung, egal, ob sie aus dem Vertrieb kam, von Lesern, Autoren oder Kunden – jede Anregung wurde aufgegriffen, weiterentwickelt und schien sich von selbst umzusetzen. Sogar unsere Honorarautoren hatten das veränderte Klima schnell erfaßt und stellten sich nun besonders gern zwischen drei und vier Uhr nachmittags ein. Anständigerweise waren die meisten von ihnen dazu übergegangen, sich durch wertvolle Naturalien, die entweder durch langes Anstehen oder nur zu Wucherpreisen erhältlich waren, an unseren Essen zu beteiligen. Deshalb wurden sie nicht nur geduldet, sondern regelrecht erwartet, weil sie einmal Auberginen, ein anderes Mal Fleisch oder Fisch, ein drittes Mal Pelmeni mitbrachten. Selbst zwischen Nichtrauchern und Rauchern herrschte ein Abkommen, das konsequent eingehalten wurde und weder die Arbeit noch die Gemütlichkeit oder, sagen wir besser, die Häuslichkeit störte. Das eine ruhte im anderen, und je nach Tageszeit verschob sich nur der Akzent. Unser Umsatz stieg spürbar. Die Firmenleitung in Deutschland beglückwünschte uns zu dem Ruck, der durch die Mannschaft gegangen sei, sprach von dem erwarteten Aufschwung und gewährte mir freie Hand bei der Prämienvergabe – natürlich in angemessenem Rahmen. Selten zuvor hatte mich eine Arbeit so befriedigt. Abends, wenn die Sonne wie ein Emblem über unserem Haus stand und das Bjelosselski-Bjeloserski-Palais gegenüber rot erglühte, rauchte ich auf dem Balkon eine Zigarette und blickte stolz auf den Newski zu meinen Füßen.

Dieses goldene Zeitalter währte knapp drei Monate. Anfang August bemächtigte sich meiner eine Unruhe, die ich mir damals aus verschiedenen Ursachen zusammengesetzt erklärte. Vor allem aber lag ihr wohl eine gewisse Überarbeitung zugrunde. Denn als die Ferienzeit bei uns ihren Höhepunkt erreichte, das erwartete Sommerloch aber ausblieb und der Umsatz kaum absank, wurden wieder Nachtschichten notwendig – die ersten in unseren neuen Räumen –, und ich verschob meinen Urlaub abermals. Sicherlich war es unklug, daß ich mich, nun schon seit einem Jahr, für unentbehrlich hielt, obwohl die Stimmung in der verkleinerten Mannschaft gelöst blieb und gut.

Sonja, deren Mann, ein Panzeroberst, vor zwei Jahren gestorben war und deren Tochter Polina den launischen, arbeitslosen Verlobten mit in die Wohnung gebracht hatte, übernachtete jetzt hin und wieder in der Redaktion, weil die letzte Metro längst gefahren war und sie damit die drei Stunden für Hin- und Rückweg sparte. Kam ich dann morgens, hatte sie bereits Tee gekocht, die Wohnung gewischt und das Geschirr abgewaschen.

Ende September, die Ferienzeit war ausgestanden, verschob ich meinen Urlaub erneut. Meine Unruhe war nicht verschwunden, im Gegenteil, sie hatte zugenommen. Obwohl wir wieder vollzählig waren und keine höhere Seitenzahl als in früheren Monaten zu bewältigen hatten, blieben die Nachtschichten. Nach jedem Urlaub ist das Bedürfnis zu erzählen besonders groß, und jeder braucht Zeit, sich wieder an die Arbeit zu gewöhnen. Das ist auch in Deutschland nicht anders. Aber als sich die Nachtarbeit sogar auf den Mittwoch auszudehnen begann, war klar, daß ich handeln mußte, zumal offensichtlich niemand außer mir an dieser Entwicklung Anstoß nahm. Ich stellte Pläne auf, die großzügig gehalten waren und dennoch am Donnerstag um neunzehn Uhr endeten. Jeder sollte jetzt ein Stück Verantwortung tragen.

Als ich Mitte Oktober eine neue Kartusche in den Drucker

einsetzen wollte und den Schrank mit den Arbeitsmaterialien öffnete, traute ich meinen Augen nicht. Gut geordnet lagen da Tischdecken, Servietten, Bettzeug, Handtücher, Taschentücher, Wischtücher, Kosmetikbeutel, Damenstrümpfe und Unterwäsche. Hinter Vasen, Untersetzern, einem Mokkaservice und Kuchengabeln fand ich unseren Vorrat an Papier und schließlich auch die Kartusche.

Ich nahm die vier Damen beiseite und forderte eine Erklärung. Aber sie wußten nicht, was sie erklären sollten. Daß sie öfter die Nacht hier verbrachten, ja dazu genötigt waren, wüßte ich doch. Daran würde auch mein Plan nichts ändern, und ein bißchen Gemütlichkeit sei doch schön. Alles weitere ergebe sich von selbst. Sie boten mir aber an, die Unterwäsche und was Frauen sonst noch für die persönliche Pflege benötigen, hinter die Bettwäsche zu legen. Mit dem Zustand des Bades, das zwar sehr sauber war, aber irgendwie an einen Frisiersalon erinnerte, fing ich erst gar nicht an. Natürlich hatte ich nichts dagegen, daß auf der Toilette die Straßenschuhe standen und die Frauen in den Redaktionsräumen in Sandalen oder Hausschuhen herumliefen. Waren es aber anfangs jeweils nur vier Paar gewesen, so verdoppelte sich binnen kurzem ihre Zahl.

Nach diesem Gespräch wurde ich den Eindruck nicht mehr los, daß sie über mich tuschelten und kicherten.

Sosehr ich den früheren Zustand beschwor und geschickt Prämien ansprach, die ich bis an die Grenze des Möglichen ausgeschöpft hatte, die Auslastung der Arbeitszeit verschlechterte sich von Tag zu Tag. Die Essen aber dehnten sich derart aus, daß zwischen drei und sechs so gut wie nichts mehr passierte. Danach wurde Tee gekocht und Gebäck gereicht. Zwar erfüllten sie ihr tägliches Pensum, doch über die Arbeitsstunden war damit noch nichts gesagt. Wollte ich die Frauen nicht selbst mit dem Auto nach Hause bringen – ein Zeitaufwand von mindestens drei Stunden –, konnte ich gegen ihre Übernachtungen in der Redaktion nichts einwenden. Das Risiko, sie einfach vor die Tür zu setzen, war zu groß. Außerdem waren mir die Hände um so mehr gebunden, als alle, von der Sekretärin bis zum Redakteur, nicht nach Stunden bezahlt wurden, sondern nach Umsatz bei pünktlich abgelieferter Zeitung. Pünktlich bedeutete Freitag früh um sieben. Damit brachten sie es jetzt schon auf siebzig bis neunzig Dollar pro Monat. Aber das war doch kein Arbeiten mehr.

Bei Boris und Schenja, den Redakteuren, und Anton, dem Fotografen, fand ich ebenfalls kein Verständnis. Solange die Frauen ihre Arbeit machten und noch den Haushalt schmissen – schon allein diese Redewendung sagte alles –, sollte ich zufrieden sein. Sie blieben nur deshalb nicht über Nacht, weil sie Familie und Auto hatten. Da sie aber nichts heimzog, griff der Schlendrian auch auf sie über. Regelmäßig unterbrachen sie jetzt ihre Arbeit, um in die Banja zu gehen. Kamen sie wieder, wurde erst einmal getrunken – und dann schliefen sie meist an den Schreibtischen ein. Die Frauen umsorgten sie wie Helden.

Dabei konnte sich die Zeitung, die sie ablieferten, sehen lassen, auch wenn es mitunter an der letzten Sorgfalt mangelte. Ich wußte einfach nicht, wo ich den Hebel ansetzen sollte.

Was wollte ich gegen einen Kühlschrank vorbringen, gegen eine selbstgebastelte Duschecke mit Vorhang, gegen die Teppiche in den Arbeitsräumen, gegen das Klappsofa, das sie im Empfangszimmer plazierten, gegen das Bücherregal und die Reproduktionen der alten Ansichten von Petersburg?

An einem Morgen Anfang November, ich kam etwas früher als sonst, waren die Frauen gerade damit beschäftigt, wieder die roten samtenen Vorhänge anzubringen, die ich eigenhändig bei unserem Einzug in den Müll geworfen hatte. Von den weißen Jalousien zeugten nur noch die Haken über den Fenstern. Nun war die Gelegenheit zum Einschreiten gekommen, endlich!

Die Vorhänge seien neu genäht, der Stoff so gewählt, daß er zumindest farblich dem alten entsprach. Die Atmosphäre, so erfuhr ich, sei zu kalt und unpersönlich mit Jalousien. Nur zwei Wochen hätten sie gebraucht, erklärten sie stolz, nur zwei Wochen vom Maßnehmen und Kaufen bis zum letzten Nadelstich. Die Jalousien störten beim Aufhängen, danach kämen sie selbstverständlich wieder an ihren Platz. Aber hätten sie es mir denn nicht vorher sagen können? Es sollte doch eine Überraschung sein, wirklich, eine Überraschung. Wie konnten sie wissen, daß ich mich nicht darüber freuen würde, wer hätte denn so etwas geahnt, sich nicht freuen und noch schimpfen. Sonja schossen die Tränen in die Augen. Bezahlt war alles vom Geld ihrer Prämien. Es sollte die Firma nichts kosten.

Natürlich steht man als Chef immer irgendwie allein da, ist ausgegrenzt vom Leben der anderen. Das ist normal und hat auch seine Berechtigung, doch war für mich diese Erfahrung in Rußland neu. Mir wiederum warfen sie vor, ich würde mich mehr und mehr von der Gemeinschaft absondern. Ich ginge auf keine Einladung mehr ein, stünde immer als erster vom Tisch auf, machte ein mürrisches Gesicht, lachte über keinen Scherz mehr, würde immerzu auf die Uhr zeigen, und Lob hätte ich schon gar nicht mehr für sie, obwohl die Artikel, die Gestaltung, die Anzeigen, der Service und der Vertrieb in der Stadt ihresgleichen suchten. Oder hätte ich Probleme zu Hause?

Ich gehe leidenschaftlich gern in die Banja, liebe gutes Essen und beteilige mich auch selbstverständlich an einer interessanten Unterhaltung. Aber ich bin es gewohnt, die Arbeit so effektiv wie nur möglich zu gestalten, um dann die freie Zeit zu genießen, von mir aus in der Sauna oder beim gemeinsamen Essen. Das Sprichwort »Dienst ist Dienst, und Schnaps ist Schnaps« hat schon seine Richtigkeit, auch wenn es simpel klingt.

Ich war in einer fürchterlichen Lage. Entweder machte ich diesen zermürbenden Trott mit und kam so gut wie gar nicht mehr aus der Redaktion und zum Schlafen, oder ich ließ alle fünfe gerade sein. Doch ein Kapitän geht immer als letzter von Bord.

Nicht mal mehr am Wochenende fuhren die Frauen heim. Sie machten sauber, wuschen ihre Wäsche, gingen nachmittags spazieren und Eis essen, abends dann ins Konzert, Kino, manchmal zum Tanzen. Der Rückweg zur Redaktion war immer kurz.

Die Frauen von Boris und Schenja, denen das Ausbleiben ihrer Männer rätselhaft vorkam, übten sich darin, sie unerwartet zu kontrollieren. Das führte dazu, daß sie dann erleichtert und glücklich bei uns in der Küche sitzen blieben, die Gemütlichkeit lobten und aufgekratzt plapperten, anstatt ihre Gatten mitzunehmen. Diese wiederum warteten jetzt regelrecht auf ihre Frauen und spielten Schach, nachdem sie ihr Pensum geschafft oder auf den nächsten Tag verschoben hatten.

Auch die Hausbewohner nahmen Anteil an dem lustigen Leben meiner Belegschaft, klingelten unter dem Vorwand, ihnen sei das Salz ausgegangen oder sie hätten den Schlüssel verlegt und müßten die Rückkehr ihrer Frau abwarten. Natürlich wurde ihnen Tee angeboten, und solange Besuch da war, galt es als unhöflich zu arbeiten. Kreuzte schließlich die Ehefrau mit dem Schlüssel auf, plauschten sie gemeinsam noch zwei Stündchen, nicht ohne sich am Ende als schreibende Mitarbeiter zu empfehlen. Die Honorare, die wir im Laufe der Zeit an Nachbarn und deren Verwandte zahlten, hätten zur Sanierung des Treppenhauses ausgereicht.

Ich schuftete indes, um den Leuten durch mein Vorbild zu bedeuten, daß es auch anders ginge. Sogar Tipparbeiten übernahm ich, was mich auf der kyrillischen Tastatur einen Haufen Zeit kostete. Doch wie alle anderen Maßnahmen verpuffte auch diese. Im Gegenteil. Verdrehte Augen und Schulterzucken waren noch die freundlichsten Reaktionen. Tanja zählte mir meine Fehler auf, und Anton, der Fotograf, fand es nicht in Ordnung, daß ein Chef sich in Arbeit einmischte, von der er nichts verstand. Er zitierte mich: Daß es egal sei, wann man eine Zeitung mache, Hauptsache, sie sei gut und erscheine pünktlich.

Immer, wenn ich antworten wollte, war mein Kopf wie leergeblasen. So fiel mir auch kein passendes Argument ein, als sie stolz einen tragbaren Fernseher präsentierten, natürlich nur, um die aktuellen Meldungen noch aufzufangen – und das bei einer Wochenzeitung! Der schwarze Kater, der anfangs sein Näpfchen vor unserer Eingangstür hatte, schlief jetzt in der Küche – es war Winter. Oder wollte ich, daß er erfriere? Die Nachbarn klingelten sogar, wenn Blintschik, so hieß er, vor unserer Tür saß.

An einem Sonntag Anfang Dezember, ich hatte vergessen, ein Fax abzusenden, betrat ich vormittags die Redaktion. Aus dem Empfangszimmer drang ein Wimmern. Alle vier Damen umstanden das Sofa, auf dem eine alte Frau lag. Man zischte mir zu, um Himmels willen leise zu sein, der Arzt sei schon verständigt, Irinas Großmutter sei zu Besuch gekommen und fühle sich nicht wohl. Die ganze Nacht habe sie gestöhnt, sie hätten kaum schlafen können. Am Dienstag starb die Großmutter, Gott sei Dank nicht in der Redaktion. Aber ihr Tod reichte aus, das Erscheinen der nächsten Nummer ernsthaft zu gefährden, sosehr nahm er die Frauen mit.

Ich wußte nicht weiter. Meine Augen brannten, die Hände wurden schweißig, in der Lunge Nadelstiche. Als mir Sonja dann noch riet – ich hatte sie einst als meine Vertraute gesehen –, ich müsse doch nichts weiter tun als in der Küche sitzen, Tee trinken, rauchen oder spazierengehen, mir aber keinesfalls Sorgen machen, befreite ich mich aus ihrer Umarmung und stürzte hinaus. Unglücklicherweise erwischte ich den hereinhuschenden Blintschik, als ich die Redaktionstür zuschmiß. Scheußlich schrie der Kater auf, und die Frauen liefen jammernd herbei.

Weniger wütend als ratlos berichtete ich endlich meiner Firmenleitung im wöchentlichen Fax. Ich formulierte zurückhaltend, mehr in Andeutungen. Das aber mußte ich tun, um abgesichert zu sein, wenn eines Tages die Stuttgarter vor der Tür stünden. Wie sollte ich ihnen unser Chaos erklären, ganz davon zu schweigen, daß ich selbst darunter litt.

Noch am selben Abend, man bedenke, es war Freitag, erhielt ich einen Anruf. Ich wurde mit dem Geschäftsführer verbunden.

»Ruhe!« brüllte ich in den Raum und machte mich auf alles gefaßt.

Diplom-Volkswirt Schäfer war kein Mann von Verbindlichkeiten und erklärte mir kurz, nachdem es schien, als müsse er sich daran erinnern, warum er mich angerufen hatte, daß ich über einen Kurier das nötige Geld erhalten werde. Ich solle alles vorbereiten, damit der Kauf noch in diesem Jahr zustande käme, »oder datieren die Russen auch zurück?« Ich fragte, ob er da nicht etwas verwechsle, ich hätte ihn nicht um Geld gebeten.

»Nein, wieso?« erwiderte er. Die Zeitung laufe nicht schlecht – Immobilien zu kaufen sei nie verkehrt. Ich solle eine weitere Wohnung erwerben, dort aber von Anfang an eine Arbeitsorganisation nach westlichem Standard durchsetzen. Effektivität als Grundlage zur Marktführerschaft!

»Wozu haben wir Sie sonst geschickt?« Ich hörte ihn auflachen.

»Und unsere Wohnung?« fragte ich erregt.

»Die überlassen Sie den Frauen. Oder wollen Sie die etwa da rausschmeißen?«

Ich verneinte, er wünschte mir ein schönes Wochenende, ein gesegnetes Weihnachtsfest und ein gesundes und erfolgreiches neues Jahr. Ich wünschte ihm dasselbe.

Als ich aufgelegt hatte, begegnete ich den erwartungsvollen Blicken der Belegschaft. Ich aber schwieg, öffnete zum ersten Mal seit Monaten wieder die Balkontür, trat hinaus in die friedlich treibenden Schneeflocken und zündete mir eine Zigarette an.

Wie festlich waren die Paläste um uns her erleuchtet. Wie glänzte, wie glitzerte der endlose Newski. Allmählich verschwammen die Lichter. An meinen Waden rieb sich Blintschik.

RUSSLAND kann man nur verlassen! Die ganze Woche über hatte ich nicht gewußt, warum ich mir das antat, warum ich in dieser Stadt war und nicht in Paris oder Italien. Als wären die Leute hier erst vor kurzem von den Dörfern gekommen und wüßten nicht, wie man auf der Straße läuft. Überall trampeln sie hin, schreien, drängeln, rempeln, spucken. Keiner sagt »Verzeihung«. Sie merken es nicht oder brüllen Schimpfworte. Man muß sie treten! Kaum hast du dich befreit, schieben sie dich in einen Bus oder vor ein Auto. Oder du rettest dich wie ein Bettler an die Hauswand und weißt auch nicht weiter. Und überall, wie eine klimatische Besonderheit, dieser Gestank von altem Quark, eingewachsenem Dreck und Zigarettenrauch. Im Flughafen, im Reisebus, im Hotel, auf der Straße – man entkommt ihm nicht, er ändert nur seine Zusammensetzung. Mal ist Benzin dabei, mal Knoblauch, mal Klo. Aus Hofdurchfahrten wehen Essensreste hinzu, aus den Treppenhäusern Pinkelei. In den Lebensmittelläden hängen die Gerüche so schwer, daß noch die Temperatur des Vortages an ihnen haftet. Und bei den Leuten weißt du nicht, ob sie den Gestank ihrer Umgebung angenommen haben oder ob er von ihnen ausgeht.

Bis auf Brot und Tee ist kaum etwas genießbar. Jeder Bissen quillt im Mund, und wieder hat man eine Sünde gegen seinen Körper begangen. Selbst die Milch ist muffig, der Sekt verzuckert, das Bier sauer. Egal, wo man sich umschaut, es gibt nichts, was nicht verbeult, defekt, geflickt, verbogen, abgeschabt, schief, locker, schmutzig ist, als stammte alles von einer Müllhalde und wäre wieder notdürftig zusammengebastelt. Nur der Import glänzt.

Der Wahnsinn der Zaren ist die einzige Kultur, die sie haben, aber auch die kriegen sie noch klein, auch das scheißen sie noch zu. Und dabei reden sie von Puschkin, dem Schicksal und der Wolga. Die Blechdächer sind Rümpfe abgewrackter Schiffe; Türen und Fenster lassen vermuten, daß Wesen dahinter hausen, die keine Sprache sprechen; man glaubt, ein

Knurren, Winseln und Heulen zu hören. Überhaupt scheinen die Russen in einem lebenslänglichen Versuch so konditioniert worden zu sein, daß Apathie einhergeht mit erstaunlicher Findigkeit, andere zu demütigen. Alles ist so angelegt, daß es den Leuten möglichst viele Unannehmlichkeiten macht, ob es fehlende Bänke sind, zu tief hängende Spiegel, jahrelange Reparaturen oder das Einkaufen, bei dem man sich für ein Stück Butter dreimal anstellt. Benutzbare Toiletten findet man, wenn überhaupt, erst im Hotel. Ob Etagendame, Kellner oder Reiseführer, alle sind permanent beleidigt, mißmutig, unwillig, barsch. Ohne aufzuschauen, reden sie mit einem; fragt man etwas, blinzeln sie, als wollten sie vor dir ausspucken. Ist eine schön, dann ist sie käuflich, ist das Auto neu, ist er Krimineller. Noch nie, noch in keinem anderen Land habe ich mich so ausgesetzt gefühlt, so schutzlos. Ich wußte: Wenn mir hier etwas passiert, dann hilft mir niemand. Wenn ich stolpere, treten sie mich nieder, wenn ich schreie, rauben sie mich aus. Ausländer erkennen sie auf den ersten Blick. Als hätten wir eine andere Hautfarbe. Es bleibt kaum Gelegenheit, sich ins Alltagsleben der Russen zu mischen und einmal stehenzubleiben und hinzuschauen – das macht doch eine Reise aus!

Dabei war das Wetter warm und klar. Aber die alten Frauen standen auf Pappfetzen, als müßten sie sich noch gegen Kälte schützen, und hielten Brot, Wurst und Eier in Plastiktüten vor ihre mit Mänteln und Tüchern verhüllten Körper. Neben ihnen bewegte sich weggeworfenes Papier unter dem Anflug von Tauben. Von den Geldwechslern hatte einer seine verspiegelte Brille abgenommen und sonnte sich. Ein Mann ließ hoch über seinem Kopf eine Bierflasche in den Mund austropfen, schwankte, stolperte und kniete sich dann auf den warmen Asphalt hinter den Kiosken. Dort lagen schon andere und schliefen. Gegenüber, unter einem Portikus, saßen Schülerinnen. Sie schoben die kurzen Ärmel ihrer Blusen über die Schultern und lehnten sich zurück wie Dienerinnen

Aphrodites. Etwas weiter, im Parkrondell, sang ein rothaariger Akkordeonspieler vor den schattigen Bänken. Eine Frau mit gescheitelter Perücke klopfte den Takt und reckte, war eine Strophe zu Ende, ihre Faust empor. »Anarchia, Anarchia!« rief sie, bis er wieder einsetzte. Ihnen hörte eine Dame in Schwarz zu, die sich plötzlich auf die Zehenspitzen stellte und ihr Gesicht, ohne die Arme zu rühren, einer Kastanienblüte entgegenstreckte.

Im Gostini Dwor kaufte ich eine Mohnschnecke und aß sie auf der Stelle, so überraschend gut schmeckte sie. Ich verlangte eine zweite, und auch die war ganz ausgezeichnet. Es machte Spaß, Rubel hinzugeben und dafür tatsächlich etwas zu bekommen. Daß es an jedem dritten Stand das gleiche gab, war praktisch, wenn man etwas vergessen hatte. Lange beobachtete ich eine Verkäuferin. Als wäre sie blind, ruhten ihre Hände auf einer Pappstiege mit Eiern. Kommt eine Kundin, faßt sie deren Kassenzettel mit Daumen und Zeigefingern wie einen Schmetterling an den Flügeln und stippt ihn auf eine Riesennadel. Von da gleiten ihre Hände zurück über die Stiege, und schon erscheinen zwischen ihren Fingern die Eier wie die weißen Kugeln eines Magiers. Ab acht Stück wiederholt sich diese Bewegung. Dann ruhen ihre Hände wieder auf den Eierspitzen, als erführe sie an Handflächen und Fingerkuppen die Erdanziehung besonders deutlich.

Auf der Rolltreppe zur Metro glitten die Petersburger an mir vorbei. Keine Frau, die nicht frisiert, geschminkt oder adrett gekleidet gewesen wäre. Und die Männer, eine Stufe unter ihnen, blickten sie an wie etwas Kostbares. Am Bahnsteig gab es eine lustige Drängelei: eine Art kollektiver Fortbewegung. Konnte ich einen Schritt nicht vollenden und stürzte schon, fand ich unversehens mein Gleichgewicht an fremden Schultern oder Rücken wieder.

Als ich den Gemüsemarkt erreichte, lief ich durch das Spalier der Händler, die mich heranwinkten, als würden sie sich Luft zufächern. Ich probierte von den Wassermelonen und kostete

Honig. Doch so fürsorglich man zu mir war, so grob vertrieb man eine Bettlerin, stieß mit Stöcken nach ihr, sobald sie eine Frucht berührte. Sie stöhnte auf, schlug die Hände vors Gesicht. Keine Stelle, die nicht blutig oder grindig war, ihr schwarzer Mantel schleifte im Staub, glänzte. Ich trat die zwei Schritte hinüber, steckte einen Zehntausender in ihre halb geschlossene Hand – und wich vor dem beißenden Geruch zurück. Trotzdem würde sie jetzt keiner mehr von seinem Stand jagen.

Sie besah sich lange den Schein, stopfte ihn dann in die Tasche und glotzte mich an. Statt aber den winkenden Händen zu folgen, verneigte sie sich vor mir, segnete mich, dankte, weinte, segnete, dankte, lallte mit schwerer Zunge und aufgerissenen Augen.

Als ihre Finger meinen Arm streiften, zuckte ich zusammen. Langsam sank sie vor mir auf die Knie, berührte mich am Knöchel und drückte die Stirn auf meine Sandalen. Wollte ich sie nicht treten, mußte ich stillhalten. Schon spürte ich ihre Lippen zwischen den Riemen. Aus Dankbarkeit krallte sie beide Hände in meine Waden, daß ich vor Schmerz schluckte, die Knie beugte, schwankte und mich auf ihre Schultern stützen mußte, um nicht zu fallen. Das Marktvolk war inzwischen hinter seinen Ständen hervorgekommen. Doch mit einem Kopfschütteln hielt ich sie ab, die Alte von meinen Füßen zu reißen. Sie heulte, hustete, jammerte.

Ohne die Umklammerung zu lösen, schob sie sich, Kuß um Kuß, an meinen Beinen empor. Ich streichelte ihren Kopf, um sie zu beruhigen. Im nächsten Augenblick aber preßte sie ihr Gesicht an mich – ich kippte, griff ihr ins Haar, fiel zurück und wär wohl böse mit dem Rücken aufgeschlagen, hätten mich nicht zwei Männer gefangen und sacht auf den Boden gelegt. Hustend kroch sie auf mich. Obwohl mir das Atmen schwerfiel, versuchte ich, sie zu beruhigen, und summte ein Schlaflied. Aber da war nichts zu machen. Vor Anstrengung gurgelnd, reckte sie den Hals und küßte mein Kinn – und für einen Moment berührten sich unsere Lippen. Dann rollte sie wimmernd von mir.

Ich war den Tränen nah. Die Stimmen der Zuschauer klangen gütig und liebevoll. Eine junge Frau im Kostüm beugte sich herab, sah mir in die Augen und sagte etwas auf russisch. Andere streichelten meine Beine, schenkten mir Küsse auf Hals und Nacken. Vom Wunsch beseelt, Gutes zu tun, umringten sie mich dichter, reichten mir Äpfel, Birnen, Radieschen und Matrjoschkas. Zwei Händlerinnen knieten nieder, lösten mir die Sandalen und säuberten mit ihrer Spucke und ihrem Haar meine Füße. Der Melonenverkäufer öffnete mir Knopf um Knopf das Hemd und schob seine beringte Hand auf meinen Nabel. Konnte ich denn die anderen jetzt noch zurückweisen, ohne sie zu brüskieren? Also nickte ich, noch etwas unsicher, ob ich die Stimmung auch richtig erfaßt hatte.

Gleich darauf hob man mich beherzt empor, trug mich unter großer Anteilnahme zum Melonenstand und legte mich auf den Bauch über den rasch abgeräumten Holztisch. Während man mir Hemd und Hose abstreifte, entfernte der Melonenverkäufer von einem schwarzen Markierstift die Kappe, prüfte die Farbe am Daumen und begann, quer über meine Schulter zu schreiben, kurze, derbe Striche – anscheinend Druckbuchstaben. Gerade als ich mich an den besonderen Reiz dieses Streichelns gewöhnt hatte, wurde es geschmeidiger, ich glaubte, Zahlen zu erkennen, bis mich plötzlich drei, vier feste Schwünge erschauern ließen – vermutlich die Unterschrift. Der Melonenverkäufer küßte mich zwischen die Schulterblätter und hockte sich nieder, daß ich ihm in die dunklen Augen sehen konnte. Nun besaß ich sogar seine Telefonnummer.

Gleich nach dem nächsten, der zum Stift griff – einem Väterchen, das Schnittlauchbündel angeboten hatte –, begannen schon an meinen Beinen andere Lettern und Ziffern zu malen, diesmal mit Kuli. Erst versuchte ich, die Muskeln anzuspannen, um eine möglichst glatte und feste Unterlage zu bieten, dann aber, als mehrere zugleich schrieben, bekam ich einen Krampf und gab es auf. Dafür genoß ich nun, wie sie meine Haut zwischen Daumen und Zeigefinger spannten. Die Frau im Kostüm strich mir das Haar aus dem Nacken. Leicht und schnell war ihr Schriftzug. Ich glaubte, Ausrufezeichen zu erraten. Alles verlief in einer zwanglosen und fröhlichen Atmosphäre, und da der Platz offenbar nicht ausreichte, zog man mir noch die Unterhose aus.

Vor mir aber wuchs ein Berg aus Äpfeln, Pflaumen, Blumenkohl, Kürbissen, Rettich, Kartoffeln, Weintrauben und anderen Früchten der Erde. Gleich daneben stapelte sich das Beste, was die Kioske hergaben: von Zigaretten und Fantabüchsen über Fleischkonserven und Zahncreme bis hin zu Büstenhaltern und einem Kochtopf.

Schließlich wurde der Andrang so groß, daß man mich auf den Rücken drehen mußte. Nun sah ich, ohne den Hals zu verrenken, wie sich die lieben Gesichter über mir auf geeignete Stellen zum Schreiben hinwiesen, dann zeigten sie zwischen sich und dem Notierten hin und her, damit ich mir die Beziehung von Adresse und Person einprägte. Ich nickte auch dem einen oder der anderen auffordernd zu, wenn sie noch zögerten, bot meine Achselhöhlen dar oder streckte die Armbeuge. So wagten sich einige bis zu meinen Handgelenken vor, wenige bis an die Finger.

Gegen sechzehn Uhr dreißig gab ich zu erkennen, daß es für mich höchste Zeit wurde, ins Hotel zurückzukehren, denn achtzehn Uhr sollte bereits die Abfahrt sein – für das Abendbrot war es ohnehin schon zu spät. Einige, die Freunde und Nachbarn angerufen hatten, baten mich noch um etwas Geduld. Aber es ging wirklich nicht.

Nun bedauerte jeder meine knapp bemessene Zeit. Keiner, der mich nicht noch einmal ausdrücklich zu sich nach Hause einlud, keine, die mir nicht ihre Datscha zeigen wollte, den Baikalsee oder das Eismeer. Ich kämpfte mit den Tränen: So viel Gastfreundschaft war beschämend, wußte ich doch, wie wenig ihnen selbst zum Leben blieb. Ja, sie riefen mir sogar noch ein zweites Taxi, weil auch nicht ein einziges Geschenk zurückbleiben sollte. Natürlich versprach ich, recht bald wiederzukommen.

VORMITTAGS, wenn die lauteste Zeit vorüber war, vertiefte sich Anna Gawrinina in die Melodien von Puschkin, Lermontow, Blok, Majakowski, Mandelstam und anderen Dichtern. Ihre Lippen, ihre Stirn und die Augenbrauen verrieten nur in einem schwachen Abglanz, welch bewegter Intonation sie lauschte. Am liebsten aber las Anna Gawrinina Gogol aus einem Buch mit schwarzem Ledereinband, der, in Zeitungspapier eingeschlagen, nur an den Ecken sichtbar war.

Während der zehn Jahre als Pförtnerin des TASS-Gebäudes in der Sadowaja hatte sie den Werktätigen dieser Einrichtung die Arbeit erleichtert, indem sie die Schlüssel den als berechtigt geltenden Personen zuordnete und Auskunft darüber gab, wer das Haus schon betreten hatte, wer gerade abwesend war und auf wen man noch warten mußte. Eher löste sich Anna Gawrinina in ein Nichts auf, als daß ein Unbefugter die Pforte passierte – und das erreichte sie allein durch ihre Autorität. Sie hätte als mädchenhaft gelten können, wäre sie um die Hüften nicht etwas schwer geworden.

Seit der neue Direktor die Anordnung erlassen hatte, daß die vier Frauen nicht mehr zwölf, sondern vierundzwanzig Stunden ihren Dienst zu versehen hatten, sah sich Anna Gawrinina nach einer neuen Arbeit um. Mit vierundsiebzig Jahren war das nicht einfach.

Der Direktor, damals kaum eine Woche im Amt, hatte Ausländer ins Haus geholt. Anna Gawrinina gab sich besondere Mühe, den Finnen, Amerikanern und dann auch den Deutschen den kurzen Aufenthalt in ihrem Verantwortungsbereich so angenehm wie nur möglich zu gestalten.

Erschien einer der Ausländer vor den Scheiben der Eingangstür, öffnete sie hastig den Kasten neben ihrem rechten Knie, klaubte einen Schlüssel vom Haken und verbarg ihn in ihrer Faust, aus der sie den Zeigefinger abspreizte. So bezeichnete sie jene Stelle, an der zu quittieren war, während sie mit der anderen Hand den Kuli reichte. Sie sagte »Good morning, Mister« oder einfach nur »Päivää« oder auch »Guten Morgen, mein Herr« und öffnete wie eine Zauberin die Faust. Es kribbelte, wenn ein Ausländer den Schlüssel von ihrem Handteller nahm.

Ihr Deutsch frischte sie mit dem Wörterbuch auf und brachte die beiden Herren durch ein lautes »Achtung«, wie sie es einst als Ehrenbezeigung hatte lernen müssen, zum Stehen. Beunruhigt ob der Wirkung ihrer Worte, wich sie den Blicken der Deutschen aus und sah auf den Pförtnertisch, wo unter einer Glasplatte ein Kalender mit der »Aurora« in Farbe zu sehen war. Gern hätte sie etwas gesagt, doch ihr fiel nichts anderes ein, als ihnen das kleine Wörterbuch zu schenken. Sie wollte eine gute Gastgeberin sein und haßte Unvollkommenheiten von ganzem Herzen.

Allerdings nahm Anna Gawrinina selbst nie Geschenke an, auch nicht von Deutschen. Was hatten die Ausländer denn für einen Grund, ihr Präsente zu machen? Weder war Frauentag noch Tag des Sieges oder ihr Geburtstag, dessen Datum hier sowieso niemand kannte. Die Russen schenkten ihr doch auch nichts. Und daß ihre Kolleginnen diese Dinge annahmen, ja von nichts anderem mehr sprachen und darüber sogar in Streit gerieten, registrierte sie bei Dienstübergabe schweigend und fühlte sich durch solches Gerede in ihrer Verachtung nur bestätigt. Sie wollte nichts mehr davon hören. Sollten die Herren nur Pralinen, Kaffee oder in durchsichtige Folie gehüllte Würste unters Volk bringen ...

Eines Tages aber, man hatte sich schon an die Ausländer gewöhnt, fand sie beim Dienstwechsel ein in wunderbares rosa Papier gehülltes Päckchen auf ihrem Stuhl.

»Für dich«, sagte die um drei Jahre jüngere Polina, als teilte sie die Essenmarken aus. Anna Gawrinina, den rosa Würfel in der Hand, war mit einem Mal ganz wach. Polina zuckte nur mit den Schultern. Sie selbst habe es auch nur von Antonina, der jüngsten unter ihnen, übernommen. Mit dieser Auskunft ließ sie die Gawrinina allein. Es war Sonntag.

Anna Gawrinina hatte bereits die zweite der mitgebrachten

Schnitten gegessen, als sie zu ihrer eigenen Überraschung plötzlich an dem rosa Bändchen zog, als handelte es sich um einen Schnürsenkel.

Sie erschrak über die Leichtfertigkeit, mit der sie es getan hatte, ohne zu bedenken, was als nächstes geschehen sollte. Leise jammerte sie, wie manchmal, wenn sie nachts nicht einschlafen konnte. Dann legte sie ihr Buch aus der Hand und faltete das Papier auseinander. Es war punkt zwei Uhr nachmittags.

Was sie jetzt sah, hatte sie noch nie gesehen. Oder sie hatte es vergessen. In einem gläsernen Kästchen lag, eingebettet in rosa Watte, ein winziges, dunkles Fläschlein, das nicht größer war als ihre nebeneinandergehaltenen Daumennägel.

Erst ein Schlurfen im Treppenhaus scheuchte sie aus ihrer Versunkenheit. Niemand, kein Redakteur und auch kein Fotograf, schon gar nicht Lilja Petrowna vom Fernschreiber, sollte etwas erfahren. So, unter den Vorsprung der Ablage geschoben, sah allein Anna Gawrinina das Fläschlein. Sie wollte sich noch nicht entscheiden und begann, wie an jedem Sonntag, ihre Fingernägel zu lackieren. Zum Trocknen legte sie die Handflächen auf den Tisch, nicht weit entfernt von dem Gegenstand, über den sie nachdenken mußte.

Es war schon weit nach vier, als sich Anna Gawrinina mit dem Parfum am Hals, hinter den Ohrläppchen und am Puls betupfte ... Sie versank in dem Duft und hörte, die Augenlider nahezu geschlossen, ein Lied, an das sie sich jetzt nach langer Zeit wieder erinnerte. Weil sie saß, bewegte sie nur ihre Schultern. »Ach Netotschka«, summte sie, »manchmal ist das Leben schön!«

Um sich abzulenken, schaltete die Gawrinina den Fernseher ein. Der Duft beherrschte auf eine frische und leichte Art den Eingang des TASS-Gebäudes. Wie lange aber würde der Inhalt dieses Fläschleins, das schon für sich genommen ein Vermögen wert sein mußte, reichen, selbst wenn sie es in ihre Sparsamkeit einbezog? Der Gedanke, immer nur einen Tropfen des Parfums in Wasser aufzulösen und so diesen Duft bis an ihr Lebensende zu verlängern, ließ sie in einem unbekannten Glück erschauern. Sie hatte sich entschieden und nickte ein, erschöpft von der Aufregung der letzten Stunden.

Der Krach, das Scheppern, das Rütteln an der Eingangstür schreckten sie auf, ohne Sinn für Tageszeit und Ort.

Dobrowolski, der Fotograf, ein Mann mit großen Händen, lärmte an den Türflügeln und fingerte am Schlüssel. Das Parfum in seinem gläsernen Kästchen samt rosa Papier und Schleife war weg.

Dobrowolski versuchte nicht einmal zu leugnen, sondern setzte alle Kraft daran, die ihm neben der Abwehr der Gawrinina blieb, den Schlüssel im Schloß zu bewegen und zu entkommen. »Was brauchst denn du das Zeug?« keuchte er. »Ich denk, du nimmst keine Geschenke an, he?«

Anna Gawrinina, die sich wieder an jedes Detail ihres Glücks erinnerte, erhob ein Wehklagen, von dem das alte Gebäude erdröhnte. Der Widerhall ihrer Stimme raste zwischen den Mauern der Eingangshalle, über Treppen und Gänge.

Sie warf sich gegen Dobrowolski, der mit beiden Händen an Türknauf und Schlüssel festgewachsen schien und sein Gesicht schützend hinter den Oberarmen verbarg. Mit einem Griff in die linke Jackettasche des Diebes stieß Anna Gawrinina auf ein Feuerzeug – und auf ein Fläschlein. Nie wieder würde sie es loslassen! Sie preßte Parfum und Feuerzeug derart zusammen, daß Dobrowolski, der sie mit der Linken am Handgelenk festhielt, nicht in der Lage war, mit der Rechten ihre Faust zu lösen. Er quetschte seinen breiten Daumen auf jeden einzelnen Fingerknöchel der Gawrinina, die vor Schmerz stöhnte, aber nicht nachgab und mit ihrem Gebiß nach Dobrowolskis Arm schnappte. Dafür versetzte er ihr einen Schlag auf die Schläfe, zerrte sie herum, versuchte, ihre geschlossene Hand gegen das Türholz zu stoßen und ...

Da endlich gewahrten sie den neuen Direktor draußen vor der Glastür.

Er war gekommen, um einem Moskauer Kollegen und einstigen Kommilitonen sein mit neuen Möbeln eingerichtetes Arbeitszimmer zu zeigen.

Mit der Linken und einem Tritt gegen die Tür schloß die Gawrinina auf und erhob schluchzend den Arm zum Direktor. Der strengen Aufforderung, diesen Zirkus zu beenden, stimmten die Gawrinina und Dobrowolski lauthals zu, ohne ihre Positionen preiszugeben. Er quetschte weiter die sich mit dunkelroten Nägeln in den eigenen Handballen krallenden Finger. Sie verteidigte wieder mit der Linken ihre rechte Hand.

Der Direktor, in Anwesenheit des Moskowiters brüskiert, griff nun seinerseits mit beiden Händen zu. Doch auch er löste den Knoten nicht. Im Nu war er schmerzhaft in den Kampf verwickelt, so daß alle drei wie ein wildgewordener Rattenkönig im Eingang des TASS-Gebäudes wüteten. Ohne voneinander abzulassen und immer wieder unterbrochen von Flüchen, kam es zu folgenden Erklärungen: Der Fotograf Dobrowolski hatte das Parfum bei Lancôme auf dem Newski für seine Frau gekauft, was sich jederzeit nachprüfen lasse, und das Feuerzeug da, von dem nur die Kuppe sichtbar sei, kenne doch auch jeder hier. Er wollte das Parfum der Gawrinina zeigen, aber die sei jetzt völlig übergeschnappt und beanspruche in einem Anfall von Altersschwachsinn das Geschenk für sich, obwohl sie mit so etwas gar nichts anfangen könne. Anna Gawrinina stammelte heulend, daß das Parfum ihr gehöre. Der Direktor solle nur an ihrem Hals oder hinter ihren Ohrläppchen oder hier, hier am Unterarm riechen, dann käme die Wahrheit schon ans Licht.

Der neue Direktor aber, als hätte er diesen Part in seiner knapp bemessenen Freizeit einstudiert, herrschte sie an, ob sie nicht wisse, wen sie hier vor sich habe ... und was sie da von ihm verlange – und schloß sich dem Aufbiegen der Finger an. Diesem Angriff war die Gawrinina nicht mehr gewachsen. Sie gab auf, und aus der geöffneten Hand fielen Feuerzeug und Fläschlein zu Boden. Das Glas zersprang: die Gawrinina sank in Ohnmacht.

Ihr rechter Handballen blutete so stark, daß man ihn, noch während sie bewußtlos auf den Fliesen lag, verbinden mußte. Dann schickte man sie nach Hause.

Sie erschien nicht mehr zur Arbeit, und niemand wußte etwas dazu zu sagen. Sie hatte sich in Nichts aufgelöst. Nur der Duft am Eingang erinnerte den Fotografen und den Direktor noch an Anna Gawrinina. Doch schon im Herbst roch es wieder wie im ganzen Haus, und die beiden waren eine unangenehme Erinnerung los.

SCHLIESSLICH gab ich dem Drängen Oleg Dawidowitschs nach. Ich war der Anrufe überdrüssig, in denen er mir zusetzte, das Wochenende mit ihm und seiner Familie auf der Datscha zu verbringen. Zweimal waren wir uns begegnet, zweimal hatte man uns einander vorgestellt, jedesmal hatten wir ein Gespräch versucht, und jedesmal waren wir, die leeren Gläser in den Händen drehend, wieder verstummt.

Obwohl Chef des größten Autohauses von Petersburg, besaß Oleg Dawidowitsch – ich sollte ihn einfach Oleg nennen – keinen Dienstwagen.

»Was tun?« fragte er und lächelte melancholisch. Was tun, wenn zwei Schiffsladungen Jeeps und Chryslers im Zoll feststeckten?

So ordnete er täglich Reinigungsarbeiten an, ließ Fahnen, Wimpel und Poster mal hier, mal da aufhängen und spielte mit seiner Stoppuhr. Und er bereitete die Wochenenden vor. Deshalb vergaß er auch nie, mich anzurufen und den Aufenthalt in der russischen Natur zu preisen. Das müsse man erlebt haben: diese Luft, solche Beeren und Pilze, und erst die Laubfärbung ...

Natalja Borissowna, Oleg Dawidowitschs Frau, sah ich zum ersten Mal auf dem Rücksitz des schwarzen Wolga zwischen ihren beiden elf- und zwölfjährigen Töchtern. Sie war sehr schön und schwieg, während Ira und Anja ihre Englischkenntnisse demonstrierten, die sie in einer Privatschule erwarben.

»You know ...«, begannen die Mädchen jeden ihrer perfekt intonierten Sätze, und Oleg Dawidowitsch, der kein Englisch sprach, schien beim Klang ihrer Stimmen zu entspannen.

Nach zwei Stunden Fahrt fragte mich Natalja: »Bevorzugen Sie Tolstoi oder Dostojewski?«

Wir bogen von der Hauptstraße ab. Hier fuhren kaum noch Autos, und nach einer weiteren Stunde, den Asphalt hatten wir längst hinter uns gelassen, versandete der Weg. Die Mädchen waren trotz des mitunter hart aufsetzenden Wagens in

Nataljas Armen eingeschlafen, und Oleg Dawidowitsch starrte, die Stirn wie bei Nebel an die Frontscheibe gedrückt, auf die von Gras und Wiesenblumen überwucherte Fahrspur. Durch die geöffneten Fenster roch ich eine harzige Luft, wie es sie warm und klar nur Anfang September gibt. Als ein bis in die Kopfstützen spürbarer Hieb den Motor zum Schweigen brachte, lauschte ich in die Stille, die uns umgab. Sie war rein wie der Himmel, und doch nur eine andere Art, die Geräusche zu hören. Gern wäre ich ausgestiegen. Dann aber schaukelte der Wagen so sanft zwischen den Birken weiter, daß ich glaubte, das Gras an den Füßen zu spüren.

Oleg Dawidowitsch erzählte von seinem Schwiegervater, den ich nun kennenlernen sollte. Boris Sergejewitsch bleibe in den schneefreien Monaten auf der Datscha und ernähre sich von Kartoffeln und getrockneten Pilzen, die er sowieso am liebsten esse. Außerdem habe er einen Vorrat Käse. Natalja wies über meine linke Schulter auf ein Häuschen, das am Ausgang der Lichtung auftauchte. Ihr Handrücken berührte zufällig meinen Hals.

Boris Sergejewitsch, in der Linken einen monströsen Wecker, schloß seine einzige Tochter in die Arme und begrüßte danach mich als den lang angekündigten Gast. Einige Falten in seinem Gesicht hielt ich zunächst für Narben, so unregelmäßig waren sie. Oleg Dawidowitsch lud das Gepäck aus und klemmte, was er nicht fassen konnte, geschickt unter die Arme. Nichts blieb zum Tragen übrig. Als ich den Schlüssel vom Kofferraum abziehen wollte, schüttelte Boris Sergejewitsch den Kopf. »Hierher verirrt sich niemand!«

Er kniete nieder und stellte den Wecker unter den Wagen.

»Wegen der Marder«, erklärte Natalja und führte mich untergehakt über fünf Holzstufen auf die Veranda. Ich bewunderte die mit Schnitzereien verzierten Fensterläden, die Blumenkästen und Schalen auf dem Verandageländer, aus denen sich die Pflanzen bis hinab zur Wiese rankten. Boris Sergejewitsch schlug mit der Faust gegen die Holzbohlen. »Eigene Arbeit, gute Arbeit!« Dann zeigte er mir die Datscha. Außer einem großen Raum mit Kochnische gab es noch zwei Kammern. Eine gehörte ihm, in die andere trug Natalja, mit dem Gang einer Balletteuse, die Sachen der Mädchen. Ira und Anja waren Hand in Hand zu dem Bach gerannt, der sich unweit vorbeischlängelte.

Am Abend rösteten wir an einem Feuer Kartoffeln. Boris Sergejewitsch lehrte seine Enkelinnen, daß die Vögel nicht alle zugleich einschliefen, sondern jede Art für sich.

»Jetzt sind die Finken verstummt«, sagte er, »bald folgen die Rotkehlchen. Dann die Ammern.« Er schnitt Streifen von einem Stück Käse und schnappte die Happen von der Klinge seines schweren Taschenmessers. Die Bäume verschwammen zu schwärzlichen Massen. Am tiefblauen Himmel zeigten sich die ersten Sterne. Da und dort piepte noch ein Rotschwänzchen. Irgendwo rief klagend der Pirol. Boris Sergejewitsch erzählte von den Preisen für Joghurt, Wurst und Autos zu Breschnews Zeiten.

»Gibt es viele Alte in der Stadt?« fragte er. Ich nickte.

»Muß der Mensch essen, wenn er leben will?«

»Ja!« antworteten Anja und Ira zugleich.

»Und wo kommen die Alten her, wenn alles so schlecht gewesen ist, wie man behauptet? Aus dem Ausland vielleicht?« Er überlege, ließ Boris Sergejewitsch seine Tochter wissen, eine Feuerstelle in die Datscha zu bauen, um nie mehr einen Fuß in die Stadt setzen zu müssen.

»Und wenn im April der Weg wieder frei ist, bist du erfroren oder der Wolf hat dich geholt!« Natalja war die Decke von der Schulter gerutscht.

»Bah!« Boris Sergejewitsch stieß mit der Ferse einen Holzscheit tiefer ins Feuer. »Unsereiner erfriert nicht mehr!«

Oleg Dawidowitsch, der wegen des kühlen Abends eine Schirmmütze trug, berichtete, wie er einmal dem Großvater eine Beschäftigung für die Wintermonate verschafft habe – als Portier in einem Devisenhotel.

»Keine Woche, und ihm war gekündigt!« lachte Oleg Dawidowitsch und massierte seine Kniescheiben.

»Warum nicht, warum soll ich es nicht erzählen?« rief er zu Natalja gewandt. Boris Sergejewitsch habe seinen Dienst so versehen, wie es in den Bestimmungen nachzulesen war. Niemanden habe er eingelassen, der sich nicht als Hotelgast ausweisen konnte, und mit jeder Erhöhung des Schmiergeldes sei er nur noch fuchsiger geworden.

»Verjagt haben sie mich, sag's nur, verjagt haben sie mich!« Boris Sergejewitsch röhrte vor Erregung. »Hunde, die!«

»Man mag den Wolf noch so gut füttern, er schaut doch immer nach dem Wald«, sagte Oleg Dawidowitsch und strich sich das Haar unter die Mütze.

»Hunde!«

»Papa, bitte!« Natalja lehnte den Kopf an die Schulter ihres Vaters. Die Mädchen warfen die heißen Kartoffeln von einer Hand in die andere.

Plötzlich rauschte der Wald, vor dem Himmel neigten sich die schwarzen Wipfel, etwas kam auf uns zu – der Windstoß fuhr ins Feuer: Die Kinder kreischten, Natalja duckte sich, Boris Sergejewitsch fiel zurück, seine Beine zuckten. Ich war aufgesprungen. Oleg Dawidowitsch schaufelte Sand über die auflodernden Holzscheite. Die Mädchen standen bereits hinter Natalja und bliesen ihr die Asche vom Haar. Dann wuschen sie sich am Bach. Bis sie zurückkehrten, rauchten wir.

»Das war der Herbst«, sagte Oleg Dawidowitsch. Nun gingen wir zum Wasser.

Wieder im Haus, wünschte uns Boris Sergejewitsch eine gute Nacht und verschwand in seiner Koje. Bei den Kindern war es schon dunkel. Natalja lag auf der mittleren der drei Holzpritschen, die zwischen Eßtisch und Fenster aufgeschlagen waren, und las in einer Zeitschrift, die sie mit beiden Händen überm Kopf hielt. Die Ärmel ihres Nachthemdes waren herabgerutscht. Um die nassen Haare hatte sie ein Handtuch geschlungen. Ich bedankte mich bei Oleg Dawidowitsch und

Natalja Borissowna für ihre Gastfreundschaft. So ging der erste Abend schon früh zu Ende.

Ich weiß nicht mehr, wie lange ich geschlafen hatte und wovon ich erwachte, ob vom Schnarchen der Männer, vom Mondlicht oder von Nataljas Spagat. Sie lag auf dem Rücken und sah mich an, als hätte sie mit dem Bein, das von ihrer Pritsche zu meiner reichte, nichts zu tun. Ihre Zehen strichen mir über Schienbein und Knie. Reglos beobachtete ich die Innenseite ihres Schenkels, während sich ihr Fuß höher und höher schob. »Hab keine Angst, hier wacht niemand auf«, sagte sie so laut, als hätten wir nie aufgehört zu reden, und warf die Decke von sich.

Oleg Dawidowitsch hätte nur den Arm ausstrecken müssen, um mich zu packen. Er grunzte, schnüffelte, spitzte die Lippen im Schlaf. Natalja, die Hände auf meinem Hintern, kümmerte das nicht. Oleg Dawidowitsch fand seinen Rhythmus wieder und schnarchte weiter. Ich hielt ihren Kopf. Ihr Haar war noch feucht und duftete nach Rauch und Shampoo. Die Pritsche quietschte erbärmlich. Doch je mehr ich fürchtete, er könnte erwachen, um so heftiger spürte ich ihre Fingernägel. Wir brachen nicht zusammen oder vermieden es gerade noch. Natalja, sie atmete tief, streichelte mir den Rücken. Dann schlief sie ein. Ich hockte schon zwischen den Pritschen und zog ihr die Decke über die Schultern, als mir schien, Oleg Dawidowitsch zwinkere herüber.

Morgens frühstückten wir auf der Veranda. Alles war so, als hätte ich nie in dieser Runde gefehlt. Offensichtlich hatte niemand etwas bemerkt.

Kaum waren wir fertig, schulterte Boris Sergejewitsch die Baststiege und legte den Trageriemen Filzstreifen unter. Oleg Dawidowitsch holte einen blankgegriffenen Knüppel unter der Treppe hervor. Ich sollte sie begleiten. Natalja blieb mit den Kindern am Bach. Zum Abschied steckte sie mir ein kleines Messer in die Brusttasche, für die Pilze.

Durch die butterblumenübersäte Wiese führte nicht einmal

ein Trampelpfad. Die Birken standen licht. Doch als ich mich umwandte, waren wir schon ganz von weißen Stämmen umgeben, die zwischen dem Gelborange ihrer Blätter und dem Dunkelgrün der Gräser leuchteten. Rosige Spinnweben flogen umher, die sich übers Gesicht legten. Ich spürte Nataljas Fuß und ihre Hände, ich wußte, woran sie dachte, während sie mit den Mädchen Dämme baute oder ihnen vorlas.

Ich hielt mich dicht hinter dem Alten, an dessen Waden dicke Adern hervortraten. Nie hörte ich ihn atmen, nur ab und zu spuckte er aus. Dafür keuchte Oleg Dawidowitsch hinter mir um so mehr. Sooft ich mich umwandte, schlug er die Augen nieder. Sein staksiger Gang, als endeten die Beine unter den Schultern, befremdete mich, und das Lächeln, mit dem er sonst jeden Blick von mir auffing, war seit unserem Abmarsch verschwunden.

Unter die Birken mischten sich allmählich Buchen, Eschen und Eichen. Wir liefen durch Senken, deren Hänge voller Farnkraut standen. Die Tümpel auf ihrem Grund zogen alles mögliche Getier an. Wir kamen an Steinpilzen vorüber, den größten, die ich je erblickt hatte. Ich konnte nicht anders und scherte aus, um zwei prächtige Exemplare abzuschneiden. Beide Männer taten, als hätten sie nichts bemerkt. Ich schloß schnell wieder auf und überholte Oleg Dawidowitsch. Mit keinem Blick würdigte er meinen Fund. Birken gab es kaum noch, die Bäume standen jetzt dichter. Mitten am Tag schien es dunkel zu werden. Eine Lerche hatte bei unserem Abschied am Himmel gestanden. Jetzt erschreckten mich die Schreie auffliegender Krähen. Bald mußte der Alte mit beiden Armen Äste und Zweige beiseite biegen, damit wir überhaupt weiterkamen. Sie schnellten von seiner Stiege zurück und schlugen mir entgegen. Ich schmiß die Pilze weg. Oleg Dawidowitsch wedelte ärgerlich mit den Händen: Ich solle weitergehen und mich nicht ständig umdrehen.

Ob es ein Ziel gab, wußte ich nicht. Irgendwann machten wir in der Nähe von drei großen Ameisenhaufen Rast. Proviant hatten wir nicht. Der Alte wickelte Würfelzucker aus einem schmutzigen Taschentuch und legte auf jeden Ameisenhaufen ein Stück. »Wenn der Zucker weg ist, gehen wir weiter!« Er setzte sich zwischen zwei Wurzeln, mit der Stiege gegen eine Kiefer gelehnt, und schloß die Augen. Oleg Dawidowitsch streckte sich daneben aus. Der Boden war feucht. Schon irrten Ameisen über meinen Arm.

Ich erwachte erst, als mich Oleg Dawidowitsch am Hosenbein zupfte. Einen Finger auf den Lippen, deutete er mit der anderen Hand auf einen Fuchs, der ganz in der Nähe um die Bäume trippelte, seine spitze Schnauze dicht über dem Boden. Noch einmal sah ich die rostrote Lunte wippen, dann war er verschwunden.

»Er geht uns geradewegs ins Eisen!« Oleg Dawidowitsch klopfte sich beim Aufstehen die Hose ab. Endlich lachte er wieder. Von den Zuckerwürfeln war nichts übriggeblieben. Auch den Alten sah ich nicht mehr.

Ich hatte Mühe, mit Oleg Dawidowitsch Schritt zu halten, und prallte gegen seinen Rücken, als er plötzlich stehenblieb. Da war er wieder, der Fuchs. Aber neben ihm trottete ein Schaf. Das schlenkerte den Kopf, und als es uns bemerkte, scheute es und galoppierte ungelenk den kleinen Abhang hinab, über den wir gekommen waren. Der Fuchs huschte ihm lautlos nach.

»Das hat nichts Gutes zu bedeuten«, sagte Oleg Dawidowitsch. Dann legte er die Hände trichterförmig an den Mund: »Haaahooooo? Haaahooooo?« – »Haho, haho«, rief ich etwas verlegen in die kurzen Pausen. Er schob die flache Hand hinters Ohr und kreiste wie ein Radarschirm. Wir lauschten und riefen wieder und wieder, bis der Alte gar nicht weit von uns erschien. Er wollte rennen, humpelte aber und kam, da es bergan ging, nur schwer voran. Seine Arme ruderten, er rang nach Luft und wies mit dem Daumen über die Schulter zurück.

»Wolf, Wolf«, stieß er bellend hervor, »gerade eben, ein junger!« In seiner abgeworfenen Stiege kullerte ein kurzer Knüppel. Oleg Dawidowitsch trat einen Ast ab und warf ihn mir vor die Füße. Dann rannten wir dem Alten hinterher, rutschten einen Hang hinunter und kamen in die Nähe eines Felsens. Der Alte bedeutete uns, dicht hinter ihm zu bleiben. Vor allem kein Wort! Jeder Schritt mußte jetzt überlegt sein, wollten wir wieder heil aus dem Wald kommen. Mit seinem Knüppel deutete er auf eine Stelle im Unterholz, einen Steinwurf entfernt.

Nie zuvor hatte ich einen Wolf in freier Natur gesehen. Sein Fell war teils schwarz und flauschig, teils schimmerte es schon grau. Mit der Schnauze versuchte er, den Hinterlauf zu erreichen, der zwischen die Eisen geraten war und blutete. Erst als wir uns näher herangepirscht hatten, bekam er Witterung und warf sich herum. Die Falle, die ihn angepflockt hielt, rasselte.

Der Alte tastete sich mit immer kleineren Schritten vor, um dem Kreis, der dem Tier noch blieb, möglichst nahe zu kommen und ließ ein paar Mal den Knüppel durch die Luft schwirren. Vor Aufregung zwinkernd, drängte sich Oleg Dawidowitsch an seine Seite. Der erste Schlag des Alten traf die Schnauze des jungen Wolfs, der schnappte und gurgelnd die gefletschten Zähne ins Holz grub. Der Alte zerrte am anderen Ende des Knüppels, doch plötzlich stolperte er, ließ los und schrie. Oleg Dawidowitsch riß ihn an den Schultern zurück. Im nächsten Augenblick schon griff der Alte nach meinem Ast, packte ihn mit beiden Händen. Der Wolf jaulte auf. Wie im Krampf zitterte seine Pfote über dem blutenden Auge. Oleg Dawidowitsch schlug aus der Hüfte heraus zu. Der Wolf taumelte zur Seite, fand keinen Halt, kam wieder auf die Beine, hechelte, das Eisen klirrte. Nun schlugen die Männer, sich wie Schmiede abwechselnd, auf ihn ein, auf Schnauze, Ohren, Hinterläufe, Wirbelsäule, Hals, Rippen. So wild er sich auch herumwarf, die Knüppel trafen. Ich hörte nur das leise Winseln und die dumpfen Schläge, die auf das zuckende

Tier niedergingen. Sie schlugen noch, als es längst tot war. Dann zog der Alte sein schweres Taschenmesser hervor.

Oleg Dawidowitsch schickte mich los, die Stiege zu holen. Es war dunkler geworden. Als ich zurückkam, war die Falle geöffnet. Daneben, klein, ein hellrotes blutiges Ding. Das Fell warf der Alte in die Stiege. Oleg Dawidowitsch hievte sie ihm auf den Rücken. Beide schienen nervös und trieben zur Eile.

»Schnell, bevor der Bär kommt!«

Ich lachte, um meinen Widerwillen zu überspielen. Erzürnt spuckte der Alte auf meine Schuhe. Seine Hand wischte vor mir durch die Luft. Oleg Dawidowitsch gab ihm den kurzen Knüppel, und er humpelte los.

Entfernt donnerte es. Ein Gewitter zog über den Wipfeln auf uns zu. Als der Regen losbrach, waren Blitz und Donner schon nah. Der Alte spie immer öfter aus. Bei jedem Blitz zuckte er zusammen. Blieb ich einen Augenblick stehen, stieß mich Oleg Dawidowitsch weiter. Was mich umgab, sah ich wie durch eine Folie. Wir hätten aus der Luft trinken können. Mein Hemd war schwer geworden. Gerade tastete ich nach dem Messer in der Brusttasche, als über uns der Blitz einschlug. In den Ästen krachte es, Zweige und Blätter flogen herab, Stämme scheuerten aneinander, Vögel kreischten, und fern begann ein Brüllen, als kämen tatsächlich Bären aus ihren Höhlen. Und dann, nach einem gräßlichen Tosen, erschütterte ein dumpfer Schlag die Erde. Ein gespaltener Ast traf mich an Hals und Schulter.

Das Brüllen verstummte. Kein Blitz, kein Donner, der prasselnde Regen brach ab. Die Stille war schrecklich.

Als suchte der Alte etwas unter einem Stamm, lag er auf dem Bauch, daneben die Stiege. Seine Arme waren ausgebreitet und die Handflächen nach oben gekehrt. Die Schultern bedeckte das Fell. Oleg Dawidowitsch stand neben der Leiche. Seine Lippen zitterten, er weinte, ab und zu fuhr er sich mit dem Ärmel über Augen und Nase. Oder lachte er?

»Laß mich«, sagte er, ohne den Blick von den Ameisen zu wenden, die um die braunen Kiefernnadeln herum ihre Wege suchten. Ich hörte das Rauschen der Wipfel, roch den aufgewühlten Boden und sah, wie ein grauer Bartfilz Oleg Dawidowitschs Wangen, das Kinn und den Hals überzog. Bald würde er auf die Knie sinken, sich auf die Erde legen, um wie ein Stein von Moos, Gräsern, Büschen bedeckt zu werden. Dann bemerkte ich die stetige Aufwärtsbewegung seines rechten Armes. Über dem blutigen Handballen regten sich, wie von einem Lufthauch bewegt, die ausgestreckten Finger auf einem nur ihnen ertastbaren Instrument — und mir schien, als gelte es, jedem angeschlagenen Ton ins Unendliche zu folgen. Ich wandte mich ab und rannte los.

Es war Nacht, als ich die Datscha erreichte. Der Vollmond überzog alles mit seinem kalkigen Licht. Schrammen und Schürfwunden zeigten, daß ich oft gestürzt sein mußte. Meine Knöchel bluteten. Ich war wohl ununterbrochen gerannt. Meine Lunge schmerzte und ich konnte die Übelkeit kaum unterdrücken. Vom Haus sah ich nur die Silhouette, die Fenster waren dunkel. Als ich die ersten Stufen zur Veranda hinaufstieg und durch eine morsche Bohle trat, bemerkte ich noch nichts.

Zuerst vermißte ich die Spiegelung des Mondlichtes in den Scheiben. Sie waren zerbrochen. Die Läden fehlten oder hingen herab. Die Tür war eingedrückt. Ich fühlte das Moos unter meinen Händen. Durch den Dachstuhl sah ich die Sterne. Ich glaubte, an ein im Krieg verlassenes Haus geraten zu sein. Aber hier waren die fünf Stufen, die geschnitzten Blumenkästen. Gegen diesen Pfosten hatte sich Natalja gelehnt und zum Abschied gelacht. Der Bach war zu einem Rinnsal geworden, das die früheren Ufer wie Bergzüge umgaben.

Endlich erblickte ich den Wolga. Er stand nur wenige Schritte entfernt, so wie ihn Oleg Dawidowitsch abgestellt hatte. Ich tastete die Treppe hinunter, humpelte zum Wagen, schmiegte mich an die Rücklichter und weinte. Mit der Wange, mit den Händen streichelte ich das Blech und atmete den leichten Duft von Benzin. Der Wecker tickte beruhigend. Behutsam zog ich den Schlüssel aus dem Schloß der Kofferraumhaube.

Der Wolga sprang an. Ich wunderte mich, wie entschlossen meine rechte Hand die Bremse gelöst und den Choke gezogen hatte, wie sicher sie den Schaltknüppel vorstieß. Licht und Scheibenwischer funktionierten, selbst Wasser spritzte hervor. Mein Körper hatte alle notwendigen Bewegungen bewahrt. Der Wagen zog an, ich schaltete in den zweiten Gang, blendete auf und hielt auf die Lichtung zu. Nun wußte ich Bescheid.

WIE OFT habe ich diese Geschichte schon erzählt, sagte Valentina Sergejewna. Zuerst dem Direktor, dann dem Bürgermeister, und der schickte die Zeitung zu mir. Dann kamen andere Zeitungen und das Fernsehen. Auch Ausländer. Diese Geschichte wächst und wächst. Ich habe sie erlebt, von Anfang an, und ich bin wirklich die einzige, die das mit Recht behaupten kann – mit den eigenen Augen habe ich alles gesehn. Schon oft dachte ich, so, nun hat die Geschichte ein Ende, jetzt ist Schluß. Doch dann ging sie weiter.

Ich denke viel darüber nach und versuche, auf dem laufenden zu bleiben, um ein richtiges Bild zu vermitteln, denn immer will man mich sprechen. Ich hab nichts dagegen, im Gegenteil, denn der Direktor will noch mehr entlassen. Aber nach mir wird sooft gefragt – er müßte sagen, wo ich wohne, weil es alle von mir, von Valentina Sergejewna, hören wollen, und dann könnte ich erzählen, daß ich nicht selbst gehen wollte, sondern daß er mich rausgeworfen hat. Mit der Zeit bekomme ich nämlich Übung im Sprechen. Das lernt sich von selbst. Manchmal verdiene ich sogar Geld damit, als einzige von uns zwölf – zwei an der Kasse und zehn für die Aufsicht. Ich bin die Fünftälteste an Dienstjahren. Als ich hier anfing, vor acht Jahren im Juli, war Konstantin Dmitritsch noch stellvertretender Direktor und Jelena Iwanowna unsere Leiterin. Die hat mich eingestellt und nie jemandem mit Entlassung gedroht. Damals war vor den Ikonen auch kein Glas. Das hat erst Konstantin Dmitritsch veranlaßt, weil es nicht bei einem Krakel blieb, immer mehr Namen kritzelten die Leute auf die Ikonen. Es war eine Seuche. Dabei haben wir aufgepaßt wie die Adler. Da konnte gar nichts passieren. Und plötzlich war wieder einer da, so ein Krakel. Ich hatte schon Angst hinzuschauen, immer wieder entdeckte ich neues Gekrakel. Wie auf Aussichtstürmen. Einmal war sogar das Metall verbogen. Deshalb gab's keine Prämie, für niemanden. Haben die auf mir herumgehackt und sich später nicht mal entschuldigt, als alles sich aufklärte. Konstantin Dmitritsch sah sich's nämlich genauer an, und was stellte er fest? Immer die gleichen Namen: Wanka und Anton, Anton, Wanka. Immer anders geschrieben, manchmal nur zwei Buchstaben, A und W, W und A, ein Monogramm. Wanka war Hausmeister, der Heizer hieß Anton. Darauf kam Konstantin Dmitritsch nicht gleich. Sie sagten, daß sie es nicht gewesen seien, und er entließ sie wegen Trinkerei. Danach kam das Glas davor. Uns hat Konstantin Dmitritsch auch mit Entlassung gedroht. Kaum macht man mal ein Auge zu, schon steht er da. Aber was gibt's denn aufzupassen? Wenn niemand kommt, ist das nicht unsere Schuld. Früher kamen die Kolchosen. Nun ja.

Der 11. Mai war ein Mittwoch. Wir hatten überhaupt keine Besucher, weil das Hotel renoviert wurde, nicht mal Ausländer. Als ich ihn sah, wußte ich gleich, ein Traktorist oder so etwas. Manchmal hat man wirklich einen sechsten Sinn. Ich dachte mir, der ist bestimmt nicht von hier. Aber wir waren alle froh, daß jemand unser Museum besichtigte. Er blieb vor jedem Bild stehn. So einen merkt man sich, aber den kannte ich nicht. Alja Petrowna zwinkerte mir zu, wie sie es immer macht, wenn ihr ein Mann gefällt. Andauernd hat sie gezwinkert, so vertieft war der in die Bilder, und ich dachte mir, wolln doch mal sehn, ob er bei mir nicht länger bleibt. Ich hab ihn genau angeschaut, von oben bis unten. Ich saß, wie ich immer hier sitze, hier. Und dort stand er, vor dem Bild, da drüben. Da hab ich ihn mir von hinten angesehn, und dann stand er dort, da hab ich ihn mir von der Seite angeschaut. Ein kräftiger Mann, steht kerzengerade, so um die Sechzig, bestimmt kein Trinker. Und ich denk noch, gegen den würd ich meinen Pascha schon eintauschen. Die Zeit verging, und mir war klar: der bleibt hier mindestens so lange wie bei Alja Petrowna. Und wie ich so auf ihn schaue, von der Seite, da macht er noch einen Schritt nach vorn, und – richtig zusammengezuckt ist er, am ganzen Leib, wie wenn es knallt. Dann stand er still, ich bekam eine Gänsehaut, so erschrocken war ich. Was macht er? Neigt sich langsam vor, ganz langsam, wie eine Verbeugung. Kann er die Beschriftung nicht lesen, denke ich, so schlechte Augen, aber da hat er schon das eine Knie und dann das andere auf dem Parkett und küßt das Glas, bekreuzigt sich, zweimal, dreimal, viermal und murmelt, völlig unverständlich. Ich weiß natürlich nicht, was tun. Das ist noch nie vorgekommen, einmalig ist das. Ich sagte nichts und blieb sitzen, damit nicht Alja oder die Georgijewna kommen. Soll er nur knien, dachte ich, soll er nur lange knien, hier ist er gut aufgehoben.

Unheimlich war das trotzdem, ein erwachsener Mann, kniet im Museum und brummelt. Und dann rutscht er vor, an das Glas ran, immer näher. Bei Gott, ich schwöre es, in diesem Moment stehe ich auf. Viel zu nah ist er ran, auch wenn da die Scheibe ist. Also ich stehe auf – und da passierts: Ein schreckliches Geräusch sag ich ihnen. Es ging schneller, als ich sprechen konnte, so fiel sein Kopf nach vorn, mit der Stirn gegen das Glas, bung, und noch einmal, bung und krach. Gott im Himmel, dachte ich, das ist meine Entlassung. Und er kniet da, überall Glas, und küßt die Ikone, und seine Lippen bluten. Alja sagte, ich hätte geschrien, bis sie mich gepackt hat. Das Glas war kaputt, nichts mehr zu machen. Die Lippen bluteten. Und dann küßte er wieder drauf, und die Lippen bluteten nicht mehr, das bezeuge ich! Zuerst sehr, aber dann nicht mehr, nach dem zweiten Kuß wirklich nicht mehr. Mit einem Mal. Und da weinte er, der Traktorist weinte, und er war nicht betrunken!

Alja holte Pjotr, den neuen Hausmeister, aber der rannte zur Miliz und die holte Konstantin Dmitritsch, der gerade zu Hause arbeitete. Der Traktorist betete und weinte, weinte und betete und kniete die ganze Zeit wie ein Narr zwischen den Scherben. Und wieder, so schnell konnte keiner gucken, küßte er die Gottesmutter, nicht auf die Füße, nein, ins Gesicht, stand auf, und die Frauen rannten weg wie vor einem Neger. Davon wollen sie jetzt nichts mehr hören. Ich aber mußte bleiben. Er verbeugte sich vor mir, ich verbeugte mich, und noch mal er und wieder ich. Nun gings los: Letzte Nacht sei ihm eine Frau erschienen, die ihn, den Traktoristen, in die Kreisstadt gerufen und ihm zugewunken habe. Eine Nacht wollte er eigentlich noch abwarten, ob sie wiederkäme, denn im Mai gebe es nicht so einfach frei. Dann aber habe er kein Auge mehr zugemacht und immer an diese Frau denken müssen. Deshalb sei er am Morgen aufgestanden und hierhergefahren. Zwei Stunden habe er am Bahnhof, in der Stolowaja gesessen und jeder Frau ins Gesicht gesehen und sich einen Esel geschimpft, der was auf Träume gibt. Und nun habe er sie wiedergefunden: unsere Gottesmutter mit dem Heiland auf dem Schoß. Ich wollte nur ihre Hand küssen, hat er gesagt, die Hand, die mir gewunken hat, diese goldene Hand. Und wie ich ihre Hand berühr, bluten meine Lippen, sagte er, die Hand aber ist warm und weich, überhaupt nicht wie Gold. Und ich wußte, spricht er, wenn ich sie auf den Mund küsse, dann hören die Lippen auf zu bluten. So war es. Der Milizionär verhinderte, daß er sich wieder in die Scherben kniete. Aber daß er weinte, konnte niemand verhindern. An seinen Lippen war gar nichts mehr. Aber der Heiland auf dem Schoß der Gottesmutter war blutig.

Dann brachte man den Traktoristen in Konstantin Dmitritschs Zimmer. Ich mußte das Glas zusammenkehren, als Strafe. Gedroht hat er, Konstantin Dmitritsch, daß er mich rauswirft, wenn das kein Grund ist, hat er zweimal gesagt, wenn das kein Grund ist. Der Donnerstag blieb ruhig, und ich sagte mir, Valentina, wenn dich Konstantin Dmitritsch heute nicht holt, passiert dir morgen nichts mehr. Und so war es.

Am Freitag kamen drei Frauen. Sie begrüßten mich wie eine Nachbarin, bekreuzigten sich, knieten vor der glaslosen Ikone nieder und beteten. Ich dachte, das darf doch nicht wahr sein, und dachte weiter: Gott sei Dank ist das Glas weg! Sie küßten die goldene Hand, die Gottesmutter und den Heiland. Was tun? Ich gab Alarm. Alles ging schneller als am Mittwoch, und die Frauen zahlten Strafe.

Am Sonnabend waren sie wieder da, legten ein Kuvert auf meinen Stuhl, und alles lief ab wie gewohnt. Sie bekreuzigten sich, knieten nieder und drängelten sich dann, um die Ikone zu küssen – ich gab Alarm. Sie erschraken, rückten zusammen und beteten, bis die Miliz da war. Erst wollte man sie einsperren. Aber Konstantin Dmitritsch überredete die Polizei und erteilte den Frauen nur Hausverbot.

Am Sonntag kam ein Bus aus Dubrowka. Ich zählte genau vierzig, siebenunddreißig Frauen und drei Männer, die zu unserer Gottesmutter wollten. Weder der Milizionär noch Konstantin Dmitritsch konnten etwas dagegen tun. Mein Pascha aber hätte sich schon zu helfen gewußt. An der Kasse zahlten die Besucher der Gottesmutter, was Konstantin Dmitritsch angeordnet hatte – mit siebentausend haben wir angefangen, damals die Hälfte meines Lohns, und das galt für alle, ohne Ermäßigung. Auch für Kriegsteilnehmer. Konstantin Dmitritsch hatte aufgehört herumzuschreien und bestellte einen Milizionär. Der kontrollierte die Karten.

Nun hatten wir aber Besucher! Bald waren es hundert am Tag, dann hundertfünfzig, am Wochenende bis zu dreihundert. Spätestens ab Juni kassierten wir täglich eine Million, an Sonntagen sogar zwei bis drei Millionen, je nach Wetter.

Nach den Wundern dürfen Sie mich nicht fragen. Man sieht ja nicht alles. Oft bewahrheiten sie sich auch erst später. Plötzlich wurde ja so viel über uns berichtet. Eine Blinde konnte wieder sehen, und eine andere wieder gehen. Auch überfahrene Katzen erwachten zu neuem Leben. Ich hatte immer nur die Scherereien, wenn jemand zusammenbrach.

Unsere Gottesmutter habe ich nicht geküßt, auch nicht heimlich, nach Dienstschluß, wie Alja. Alja sagte, daß unsere Gottesmutter warm war und weich, wie ein Mensch eben. Aber gläubig ist Alja nicht geworden, obwohl sie Weihrauch mochte. Kerzen verbot natürlich der Brandschutz. Immer wenn wir sahen, daß jemand eine Kerze auspackte, pfiff Wassili, unser Milizionär, so lange, bis die Kerze wieder weg war. Fotoapparate kamen erst gar nicht ins Museum, doch das betraf nur Touristen. Zu singen hatte Konstantin Dmitritsch ebenfalls untersagt. Deshalb summten sie. Wissen Sie, wie das ist? Den lieben langen Tag dieses Gesumme in den Ohren. Ich hörte es noch beim Einschlafen.

Dem Bürgermeister hatte ich schon alles erzählt und dann unserer Zeitung. Es gibt viele Bilder von mir und Konstantin Dmitritsch. Konstantin Dmitritsch reiste herum und hielt Vorträge. Er traf sich jetzt häufig mit Priestern, die auch zu uns kamen. Bald stand täglich einer von ihnen neben mir und zählte laut und immer wieder von vorn die Wunder auf, die unsere Gottesmutter bereits vollbracht hatte. Für Ostern planten sie hier sogar eine Veranstaltung mit dem Patriarchen. Als Aufsichtskräfte hätten wir dabei mitwirken sollen.

Ja, und wer wollte nicht alles unsere Gottesmutter kaufen, angefangen von dem Traktoristen bis hin zu Russen aus Amerika, und welchen aus Finnland. Natürlich waren auch die Juden scharf drauf, wie immer, wenn was glänzt. Aber schließlich sind wir ein staatliches Museum. Und die Kunst gehört dem Volk.

Die Wunder in Saal acht hatten uns über das Leningrader Gebiet hinaus schon so berühmt gemacht, daß man forderte, unser Museum zu schließen.

Den Kunstwissenschaftlern war es peinlich, weil sie unsere Gottesmutter nicht datieren konnten, im Archiv fanden sich keine Hinweise, wann und woher die Gottesmutter ins Museum gekommen war. Einige sagten dann, daß sie nicht von Menschenhand gemalt, sondern vom Himmel gefallen sei, als das wirkliche Bild der Gottesmutter. Und deshalb gehöre sie in eine Kirche. Aber der Bürgermeister und Konstantin Dmitritsch glaubten das nicht und widersprachen.

Wir bekamen nun wieder Prämien, und jeden Tag war was los. Und ein bißchen berühmt war ich auch. Und so, dachte ich, würde es bleiben. Die Stadt hatte etwas davon, unser Museum – und diesmal auch wir.

Eines Morgens aber waren Gottesmutter und Heiland weg. Ich meine, ihre Gesichter waren verschwunden, alles schwarz, bis auf die Ränder. Als ich es Konstantin Dmitritsch meldete, war er sehr nett zu mir und sagte, das seien die Schäden der Zeit. Und dann sagte er, daß wir unser gutes Stück vergessen könnten, und ging. Das machte einen starken Eindruck auf mich. Ich weiß nicht, was ich dazu sagen soll. Den Leuten war das egal. Es kamen mehr und mehr, so daß sie für Saal acht anstanden, durch das ganze Museum hindurch, und ich regelmäßig eine Stunde zu spät nach Hause kam. Sie knieten vor den zwei runden schwarzen Löchern und beteten und küßten da hinein, wo das Metall Platz ließ.

Wenn ich an die Zukunft dachte, dann dachte ich nur, daß eines Tages nicht mehr alle, die morgens kämen, um die Ikone mit den zwei schwarzen Löchern und der goldenen Hand zu sehen, überhaupt bis zu ihr vordringen würden. Ich glaubte, daß wir bald Nummern vergeben würden. So dachte ich über die Zukunft.

Und jetzt wollen Sie bestimmt was von mir zum Diebstahl wissen. Aber da kann ich nur sagen: am Abend war sie noch da, und am Morgen war sie weg. Ich habe geweint, so hatte ich mich an unsere Gottesmutter gewöhnt, so schön war es, wenn viele Leute kamen. Als ich hörte, daß sie in der Kathedrale ist, war ich erleichtert. Alle dachten: Das läßt die Polizei nicht zu und der Staat, das ist Diebstahl. Dieses Märchen, sie sei von allein in die Kirche gegangen, weil sie dort hingehöre, sie sei vor uns geflohen, um dort Schutz zu finden – so was kann man doch nicht der Polizei erzählen. Aber die tut nichts, und auch der Bürgermeister sagt nur, daß er Bescheid weiß, und Konstantin Dmitritsch hat irgend etwas eingeleitet, worüber er nicht sprechen kann. Natürlich war es gleich in der Stadt herum, und die Leute standen bis vor die Kirche. Alle sprachen von dem Wunder. Aber niemand konnte die Gottesmutter sehen. Erst am Sonntag, hieß es. Am Sonntag, als alle warteten, hieß es, nur zu Ostern und Pfingsten würde sie sich zeigen wollen. Das hat den Leuten vielleicht gefallen. Porfiri, der Priester, konnte gar nicht ausreden, da hatten sie ihn schon im Griff. Da half gar nichts mehr. Und nun steht er da und muß sie den Leuten sonntags zum Küssen hinhalten. Ich meine, da hatten es die Leute besser, als die Gottesmutter noch bei uns war. Viele sagen das.

Konstantin Dmitritsch wird immer berühmter, denn schließlich waren wir das erste Museum mit einer wundertätigen Gottesmutter. Da können die anderen viel erzählen. Dafür habe ich meine Stelle aufs Spiel gesetzt – bis heute! Denn selbst wenn es stimmt, was man sagt, daß Konstantin Dmitritsch zum Gottesdienst gehen und sich bekreuzigen soll, gebessert hat er sich nicht. Er will mich immer noch entlassen. Wanka und Anton haben mich vergessen. Die sind jetzt reich und noch berühmter als Konstantin Dmitritsch, weil sie die einzigen sind, die ein Foto von unserer Gottesmutter haben, eins von früher, wo sie noch ganz war. Auch die Krakeleien sind deutlich erkennbar: Wanka und Anton und A und W. Der Traktorist arbeitet bei ihnen und verkauft die Bildchen. Dafür bekommt er von ihnen zu essen und ein Zimmer, mehr will er nicht. Für ihre Bildchen können sie verlangen, was sie wollen, die Leute kaufen immer. Und die Kunstwissenschaftler nennen unsere Gottesmutter schon Anton-Wanka-Ikone, der Einfachheit halber, sagen sie. Nun was, warten wir mal ab, wie es weitergeht.

IN DEN NIEDERUNGEN zwischen den Neubauten hielt sich der Nebel länger. Nur die Schreie der Möwen drangen von da herüber, wo die neuen Blocks stehen mußten, die im Dunst aus Frost und Meerwind verschwanden. Manchmal hörte man anfahrende Busse und das Holpern leerer Lastwagen. Solange die Möwen zu sehen waren, kreisten sie lautlos. Erst im Nebel schrien sie wieder.

Die Petjuschina beobachtete das schon zwanzig Minuten, seitdem der Weg zur Haltestelle zwischen dem Querblock des Prospekts der Künstler und dem ersten Block einer neuen, noch namenlosen Straße gesperrt war. In dieser Schlucht flogen die Möwen so tief, daß jeder vor ihrem Flügelschlag den Kopf einzog. Und dann hörte man wieder ihre Schreie aus dem Nebel.

»Immer, wenn es gefroren hat«, sagte die Petjuschina bitter. Um das Handgelenk hatte sie einen leeren Beutel geschlungen. »Immer, wenn es gefroren hat, passiert das! Eine Schande!« rief sie und sah sich um, ob ihr nicht jemand zunicken würde. Aber alle standen still und verfolgten das Schauspiel zwischen den zwölfgeschossigen Häusern.

»Wir sollten die Miliz rufen!« begann die Petjuschina wieder und machte ein paar Schritte.

»Hör bloß auf!« rief ein Kerl aus der vorderen Reihe, der einzige ohne Mütze. Der Wind wehte ihm eine Haarsträhne aus der Stirn, die zurückfiel, als er den Kopf zur Seite neigte.

»Machen wir's nun mit der Miliz oder nicht?« fragte sie nach rechts gewandt, wo die Leute am dichtesten standen.

»Fuh! Du siehst doch, wie schwer es ist bei diesem Boden, wie sie rutschen. So schnell finden sie nichts!« schimpfte ein Alter, nur wenige Schritte neben ihr, der die Petjuschina von der Metrostation her kannte, wo sie abends Wurst, Brot, Eier und anderes verkaufte.

»Du warst doch dabei letzten Montag, vor vier Tagen, wir haben abgestimmt und entschieden, keine Miliz, oder?« Der Alte spuckte aus.

Die Petjuschina preßte ihre blau-weißen Wollfäustlinge gegen den Mund und hustete.

»Aber vielleicht schießen sie nicht?« mischte sich eine Frau von links ein.

»Das mein ich doch!« setzte die Petjuschina nach. »Nicht immer das Schlimmste annehmen, die Zeiten sind jetzt andere!«

»Laßt sie leben, laßt sie leben!« äffte ein Mittvierziger unmittelbar hinter ihr und hämmerte mit der Faust gegen seine Bommelmütze. »Unsere Miliz hört aufs Wort, prächtige Jungs, wirklich, prächtig! Begreif doch, Mädchen, du bist hier nicht in Frankreich oder Dänemark!«

»Was meinen Sie mit Frankreich und Dänemark?« erkundigte sich eine junge Frau, die einen Stapel Hefter an sich drückte.

»Wenn dem Mitterand sein Hund wegläuft, guckt ganz Frankreich zu Hause im Garten nach, ob das liebe Tier dort nicht gerade an 'nen Baum pinkelt, und die Dänen machen's mit dem Dackel der Königin genauso!« antwortete der mit Bommelmütze. »Damit kommen Sie mal unseren. Das meine ich!«

»Gedulden Sie sich«, mahnte eine Altstimme die Petjuschina. »Genießen Sie den Anblick, diese eleganten Bewegungen, die edlen Tiere!«

»Ja, wenn's euch zuviel wird, nehmt ihr den anderen Weg!« platzte die Petjuschina heraus. »Aber wir können nicht zurück, um den ganzen Block herum, durch Sumpf, die Gräben, der Zaun, überall Büsche, hinüber zum Kindergarten und die Straße hinauf und endlich zur Haltestelle. Die Pereschowski-Leute warten nur darauf! Fragen Sie Alja Michailowna! Alles hat man ihr abgenommen, alles!« Sie hustete wieder.

»Müssen Sie denn zur Arbeit oder wir?« fragte dieselbe Frau jetzt mit schriller Stimme, duckte sich und sah der Möwe nach.

»Leb du mal von der Rente!« empörte sich die Petjuschina. »Lebt man mit der Rente, frag ich, oder stirbt man mit der Rente, Vögelchen? Versuch dir mal davon ein Paar Stiefelchen zu kaufen!«

»Halt dein Maul, oder ich sag, was du draufschlägst auf Wurst und Brot. Dreißig Prozent!« schrie der Alte und hielt ihr den Zeigefinger unters Kinn. »Dreißig und mehr!«

»Sag's doch allen«, trällerte sie und klatschte in die Hände, »sag es allen, du lieber Himmel, na bitte, mach schon ...«

Der Alte schlug zu und versetzte der Petjuschina noch eins auf den Hinterkopf, daß ihr Gebiß vorsprang. »Was mußt du jetzt Bus fahren!«

»Na endlich!« sagte die Frau mit der Altstimme, die schon ein paar Meter zwischen sich und die Petjuschina gebracht hatte.

»Haben wir also noch Männer im Staate Dänemark!« Der Kerl ohne Mütze grinste.

»Kannst gleich selbst noch ...«

»Ohoho«, machte der ohne Mütze und lachte.

Die Petjuschina heulte leise und knüllte den Beutel in ihren Händen wie ein Taschentuch.

»Alles dreht sich nur um euch!« rief ein Mann und schlug erregt mit den Armen, daß es aussah, als wollte er fliegen.

»Hier sind vielleicht hundert Leute versammelt, aber vier, fünf machen das Treiben wild, und dann heißt es, die Leute vom Prospekt der Künstler sind Rowdys, aber daß fünfundneunzig ganz still standen, ohne ein Wort zu sagen, ohne den Kopf zu drehen, und sich einfach an dem Anblick erfreuten, das will dann keiner mehr gesehen haben!« Die Empörung schnürte ihm die Kehle zu. Seine ausgestreckten Arme fanden keine Ruhe.

»Das Leben fragt nicht danach«, schluchzte die Petjuschina. Die Möwen schrien. Allmählich stieg der Nebel.

»Man sollte das Fernsehen rufen!« riet ein neu Hinzugekommener, der sich weit vorgewagt hatte.

»Sie haben nichts, aber auch gar nichts verstanden«, antwortete jemand gleichmütig. Man konnte die Haltestelle sehen.

Da ertönte der Pfiff. Niemand wußte, woher er gekommen war. Nun: die Doggen machten kehrt und galoppierten zur Hausecke, hinter der zwei Mädchen erschienen, die Leinen um den Hals gelegt. Sie faßten die beiden stärksten Tiere am Halsband und – schwangen sich auf ihre Rücken. Inmitten der herrlichen Schar entschwanden sie im zerwehenden Nebel.

Man sah ihnen eine Weile nach und lief dann auseinander. Die meisten eilten zur Haltestelle hinüber. Andere gingen zurück in die Häuser.

»Es ist trotzdem immer wieder schön«, sagte die Petjuschina, der erneut Tränen in den Augen standen. Sie suchte den Alten. Doch der wartete schon und streichelte ihre Schulter.

»Ich hab's gewußt.« Er sprach leise und drückte die Stirn an ihren Kopf. »Nur nicht die Nerven verlieren, Mädchen, nicht aufgeben. Das zumindest erwartet man von uns, nicht wahr?«

Die Petjuschina nickte heftig und betupfte abwechselnd das linke und das rechte Auge mit dem Beutel, während sie mit der anderen nach der Hand des Alten auf ihrer Schulter suchte.

Es dauerte noch ein Weilchen, bis sie die Möwen wieder sehen konnte, die, mit ausgebreiteten Schwingen den Auftrieb nutzend, in der Luft standen, direkt über der Petjuschina und dem Alten. Beide beschirmten mit einer Hand die Augen, sosehr blendete sie das frühe Sonnenlicht.

DIE EINZIGE ZEIT im Jahr, da Irina und Anatoli täglich spazierengingen, waren jene Stunden im September, wenn die Dunkelheit auch abseits der Boulevards in ein belebtes Treiben sank und zugleich noch einen Bodensatz Wärme barg. Diese an Wolkenspielen so reichen Abende erschienen Irina und Anatoli seit jeher als eine Art Urlaubszeit, die einzige, die ihnen geblieben war. Kein Wunder, daß sie gerade in jenen raren Stunden der Schönheit ihres früheren Alltags gedachten, der sie ohne größere Erschöpfung die tägliche Arbeit hatte beenden lassen. An den Abenden waren sie leidenschaftliche Darsteller im Arbeitertheater gewesen, und auch die Fahrt mit dem Trolleybus oder der Metro war ihnen erspart geblieben, weil der Betrieb für einen Wagen gesorgt hatte – und für drei Urlaubswochen, jeden Juli in Sotschi. Das war nun vorbei. Selbst vor dem Fernseher hielt es sie immer seltener. So blieb ihnen genügend Zeit, sich ganz ihrem inneren Auftrag, ihren Neigungen und Wünschen zu widmen.

Meist schlenderten Irina und Anatoli, aus einer Nebenstraße der Sadowaja, nahe der ägyptischen Brücke, kommend, die Kanäle entlang. Besonders liebten beide den Gribojedow, in dessen Geländer sie eine endlose Aneinanderreihung griechischer Lyren erkannten. Arm in Arm, die leichten Mäntel offen oder zugeknöpft, noch ohne Schal, wechselten sie jeweils an den Brücken die Uferseiten, wenn nicht eine Baustelle den Weg blockierte. Brücken mochten sie sehr, sosehr, daß sie niemals sprachen, wenn sie eine überquerten.

Die meisten Passanten überholten Irina und Anatoli, die mit ruhigen Blicken Ausschau hielten. Wer sie sah, ahnte nicht, welche Glut ihre Ehe nach dreißig Jahren noch immer besaß. Irina und Anatoli erinnerten sich ihrer Jugend, ohne etwas zu belächeln. Keine acht Wochen nach ihrer ersten Begegnung auf dem Korridor der Ökonomischen Fakultät hatten sie geheiratet – vor allem wegen des Schlüssels für die Datscha in Solnitschni. In den Wochen zuvor waren sie nachts im Jusupow-Park zusammengekommen, weil sie kein Zimmer hatten und es ihnen unmöglich gewesen wäre, nach den ersten Umarmungen wieder voneinander zu lassen. Sie hatten stets das Nächstliegende getan und dennoch Vorsorge betrieben, auch für die Kinder. Anatoli nannte es schmunzelnd ihre Küchendialektik, und die Zukunft hatte noch heller ausgesehen als das Heute.

Obwohl Irina jetzt etliche Kilo mehr auf ihren kleinen Füßen tragen mußte und ihre schweren Oberarme bei der Küchenarbeit wackelten, erschien sie Anatoli von einer anrührenden Schönheit. Er, der nur zum Rasieren einen Spiegel brauchte, hatte nichts dagegen, wenn Irina seine zu tief gerutschte Hose an den Gürtelschlaufen hochzog, ihm dabei unters Hemd fuhr und an den Härchen seines Bauches zupfte.

So lange lebten sie schon zusammen und waren so oft gemeinsame Wege gegangen, daß sie trotz des beträchtlichen Größenunterschiedes das gleiche Schrittmaß hielten. Für sich selbst nannten sie diese Spaziergänge Patrouille. Wie eine schlaffe Fahne hing der Beutel an Irinas Arm. Fand sich aber Gelegenheit, etwas preiswert zu erstehen, schaukelte er prall wie ein Kohlensack in Anatolis Händen, an denen die Henkel nie Striemen hinterließen.

Am Sennaja gingen sie auf beiden Seiten die Kioske ab, berieten sich über das Angebot, machten einen Abstecher auf den Obstmarkt, handelten, ohne am Schluß etwas zu kaufen, und ließen den Akkordeonspieler in seiner Uniformjacke nicht vergeblich auf einen Obolus warten. Nie aber konnten geräucherte Wurst, Schnittkäse, gelbe Äpfel und was sonst noch in den staatlichen Läden rar war, die beiden verleiten, ihre Zeit beim Anstehen zu vertrödeln. Sie hatten seit jeher lieber verzichtet. Nur wenn es um Karten für das Marinski-Theater ging, nahmen sie alles in Kauf.

Meist stellte die Gorochaja, spätestens aber der Apraksin-Pereulok, die unsichtbare Kehre für all ihre Spaziergänge dar. Dahinter begann schon der Lärm des Newski, den sie mieden. Sie näherten sich, von der Fontanka kommend, jenem Markt, der sich wie ein Archipel zwischen den heruntergewirtschafteten Gebäuden des Apraksin-Dwor verzweigte. Weit gingen sie nicht hinein, sondern verweilten zwischen Geldwechslern und Waffenhändlern, deren Singsang, gedämpft wie ein besonderes Versprechen, in die Ohren der Vorübergehenden drang. In der Dunkelheit waren sie lauter und ihre Offerten deutlicher.

Irina zog den widerstrebenden Anatoli von einem zum anderen, erkundigte sich nach dem Kurs von Dollar und Finnmark, fragte nach kleinen, nicht so teuren Pistolen und kam nach kurzer Zeit mit einer jungen Frau ins Gespräch, die unter ihrem Trenchcoat drei Exemplare vorwies.

»Endlich auch mal was für Frauen!« sagte Irina, und als das nicht half, zog sie Anatoli am Revers seines Mantels zu sich heran. »Schau doch wenigstens hin!«

Die junge Frau, die schon nach wenigen Sätzen angeboten hatte, einfach Sonja zu ihr zu sagen, sprach mit unbeschwerter, klarer Stimme auf Anatoli ein. Einzig, daß sie sich immer wieder eine glänzende Haarsträhne hinters linke Ohr strich, zeugte von ihrer Unruhe. Für Anatoli existierte sie offenbar nicht, auch wenn Irina bereits »Töchterchen« sagte und Sonja ihrerseits zwanzig Patronen gratis versprach. Die Frauen wären sich einig gewesen, wenn nicht Anatoli Geschäfte dieser Art als unnötig, gefährlich, ja selbstmörderisch bezeichnet hätte. Ohne daß Irina antworten konnte, zog er sie mit sich fort. Sonja lief ein paar Schritte neben ihnen her, blieb dann stehen und sah ihnen nach. Doch Irina riß ihren Arm aus Anatolis Umklammerung und giftete: »Willst du nun oder willst du nicht?«

Sie kamen überein, diese Angelegenheit nicht hier, sondern in einem Hausflur oder am Gribojedow zu klären.

»Am Kanal«, bat Sonja, als Anatoli, der vorauslief, mit dem Kopf in eine Hofeinfahrt wies. Sie gingen über die Steinbrücke, bogen nach links und stellten sich, vielleicht dreißig Meter von der Gorochaja entfernt, hinter einen Baum. Anatoli lehnte den Beutel mit den Einkäufen ans Geländer und zog seine Handschuhe an.

Sonja gab ihm nie mehr als eine Pistole. Immer wieder verschwanden die Waffen unter ihrem Mantel, immer wieder wollte Anatoli sie sehen und vergleichen. Irina behielt die Hände in den Taschen und sah sich um.

»Nun mach schon!« Sie lächelte Sonja zu.

»Diese hier!« entschied Anatoli. Sonja lachte.

»Na, was ist, willst du nicht mehr?« fragte Anatoli. »Du hast das Geld!« Irina beobachtete, ohne den Kopf zu wenden, die Brücke und beide Ufer. Dann ließ sie das Portemonnaie fallen.

»Oijoi«, rief Sonja und bückte sich. Blitzschnell packte Anatoli sie am Pferdeschwanz und schleuderte sie gegen das Geländer. Den zusammensackenden Körper umschlang er mit seiner Linken und stützte ihn mit den Schenkeln. Dann rammte er Sonjas Kopf gegen das Eisen, wieder und wieder, bis er durch das obere Dreieck zwischen den griechischen Lyren paßte. Das Geländer dröhnte. Anatoli spürte, wie der Schädel nachgab. Mit einem Ruck zog er ihn zurück und ließ los. Irina scharrte mit der Schuhspitze Sonjas Haare über den blutenden Mund. Während sie aus dem Einkaufsbeutel eine Flasche Wodka zog, untersuchte Anatoli Sonjas Weste, fand noch eine vierte Pistole und warf alle mitsamt den Patronen in den Kanal. Irina goß Wodka über die Leiche und drückte ihr die Flasche unter den Arm.

»Bestie!« Sie spuckte aus und verstaute das Portemonnaie. Anatoli nickte, schlug die Handschuhe, an denen lange Haare klebten, gegeneinander, streifte sie ab und legte sie auf die Einkäufe. Durch die Manteltaschen griff er nach seiner Hose, zog sie hoch, und obwohl er merkte, daß sein Hemd herausgerutscht war, schob er seinen Arm unter Irinas und preßte liebevoll ihre Hand. Er nahm den Beutel. Nun war es Zeit, nach Hause zu gehen.

IWAN TOPORYSCHKIN, der Vater, gibt für alle Gäste am Tisch die Bestellung auf. Plötzlich sagt der Kellner: »Das schmeckt aber nicht.«

Wer am Tisch sitzt, sieht zu ihm auf.

»Das schmeckt nicht!« wiederholt der Kellner und wechselt mit jedem einzelnen Gast einschließlich Iwan Toporyschkins, des Vaters, einen Blick.

Iwan Toporyschkin, der Vater, zeigt noch einmal auf das Gericht mit der Nummer 3012 und sagt: »Ich will!«

»Das schmeckt aber nicht«, sagt der Kellner zum dritten Mal, notiert sich Nummer 3012 und geht ab in die Küche.

Jetzt beginnen alle Gäste einschließlich Iwan Toporyschkins, des Vaters, zu lachen. Sie lachen so sehr, daß ihre Gesichter die aufgestellten Servietten zwischen ihren Gedecken berühren und der Geschäftsführer gerufen werden muß.

»Das schmeckt nicht!« prustet Iwan Toporyschkin, der Vater, los, und wieder berühren alle Gesichter die Servietten vor ihnen.

»Eine Unverschämtheit«, sagt der Geschäftsführer. Schließlich aber kommt alles heraus, der Kellner wird gerufen und entlassen. Das Essen einschließlich Nummer 3012 bringt eine Kellnerin.

»3012 schmeckt nicht«, sagt Iwan Toporyschkin, der Vater, legt Messer und Gabel zurück auf den Tisch und greift zur Serviette. Der Geschäftsführer wird gerufen und der Kellner wieder eingestellt.

Aus Geschichten wie dieser schöpfe ich jedesmal neuen Mut.

DER SCHNEE war so plötzlich gekommen, daß weder Bus noch Straßenbahn fuhren, und Olga Wladimirowna von der Metrostation nach Hause laufen mußte. Sie drückte den Brotbeutel an sich, zog mit der anderen Hand den Schal straff – zwischen Hals und Mantelkragen entstanden immer wieder undichte Stellen – und machte kleine, schnelle Schritte. Sie erwartete die Kälte zuerst an den Zehen und am Rücken.

Um diese Zeit war die Krasnoarmejskaja leer und wirkte breiter als der Newski. Im erleuchteten Containerhäuschen saß, von grünen Gardinen umrahmt, eine Dispatcherin und rauchte. Am Ismailowski-Prospekt ging Olga Wladimirowna quer über die Kreuzung auf die andere Straßenseite. Statt daß ihr kalt wurde, wärmte sie jeder neue Schritt. Sie lief langsamer, um nicht zu schwitzen.

Vorbei an der Dreifaltigkeitskathedrale, schon unter den Kastanien des Moskwinoi-Prospekts, hörte Olga Wladimirowna hinter sich ein Geräusch – wie Klingeln. Und gleich noch einmal – kurz und hell. Im Weiterlaufen sah sie über die Schulter zurück, darauf bedacht, daß der Schal nicht verrutschte – und blieb stehen. Sie drückte ihren Mantelkragen fest zusammen und schluckte. An den Oberleitungen schaukelte die Straßenbeleuchtung. Äste und Schatten wippten. Olga Wladimirowna drehte sich ganz herum.

»Warten Sie schon lange?«

»Ich denke, ja.« Seine Stimme überwand ruhig und ohne Anstrengung die wenigen Meter zwischen ihnen.

»Wie kommen Sie hierher?« Seine Hausschuhe waren verschneit. Er antwortete nicht. »Gefällt es Ihnen hier?«

»Ich weiß noch nicht«, sagte er. Jetzt ging sie ein Stück auf ihn zu.

»Sie sind schlecht gekleidet.«

»Finden Sie?« Erstaunt blickte er an sich herab. Unter dem derben grauen Bademantel, den er mit einer Hand vor dem Bauch und mit der anderen vor der Brust zusammenhielt, sah an Hals und Beinen ein weißes Nachthemd hervor, dessen

Kragen blau umrandet war. Auf seiner Halbglatze taute
Schnee.

»Nehmen Sie meine Strickjacke. Mir ist ganz warm von der
Lauferei.«

»Ich brauche keine Jacke. Bitte, bemühen Sie sich nicht«,
erwiderte er.

»Aber sie ist sehr schön!« redete Olga Wladimirowna ihm zu,
wickelte ihren Schal ab, knöpfte den Mantel auf, fuhr aus den
Ärmeln und streifte darunter die Strickjacke ab. Der Brotbeutel, den sie mit den Knien festhielt, fiel in den Schnee.

»Sie haben recht, eine schöne Jacke«, sagte er und drückte sie
gegen seine Nase. »Warm.«

Olga Wladimirowna legte ihm die Strickjacke um die Schultern, knöpfte sie über seinen Händen zu – da war es wieder,
dieses Klingeln – und steckte die leeren Ärmel in die Taschen,
aus denen sie schnell noch ein paar Zettel nahm.

»Habt ihr zu essen?« fragte er und streckte sein Kinn vor.
Olga Wladimirowna nickte und zog den Mantel wieder an. Er
stand wie gefesselt. »Immer?« forschte er weiter. Auf seinem
Haarkranz blieb der Schnee liegen. Von der Glatze rannen
ihm Tropfen übers Gesicht.

»Ja«, sagte Olga Wladimirowna, »sogar Obst und getrocknete
Pilze.« Sie schlang ihren Schal wie ein Kopftuch um ihn, daß
gerade noch Augen und Mund zu sehen waren.

»Werden eure Frauen alt?« erkundigte er sich und zupfte mit
den Lippen am Schal. Sie bejahte.

»Und die Männer?«

»Viele«, antwortete Olga Wladimirowna nach kurzem Überlegen.

Eine Frage folgte der anderen: Ob sie eine Wohnung habe, ob
es dort warm sei und fließend Wasser gebe, Platz zum Schlafen, eine Toilette, ob sie ihren Mann liebe, und wie es um die
Nachbarn stehe, und wo sie geboren sei. Olga Wladimirowna
antwortete jedesmal ausführlich.

Plötzlich sagte er: »Ich kann auch arbeiten!«

»Natürlich können Sie arbeiten.« Er war in ihrem Alter, vielleicht etwas jünger.

»Aber Sie zittern ja«, sagte er überrascht und streckte wieder sein Kinn hervor. »Bald klappern Sie mit den Zähnen.«

»Möchten Sie Geld?« fragte sie.

»Schlafen«, sagte er, machte einen Schritt auf Olga Wladimirowna zu und wäre ausgerutscht, hätte sie ihn nicht an den Schultern gefaßt. Dann hob sie den Brotbeutel auf, faßte mit der anderen Hand die Ecken des Mantelkragens und setzte ihren Weg fort, vorbei an dem großen verrosteten Tor – und hörte es wieder, kurz und hell.

Die einzigen Fußstapfen endeten bei ihr. Stand er hinter einem Baumstamm, auf der Straße? Dann erkannte sie ihn, vor dem Abflußrohr an die Hauswand gelehnt, den Schal zwischen den Zähnen, fest in die Jacke geknöpft. Darunter hervor aber hing das Glöckchen. Olga Wladimirowna ging weiter, und als über der Häuserzeile auf der anderen Straßenseite die Leuchtschrift des Hotels Sowjetskaja erschien, hörte sie das Klingeln nicht mehr.

»HABEN SIE GESEHEN? Schlimme Geschichte!« sagte Mitja mit einer Stimme, die mir zu hoch und resonanzlos schien für seinen massigen Körper. Dann liefen wir wieder wortlos nebeneinanderher. Er rauchte, die Hände auf seine Kameras gelegt. Wie Colts hingen sie ihm an den Hüften. Die breiten Riemen kreuzten sich vor seiner Jeansmontur, und alle paar Meter schneite Zigarettenasche darüber.

Fast drei Monate hatte ich gebraucht, um an Mitja heranzukommen, und bis er zustimmte, war es Juni geworden. Von der Moskowskaja aus waren wir stundenlang mit Metro und Bus und einigen Fußmärschen kreuz und quer durch die Stadt gezogen. Ich hatte keine Fragen gestellt und war Mitja gefolgt, der sich auch im Gedränge nicht umdrehte, als sei ihm egal, ob ich hinterherkam. In der Metro, zwei Stationen vor der Gorkowskaja, hatte mir gegenüber eine junge, vor sich hin dösende Frau gesessen. Ihre Waden waren derart angeschwollen, daß sich der Reißverschluß ihrer Stiefel nur bis zur Hälfte schließen ließ. Grüne, gelbe und blaue Flecken überzogen ihre Beine bis hinauf zum kurzen Rock, so daß ich erst glaubte, sie trage eine farbige Strumpfhose. Als sie für einen Augenblick den Kopf hob, sah man den verschmierten Mund. Ihr Blick war stumpf. Kurz vor dem Öffnen der Türen stieß eine Fußspitze gegen ihr Schienbein. Schwerfällig hatte sie sich erhoben und war zwischen den Leuten auf dem Bahnsteig verschwunden.

Mitja schien alles und jeden in dieser Stadt zu kennen. Ich solle vorsichtig mit ihm umgehen und nicht fragen. Das sei die beste Art, ihn zum Sprechen zu bringen, hatte man mir gesagt. Obwohl schon nach elf, blendete die Sonne über dem flachen Dach, so daß die blinkenden Glühlämpchen im Gewirr der Halterungen und Strippen noch keinen lesbaren Schriftzug ergaben. Die Glastür vor uns ging auf, fern dröhnte Musik, und aus dem Dunkel trat ein Cowboy: rot und blau gekleidet und mit Hut.

Mitja schnipste gegen die breite Krempe und schob mich

durch die Tür. Drinnen war es kühl. Ein Liliputaner, eben noch flach und reglos wie ein Aufsteller, wies mit dem Lauf seiner Uzi zur Kasse.

»O, o!« sagte er, als er Mitja sah, und eilte ihm auf seinen Säbelbeinen entgegen. Ich zählte die zweimal fünfzehn Dollar auf ein Brett, das von den Bässen vibrierte, die aus dem Inneren des Gebäudes drangen. Der Zwerg lachte laut, und als ich mich umwandte, dienerte er zu mir herüber, machte ein paar Schrittchen zum Vorhang und schob ihn in der Mitte auseinander.

»O, o!« sagte er wieder und verbeugte sich tief, die Uzi an die Brust gepreßt.

Wir liefen einen mit Filzmatten ausgelegten Korridor hinab, den nur wenige Lämpchen in Fußhöhe erhellten, an dessen Ende sich aber eine Stahltür öffnete, die zu einem weiteren Korridor mit Stahltür führte, der Musik entgegen. Ich mußte mich umdrehen, um sicher zu sein, daß Mitja folgte, denn ich hörte nicht einmal die eigenen Schritte. Es roch nach Sägemehl und Schweiß, die Decken, verhängt mit weißem Tuch, wirkten hoch. Nach vier oder fünf solcher Korridore fühlte ich wieder harten Boden unter mir. Wir standen in einer Halle. Unter Sonnenschirmen saßen Frauen, allein oder zu zweit. Kurze grelle Strahlen, von einer Discokugel verteilt, trafen die leere Tanzfläche.

»Los, los!« Mitja schob mich auf eine Treppe zu, die an der Stirnseite des Saales auf der Galerie endete. Er selbst hatte es so eilig, daß er mir auf die Hacken trat und wir nebeneinander die letzte Stufe nahmen. Zwei Vietnamesinnen putzten hinter der Theke Gläser. Sie sahen nur flüchtig auf.

Jeder Tisch an der Brüstung war vom anderen durch einen mächtigen Pfeiler getrennt – wir saßen wie in einer Loge. Die Sonnenschirme verbargen die Frauen gänzlich. Nur die Hände der Vietnamesinnen bewegten sich und die Lichtpünktchen, die von der Kugel zur Wand und Decke hin immer größer und schneller wurden.

»Wir sind die ersten!« sagte Mitja, der den Saal nicht aus den Augen ließ. Er war wieder ruhiger geworden und lächelte sogar, als die beiden Vietnamesinnen uns auf Messingtabletts je zwei Weißbrotscheiben mit Käse und einen »Snickers« servierten. Dazu gab es ein Glas süßen Sekt. Mitja nahm, noch während die beiden an unserem Tisch standen, die Käsescheiben vom Weißbrot, drückte sie in den Mund, trank darauf einen Schluck, riß das Papier vom »Snickers«, biß ab und stopfte den Rest hinterher. Während er das Glas leer schlürfte, knüllte er mit der anderen Hand das Papier auf den Teller mit dem trockenen Brot.

Ich wollte Mitjas Vertrauen erwerben, das Terrain erkunden, auf dem er sich bewegte, und erfahren, wie er zu seinen Fotos kam. Ich wollte sehen, was das für ein Mensch ist, der täglich sein Leben riskierte. Denn immer wieder war es Mitja, der im richtigen Moment auftauchte, der nie den Faden verlor und den die Kommissare mit einer Art Haßliebe ehrten. Ich bewunderte seinen indianerhaften Spürsinn. Ohne Mitja – das bestätigte mir jeder, dem ich von meinem Vorhaben erzählte – würde die Mafia aus dem öffentlichen Bewußtsein verschwinden. Texte konnte man ungelesen überblättern, seine Fotos aber nicht übersehen.

»Haben Sie einen Schutzengel?« fragte er und kniff die Augen zusammen, ohne die Zigarette aus dem Mund zu nehmen.

»Ich verlaß mich auf Sie«, erwiderte ich. Zwischen den Sonnenschirmen huschten Frauen hin und her.

»Sie sind kein Kind mehr!«

»Hier weiß ich weniger als ein Kind«, antwortete ich und war froh, daß wir zumindest miteinander sprachen.

»Was wollen Sie wissen? Ich bin ledig, 32 Jahre, ohne feste Anstellung.«

»Und Sie kämpfen, Mitja, Sie kämpfen gegen die Mafia!«

»Ich kämpfe nicht gegen die Mafia.«

»Doch, Sie kämpfen, mit Ihren Mitteln, mit Ihren Fotos kämpfen Sie ...«

»Ich kann nicht gegen etwas kämpfen, was es nicht gibt!«
Mitja sah kurz zu mir herüber, weil ich auflachte, und starrte
dann weiter auf die Sonnenschirme.

»Ist doch absurd, es gibt keine ...«

»Es gibt keine Mafia!« unterbrach er mich schroff. »Ich bin die
Mafia, Sie sind die Mafia, die hier sind die Mafia, jeder ist die
Mafia, so ist das, nichts weiter!«

»Und Ihre Fotos?«

»Ich bin Fotograf.«

»Und wer, Mitja, bringt die Leute um? Zwei, drei, vier pro
Tag, gestern sieben zerstückelte Leichen in einem Kofferraum, angeblich noch warm!«

»Woher soll ich das wissen?«

»Aber Sie wüßten gern, wer es ist?«

»Im Gegenteil!«

»Und warum jagen Sie diesen Leuten hinterher?«

»Wer behauptet das?«

»Mitja, Sie kommen doch nicht zufällig vorbei. Sie sind schneller als die Polizei!«

»Weil sie mich anrufen.«

»Wer ruft Sie an?«

»Die mir sagen, wo heute was passiert.«

»Wer?«

»Die das Geld haben wollen.«

»Von Ihnen, Geld?«

»Erst wenn die Fotos erschienen sind.« Langsam stiegen zwei
Pärchen die Treppe herauf.

»Und Sie kennen die Leute nicht?«

»Immer andere. Manche verlangen zuviel.«

»Erst den Preis aushandeln und dann: wo was wann passiert?«

»Ungefähr.«

»Und alle kennen die Nummer des großen Mitja?«
Er sah zu mir und hob den Kopf.

»Freundchen, Sie müssen mal etwas anderes lesen als Ihre

Zeitung. Ich erzähl den Schnee von vorgestern, und Sie staunen.« Mitja lehnte sich über die Brüstung, als habe er jemand Bestimmtes im Auge, und fügte hinzu: »Wer uns zusammen sieht, treibt die Forderungen hoch – Veröffentlichung im Westen.«

»Warum sind wir dann ...«

»Ich mußte her.«

»Und Sie wissen?«

»Nein. Milieu bedeutet nichts mehr. Sie wollten doch ...«

»... nicht so enden wie Hofmann«, ergänzte ich schnell.

»Wer?«

»Sie wissen schon.«

»Nicht viel.«

»Sind die Aufzeichnungen je wieder aufgetaucht?«

»Er wird uns hinführen.« Bei diesen Worten blickte mich Mitja eigenartig an.

»Aber wenn alles nur ausgedacht ist!« rief ich. »Nur Spinnerei! Phantasie!«

»Wer es glaubt ...«

»Das wird heute oder morgen wieder erfunden. Vielleicht ist es schon gestern passiert!«

»Ja, was sich die Leute so ausdenken«, sinnierte Mitja, zog aber im selben Moment seine Rechte unterm Tisch hervor und legte wie ein Grand ouvert Fotos vor mir ab. Zuerst verwirrte mich der Gedanke, daß er diese postkartengroßen Schwarzweißbilder schon länger in der Hand gehalten haben mußte.

Dann aber sah ich genauer hin. »Das bin ja ...?«

»Richtig. Vier Varianten, Sie zur Strecke zu bringen. Einmal à la Tourist: Newski/Ecke Litjeni. Auf offener Straße erstochen und beraubt. Klassisches Motiv. Ebenso die nächste Variante: Metro, Sennaja, Blausäure ins Gesicht. Ausländer bricht tot zusammen. Nummer drei: Geschäftsmann beim Verlassen der Bank, Scharfschütze, Schalldämpfer.« Mitjas Tonfall, seine Gestik, dieses Lächeln hätten in ein Reisebüro gepaßt. »Jetzt aber der Leckerbissen: Landschaft, nichts als Landschaft, beruhigendes Grün, der Mensch ist verschwunden. Bleiben Sie sitzen.«

»Mitja, wenn das ein Spaß ist ...«

»Vielleicht ein Spaß, vielleicht.«

»Sie wissen es, Mitja, Sie wissen es doch! Ich bin hier nur Gast!«

»Klappe!« Zum ersten Mal sah mir Mitja wirklich in die Augen.

»Ich weiß nicht mal, ob's um dich geht oder um mich«, flüsterte er und kniff die Augen zusammen. »Ob's ums Foto geht, um meine Stelle also, oder um dich. Verstehste?«

»Warum sind wir hier?« schrie ich fassungslos.

»Pscht! Glaubst du, zu Hause wär's sicherer? Es war das Beste, was wir machen konnten, das Allerbeste für dich.« Sein Zeigefinger berührte mich über dem Herzen. »Und für mich.« Sein Daumen bog sich zu ihm zurück.

»Und falls was schiefgeht ...«, dabei knöpfte er seine Jacke auf, schlug die linke Seite zurück und legte eine Pistole frei.

»Makarow?« fragte ich, fuhr aber mit einem Schlag vor seiner Fratze zurück.

Statt zu antworten, krallten sich Mitjas Hände in seinen Kragen, rissen das Hemd auf, seine Augen traten hervor, die Lippen spitzten sich zu einer Tülle, Blut schoß heraus, eine Fontäne Blut, die nach oben stach, sich versprengte. Sprechen wollte er, riesige Augen, eine zweite Welle gluckste auf, die Lippen, eben zusammengepreßt, öffneten sich, keine Worte, nur Blut schwappte, und dann – dann sackte sein Kopf herab, ein dritter Schwall ergoß sich über den Aschenbecher, brachte die Kippen wie Schiffchen zum Schwimmen. Der zweite Schuß durchschlug von unten her den Tisch, exakt zwischen Mitjas Kopf und den aufweichenden Brotscheiben.

Ich wischte mir die Spritzer vom Mund und lachte unwillkürlich, obwohl ich wütend war. Denn erst im letzten Moment hätte Mitja sehen sollen, unbedingt hätte er das noch begreifen und erleiden sollen, daß nicht er mich, sondern ich ihn betrogen hatte.

»Sorry«, sagte Ada. »Sorry«, sagte Ida. Von den Kellnerinnen war keine zu sehen, und das war ein schlechtes Zeichen.

»Laßt uns verschwinden«, riet ich. Die beiden nickten und sicherten den Raum. Ich hatte es mir zum Prinzip gemacht, keine Waffe zu tragen, denn in abergläubischer Ergebenheit hielt ich mich an den Satz: Wer das Schwert zieht, wird durch das Schwert fallen.

Kaum aber war ich aufgestanden, als Ada und Ida wie zwei Kälbchen einknickten und hinschlugen. Bei Ada leuchtete der Einschuß rot und schwarz auf der Stirn. Ida war durchs Ohr getroffen und blutete höllisch. Im nächsten Moment lag ich auf dem Boden. Trauer packte meinen Körper, betäubte und lähmte mich. Nie zuvor war mir meine Liebe sowohl zu der scheuen und vollkommen schönen Ada als auch zu der mutigen und zarten Ida so bewußt geworden. Beide waren nicht jenem qualvollen Exerzitium entgangen, das die Götter vor ein illusionsloses, aber freudiges Leben setzen. Wenige nur hielten durch. Doch diese teilten dann ihre tiefsten Gefühle und kühnsten Gedanken miteinander. So deutlich hörte ich Ada und Ida das »Ännchen von Tharau« singen, daß ich einen Augenblick lang glaubte, sie lebten noch. Ich wollte liegenbleiben und zuhören, bis alles wieder so wäre wie früher.

In Wahrheit aber zögerte ich keine Sekunde. Ich kroch zu ihnen, küßte Ada und Ida auf den Hals, nahm den Browning und die Heckler & Koch an mich: Adieu, Ada! Adieu, Ida! - dann robbte ich unter den Tisch und zerrte Mitjas Makarow heraus. Auch sie war noch warm, als wollte Mitja mir einen letzten Gruß in die Hand geben.

Vor der Brüstung auf den Boden gepreßt, spähte ich nach dem Schützen aus, diesem heimtückischen, feigen Mörder. Nie zuvor hatte ich mich in einer Situation wie dieser befunden. Doch nun, mit Waffen eingedeckt, wußte ich instinktiv, was zu tun war. Das »Ännchen von Tharau« ging mir nicht mehr aus dem Sinn und spornte mich an. Wer handelt, riskiert immer sein Leben. Doch blieb mir keine Wahl, solange da unten jemand herumlief, der mit Schalldämpfer arbeitete.

Neu war eine Art Lichtorgel, die grellgrüne Schneisen ins Dunkel blitzte – ein Martyrium für die Augen. Das war auch der Grund, weshalb ich die Schalldämpferknolle erst nach dem weißlichen Flackern und dem Schlag in die Tischplatte erkannte. Um besser sehen zu können, trat die Gestalt aus dem Schutz des befransten Schirmes hervor – wie Liza Minelli, mit Pagenschnitt und zu großen Augen. Noch bevor sie sich wieder zurückziehen konnte, hatte ich in der verlängerten Visierlinie ihre Nasenwurzel gefunden und den Druckpunkt erreicht. Als der Schuß losbrach und ihren Kopf nach hinten riß und den zierlichen Körper niederstreckte, bemerkte ich meinen Fehler. Statt mit Adas Browning oder Idas Heckler & Koch die Rechnung zu begleichen, war Mitjas Makarow – natürlich ohne Schalldämpfer – zum Rächer geworden. Und so brachte ich dem ganzen Schuppen einen Urknall bei, der mich selbst unfreiwillig in ein Universum des Abenteuers schoß. Die Musik verstummte, absolute Stille, dann Gekreisch, und Sekunden später war alles grell erleuchtet. Mich selbst schockierte und verwirrte die neue Situation derart, daß ich einen zweiten Schuß abgab.

Es ist nie zu spät, sagte ich mir. Eine Umkehr ist möglich! Ich kroch unter dem Tisch hervor und richtete mich mit erhobenen Händen auf – doch ich erntete einen Kugelhagel, der die Wand hinter mir vom Putz befreite. Das war ungeheuerlich. Erneut warf ich mich nieder, winkte zum Saal hinunter – und wieder krachte der Putz. Sahen sie denn in mir einen Mörder?

Plötzlich trat hinter der nächsten Säule, wie aus dem Nichts, ein riesiger Kerl hervor, setzte zum Sprung an, stolperte und fing im Fallen einen Schuß von mir auf. Mit Nase und Knie schlug er gleichzeitig hin. Sein kurzgeschorener Schädel aber erhob sich zwischen meinen Füßen, die Augen suchten seinen

Peiniger, und zum letzten Mal malmten seine scharf abgesetzten Kiefer gegeneinander, als wollte er den bitteren Schmerz zerbeißen und hinunterwürgen. Dann brüllte er, stützte sich mit letzter Kraft auf die Ellenbogen, der Schädel schaukelte, aus dem Mund floß Blut. Mein Gott, wie er sich quälte!

Ich konnte nur zusehen, wie er meinen linken Oberschenkel umschlang und versuchte, ihn gegen die Wunde zu pressen. Welche Kraft noch in diesem Kerl steckte! Je verzweifelter er wurde, desto schmerzhafter drückte er seinen Leib auf mein Knie, auf Schienbein und Knöchel. Ich hieb den Pistolengriff mehrmals auf jene Stelle seines Kopfes, wo ich die Fontanelle vermutete. Und während ich ihm mit dem rechten Bein gegen die Schultern trat und mein linkes unter ihm hervorzog, weiteten sich seine Augen, sein Kinn schlug auf den Boden. Man gewöhnt sich schnell an das blutige Geschäft.

Den Mund verzerrt, die Haare raufend, trat ein Mädchen hinter der Säule hervor, starrte auf den mächtigen Toten, taumelte und sank an seinen Füßen nieder. Sie war unfähig zu weinen, unfähig zu atmen, wie ein Kleinkind, das den Schrei nicht herausbekommt, blau anläuft und erstickt. Mit den Händen patschte sie übers Parkett. Ich hätte sie töten sollen, um dieses unwürdige Schauspiel zu beschließen. Aber das Morden mußte doch irgendwann einmal ein Ende haben.

Da fledderte eine Kugel den Schoß meines Jacketts. Streifschuß, dachte ich. Verdammt noch mal, ich mußte aufpassen, sonst bestimmten andere meine Todesart! Denn eines wußte ich mit Sicherheit: Lebend käme ich hier nicht mehr raus.

»Huhuhuhu«, heulte endlich die Liebste des Ungetüms und verzerrte ihr Gesicht noch gräßlicher als zuvor. Viel war nicht dahinter, denn als ich auf sie anlegte, rappelte sie sich flink auf und stürzte hinter die Säule zurück.

Ich rollte mich in die einzige Richtung, die mir geblieben war, hinüber zur Bar. Mitjas Makarow war eine schwere Waffe. Jeder Schuß daraus brachte mir ein paar Sekunden Ruhe. Als ich die Seitentür der Theke aufstieß, sahen mich die beiden Vietnamesinnen teilnahmslos an und blieben unbeweglich hocken, als verrichteten sie ihre Notdurft.

Mit einem Mal lagen wir drei auf dem schmutzigen Parkett, den Kopf unter Armen und Händen geborgen: Eine Uzi räumte das Regal über uns ab. Ich konzentrierte mich auf das Ende der Salven und spürte den Regen aus Drinks, Scherben und Splittern nicht. Das Licht stand über uns wie eine ewige Leuchtkugel. Einige Schüsse schlugen in den Kühlschrank, vor dem ich meinen Kopf auf den Boden preßte – in eine Bierlache. Hatte ich noch eine Chance? Kesselten sie mich ein, um mich in aller Ruhe zu schlachten? Ich wußte, daß sie langsam töteten und dabei mit Vorliebe taktische Varianten einstudierten.

Wie im Reflex hielt ich die Makarow über die Theke und drückte zweimal ab, noch bevor die höllische Uzi verstummte. Zwei Schreie, entsetzliche, mörderische Schreie folgten. Ich hatte getroffen. Das machte Eindruck. Stille. Endlich! Zwischen Scherben und Eiswürfeln mischten sich die eigenartigsten Cocktails mit Blut.

Die Vietnamesinnen wimmerten. Rote Blumen erblühten auf ihren weißen Blusen. Ich zog mein Jackett aus und befahl ihnen, den Boden damit zu wischen. Sie mußten beschäftigt werden, wollte ich nicht zusätzlich Kraft und Aufmerksamkeit verschwenden. Behutsam schob ich den Kühlschrank beiseite und mich voran. Zwei Einschüsse lagen günstig. Durch den rechten konnte ich im Bedarfsfall die Galerie eindecken. Der linke, größere bot Sicht auf das Treppenende, vor dem zwei fette Männer in einer Blutlache lagen und sich nicht mucksten. Mit Adas Browning schoß ich lautlos auf ihre Leiber. Ich durfte kein Risiko eingehen.

Da ballerte wieder die Uzi. Die Einschläge lagen sehr hoch. Die Burschen waren vorsichtig geworden. Die Vietnamesinnen begannen ihre Arbeit von vorn.

Das einzige, was sicher war: Ich wollte uns so teuer wie möglich verkaufen.

Das Ticken meiner Armbanduhr erinnerte mich an eine Welt, in der ich es nicht nötig hatte, mit einer Makarow, einem Browning und einer Heckler & Koch unter der Theke zu liegen und meine Kugeln zu zählen. Aber ich hatte schon Blut geleckt. Gebt mir Patronen, genügend Patronen, oder besser eine Kalaschnikow – und dann wollen wir sehen, wer der Bessere ist. Ich empfand eine gewisse Achtung vor meinen Feinden. Immerhin hatten sie mich herausgefordert.

Die Vietnamesinnen wischten mechanisch und achteten nicht auf die nassen Haarsträhnen, die ihnen am Mund klebten.

Mein Plan war einfach und nicht sonderlich originell, aber auf jeden Fall für eine Entscheidung gut, so oder so. Das Problem waren die Patronen: Makarow drei, Heckler & Koch sechs, Browning elf. Wieder ging eine Salve über uns nieder. Diesmal nur kurz. Ihr folgte Lachen. Es klang heiter gelöst, als setze das frühere Leben wieder ein. So sicher waren sie sich bereits. Und ich war der erste, der zugab, keine Chance mehr zu haben, wenn die anderen keinen Fehler begingen.

»Kennt ihr den Zwerg?« fragte ich die beiden, ohne den Kopf zu drehen. »Kennt ihr den Zwerg?« wiederholte ich schärfer und richtete Mitjas Makarow auf sie.

»Sie ist seine ...«, sagte die mit dem breiteren Gesicht. Wir wechselten einen Blick.

»Zieh das aus!« herrschte ich die andere an. »Aber schnell!« Es war ein erbärmlicher Anblick, wie das gequälte Ding sich langsam die Knöpfe öffnete und ihre Bluse erst von der einen Schulter, dann von der anderen streifte. Wie mager sie war, ein Kind noch. Sie knüllte die Bluse auf ihren Schoß.

»Bind sie da fest!« Der Besen, der in der linken Ecke alle Salven überstanden hatte, war mein wichtigstes Requisit.

»Los, los, los!« zischte ich, obwohl sie mir leid tat. Doch es mußte sein. Irgendwann würde sie das vielleicht verstehen. Jeder Augenblick, den wir nicht unter Beschuß lagen, erhöhte meine Chancen. Ich gab mir noch drei Atemzüge, in denen ich dankbar der Menschen und Dinge gedachte, die mir in meinem Leben etwas bedeutet hatten. Ohne Anstrengung erschienen die Gesichter meiner Mutter und meines Vaters vor mir, die meiner Großeltern. Mühelos erinnerte ich mich an Lehrerinnen und Lehrer, an meinen Trainer. Ich gedachte der Freundinnen und Freunde, natürlich meines besten Freundes Karl. Ich sah meine Frau mit unserem Sohn, der so früh gestorben war und über dessen Verlust unsere Ehe zerbrochen war. So zogen während eines einzigen Atemzuges all meine Lieben an mir vorüber, von denen sich manche um meinen Zinksarg sammeln und sich fragen würden, ob ich wirklich darin liege und wenn ja, welche Verstümmelungen mein Körper erlitten habe.

Der zweite Atemzug galt jenen Dichtern, Malern und Musikern, die ich als meine zweite Familie ansah; die ich als Freunde und Vertraute bezeichnete, wann immer ihre Namen genannt wurden, auch wenn ich sie selbst nie von Angesicht zu Angesicht kennengelernt hatte. Wie unsinnig waren alle Eifersüchteleien und die eigene Ruhmessucht, wo es doch allein darum ging, dieser Welt etwas zu schenken. Froh und dankbar sollte man über alles sein, was es an Schönem auf der Erde gab, und glücklich, wenn es einem selbst vergönnt war, dieses Gut, das der ganzen Menschheit gehörte, zu mehren. Warum all der Streit, warum all dieser unnötige Schmerz, den man sich gegenseitig zufügte? Wie sinnlos! Und auf der anderen Seite: Welche Verantwortung trägt jeder Mensch! So wie alles Gute irgendwie in der Welt bleibt, da ja keine Energie verlorengehen kann, so weicht auch alles Schlimme, Gemeine und Häßliche nicht von unserem Planeten. Ja, ich war bereit zu sterben, und doch war es mir ein Trost, daß ich als Gras, als Blume, vielleicht als Baum dieser Erde nicht verlorenginge.

Der dritte Atemzug galt ganz der Gegenwart. Ich vergab meinen Gegnern auf der anderen Seite der Theke. Durch einen unglücklichen Zufall waren wir alle in dieses Geschehen verstrickt. Viele von ihnen hatten selbst Familie und wären jetzt lieber zu Hause vor dem Fernseher. Ein paar Worte hätten ausgereicht, all das zu verhindern. Wieder wurde unschuldiges Blut vergossen.

»Nimm die weiße Fahne und geh!« sagte ich endlich zu der Vietnamesin. »Geh und rufe deinen Zwerg. Aber geh nicht weiter als bis zur Treppe, du weißt ...«

Aber sie schüttelte bloß den Kopf, verzerrte schrecklich die Mundwinkel und schluchzte los. Sie war ja so mager. Ich mußte ihr den Pistolenlauf auf die rechte Brustwarze setzen. Das half. Doch nie werde ich den Anblick vergessen, wie dieses unschuldige, ausgemergelte Ding, dem bestimmt nicht viel Gutes im Leben widerfahren war, loszog, bebend vor Angst, aber willens, die ihr übertragene Aufgabe zu erfüllen. Die andere kauerte hinter mir. Mit ihren dunklen Augen sah sie mich an, als wollte sie sagen: Mach dir um mich keine Sorgen. Hauptsache, du schaffst es!

Im Saal wurde es still. Aus dem rechten Einschußloch brach ich vorsichtig einen Holzspan und kalkulierte grob die Schrittzahl meines Parlamentärs bis zum Rand der Treppe. Ich räusperte mich, als sie den Treppenabsatz erreicht hatte. Doch da rief sie schon: »Jim, Jim«, das J weit hinten im Mund bildend. »Jim, Jim, Jim.« Ihre Stimme ging mir durch und durch. Da stand nun die Kleine, den Besenstiel wie ein Gewehr vor der Brust, und wußte nicht, was sie weiter tun sollte, als »Jim, Jim« zu rufen.

Endlich, als höbe sich der Vorhang auf einer Bühne, erschienen all die unsichtbaren Gestalten vor mir, mit denen ich gekämpft hatte. Lautlos stiegen sie Stufe um Stufe herauf, kamen wie Phantome hinter den Säulen der Galerie hervor oder reckten die Hälse, wo auch immer sie lagen. Ich dachte nur daran, eine Kugel für mich aufzusparen, um der Folter zu entgehen oder einem Magen-, Lungen- oder Blasenschuß zuvorzukommen. Jetzt war der Moment gekommen, in dem ich Mitjas Makarow hinter der Theke hervor in den Saal warf. Das würde überzeugen!

Von Einschuß zu Einschuß äugend, prägte ich mir die Positionen der hervorgekrochenen Mafiosi ein. Auf der Treppe erschienen gleichzeitig drei Köpfe in meinem Visier: vorn der Zwerg mit seiner Uzi, hinter ihm zwei Kurzgeschorene mit Pistolen. So aufmerksam spähten sie alle, daß ich fürchtete, sie würden meine Augen entdecken. Zentimeter um Zentimeter tasteten sie ihr Blickfeld ab. Nur der Zwerg wandte kein Auge von seiner Braut, die fortwährend, nur immer leiser, ihr »Jim, Jim« sang.

Ich hielt Idas Heckler & Koch mit dem Schalldämpfer in der Linken, in der Rechten Adas Browning. Im selben Rhythmus, in dem die drei näherrückten, wich mein Parlamentär schrittweise zurück. Hinter den Galeriesäulen traten zwei Hünen hervor und schlichen gebückt näher.

Angst hatte ich nicht, im Gegenteil: Vor Sonnenaufgang ist die Nacht immer am dunkelsten. Ich wollte leben! Zwischen meinem Wunsch und seiner Verwirklichung standen ein bißchen Glück und Grauen. Jetzt nur keinen Fehler!

Der Zwerg erreichte die oberste Stufe. Mir schien, als konzentrierten sie ihre Blicke mehr und mehr auf die Stelle meiner Gucklöcher.

»Halt!« rief der Zwerg mit einer hohen, aber doch ruhigen Stimme.

Die »Jim-Jim«-Rufe verstummten.

»Komm raus!« schnarrte der Schönling aus der zweiten Reihe. »Komm raus!«

Ich ließ die Stille zu ihrem Höhepunkt gelangen, zielte, suchte den Druckpunkt, zog weiter, langsam, sehr langsam, um die Waffe nicht zu verreißen, sog die Stille und Reglosigkeit an mich heran – und schleuderte sie von mir: Der erste Schuß zerfetzte dem Zwerg die Brust, der zweite traf den Bauch des Schnurrbärtigen, der dritte die Nase des Schönlings. Schon war ich auf der Theke, duckte mich hinter das Mädchen, schoß in die Galerie, stürmte vorwärts, feuerte die Treppe hinab, bis Idas Magazin leer war, ergriff die Uzi des Zwerges und warf mich hinter die erste Säule rechts in Deckung.

Irgendein Idiot schoß auf das Mädchen. Stumm fiel sie über ihren toten Jim.

Jetzt war ich der Boss im Haus. Die erste Salve ging in die Galerie. Auf meinen Pfiff hin sprang die andere Vietnamesin heran. Ich zog sie zu mir, schob sie weiter, folgte selbst, gab kurze Feuerstöße und raste wie ein Racheengel mit der Vietnamesin im Arm die Treppe hinunter. Doch auch sie wurde von meiner Seite gerissen. Dem Täter schneiderte ich eine rote Knopfleiste auf den kräftigen Leib, und dann war das Magazin leer. Ich stand mitten auf der Treppe ...

In mir dröhnte das »Ännchen von Tharau«. Ich wartete darauf, daß sich mein Leben noch einmal vor mir abspulte, und schloß die Augen. Deshalb sah ich auch nicht, wie plötzlich aus jeder Tür einer von Tschermukins Brigade trat und das Feuer eröffnete. Ich sank zu Boden. Alles um mich herum wurde niedergemäht. Es war die Hölle.

»Lieber spät als niemals. Ich gratuliere!« Tschermukin kam die Stufen herauf und schüttelte mir die Hand. Ihm stand die Erleichterung ins Gesicht geschrieben. Dann sah er mir in die Augen. »War es schlimm?«

Ich heulte los, so fix und fertig war ich. Mich schüttelte der Ekel. Tschermukin nahm mich in die Arme.

»Beruhigen Sie sich, Hofmann, beruhigen Sie sich«, sagte er. »Es ist alles vorbei.«

Dann führte er mich hinaus in die warme Nacht, wo ich endlich die Leuchtschrift über dem Eingang las.

»Sie waren großartig, ganz großartig«, rief das Mädchen mit den grün, gelb, blau geprügelten Beinen und fiel mir um den Hals.

»Wo kommen Sie denn her?« fragte ich.

Sie blickte mich vielsagend an und hauchte: »Ganz, ganz großartig.«

Jetzt lächelte auch ich in die Kameras. Schließlich hatten wir diesmal alle erwischt.

»HALLO – MAMA, PAPA – ich bin's – Pawel – Mamachen, Papa – bin lang nicht hier gewesen. Was soll ich sagen – plötzlich ist die Zeit weg, und eh man sich versieht, ist ein Jahr rum und dann noch eins, wie du gesagt hast, einmal in die Hände geklatscht: schon ist das Leben weg.«

Er sah sich um. Die junge Frau wich wieder zurück. Die hohen, kahlen Bäume schützten vor dem Meereswind, der am Ausgang der Station Primorskoje heftig gegen sie angefahren war. Nach zehn Minuten Weg hatten sie den Friedhof durch eine offene Pforte betreten und waren zwischen eingesunkenen, verwilderten Gräbern, die an muschelverzierte Sandburgen erinnerten, die Pfade Richtung Haupteingang gelaufen. Erst auf Drängen der Frau hin hatten sie den Asphaltweg benutzt, auf dem die Spaziergängerinnen so dicht aufeinander folgten, daß man sie mal für eine Familie, mal für eine Reisegruppe oder Delegation halten konnte. Nahe der Kapelle, wo es neue Gräber gab, war er fehlgegangen, hatte sich dann aber an das metallene Kreuz erinnert, das so eigenartig in sich verbogen war, daß es zu balancieren schien. Nun stand er wenige Meter davon entfernt. Obwohl es erst vier war, zog sich der Himmel zu dunklem Grau zusammen. Über den Bäumen trieben Möwen, an denen sich ein rosiges Licht brach, das man sonst nicht bemerkt hätte.

»Komm!« Er winkte die junge Frau näher heran. Nach zwei Schritten blieb sie stehen, sah zu Boden und verschränkte die Hände mit der Handtasche vor dem Körper. Nachdem er sie eine Weile betrachtet hatte, wandte er sich wieder dem Grab zu.

»Mamachen, ich mach mir Vorwürfe. Hätte ich gewußt, daß du bald stirbst ... Dann wäre alles nach deinem Willen geschehen, aber nicht gleich, das ging eben nicht auf der Stelle. Ich hab dich enttäuscht. Das läßt mir keine Ruh, vor allem jetzt, wo so viel Neues passiert ist, so viel ist inzwischen geschehen, Dinge, die euch sehr freuen werden. Ich bin technischer Direktor geworden im Institut. Zuverlässigkeit ist gefragt. Alles muß vorhanden sein, immer und ausreichend: sonst ist die Arbeit von Jahren kaputt, und Millionenprojekte sind verpfuscht. Ich habe unsere Wohnung gekauft, sie gehört mir, drei Zimmer am Moskowski-Prospekt, mit Kühltruhe und Video – ganz feines Zeug. Ich muß nicht mehr rechnen. Was mir schmeckt, das kaufe ich, was mir gefällt, das kann ich haben. Die Hälfte vom Gehalt in Dollar. Im Juli war ich in der Türkei. Ich hab einen Wagen.«

Aus seinem Mantel nahm er vorsichtig ein Päckchen, wickelte die Alpenveilchen aus und legte sie an den Stein mit dem Emaillebild der Ludmila Konstantinowa Samuchina, 4.1.1935 bis 28. 6. 1986. Er klaubte ein paar trockene braune Blätter vom Grab. Über der Plakette seines Vaters, 1935–1969, war ein Netz von haarfeinen, schwarzen Rissen entstanden. Abwechselnd umschloß seine Rechte die Faust der Linken, dann die Linke die Faust der Rechten. Die Frau steckte die Hände in die Manteltaschen und ruderte mit den Schultern. Dazu bewegte sie die Beine, als träte sie von einem Fuß auf den anderen, hob aber die Schuhe nicht vom Boden.

»Das Wichtigste aber ist Katja. Sie ist mitgekommen. Du hast doch gesagt, die Frau, die mich einmal abbekommt, hat ausgesorgt. Katja ist nicht nur schön, sondern auch lieb und klug, man muß ihr nur in die Augen schaun. Sie hatte es nicht leicht. Jetzt halt ich ihr den Rücken frei, sie kann machen, was sie will, und muß sich nicht mehr abrackern. Sie kann sogar studieren. Und irgendwann werden wir auch zwei Kinder haben, denn zwei sind unbestritten besser als eins. Eine bessere Zeit ist angebrochen, Mama. Nicht für alle, aber für alle, die Ideen haben und gut arbeiten. Ich freue mich sehr, daß Katja zu mir zieht. Platz ist da, und zusammen wird es schön. Wir essen gemeinsam, morgens und abends, jedes Wochenende fahren wir weg. Das ist was anderes, als jeden Sonntag hierherzukommen, zum Vater, und Rechenschaft abzulegen über die vergangene Woche – Lügen war sinnlos, weil er sowieso alles wußte, als U-Boot-Kapitän. Ich habe bis sechzig gezählt, wenn du mit ihm gesprochen hast, wie beim Versteckspiel, und dann noch einmal und noch einmal, zwanzig-, dreißigmal. Nach jeder sechzig habe ich mit der Uhr verglichen, wie ein Trainer. Ein Talent war ich, Mama, mit elf Jahren perfekt. Ich hätte dir sagen können, wann vier Minuten und dreißig Sekunden vorbei sind, aber trotzdem hast du immer die Eieruhr benutzt. Ich bin blind in die Schule gegangen, aber nicht wie andere, die Schritte zählen. Ich zählte die Sekunden: 192 bis zur Ampel, 408 bis zum Schultor. Das habe ich dir nicht gesagt, denn was sollten diese fortgeschrittenen Fähigkeiten, wenn dich die Grundlagen nicht interessierten. Ich zählte lieber die Sekunden, die wir von der Metro bis zum Grab brauchten, als darüber nachzudenken, was ich Vater sagen sollte. Du wolltest mit ihm reden, wegen deiner Angst vor dem Montag. Aber mit Katja gibt es keine Angst mehr. Und deshalb habe ich schon lange nicht mehr das Bedürfnis, mich zu bekreuzigen, wie ich es früher hatte, ohne Katja. Heute läuft alles so gut, daß ich nicht einmal daran denke, mich zu bekreuzigen, obwohl es einen sicherer macht und gut tut, Ja, und es beruhigt. Aber es wäre schäbig, das zu tun – als würde ich an ihn glauben und jeden Tag beten. Bei Frauen gehört es dazu. Bei Männern wirkt das albern. Wenn du heimlich in der Kirche warst, hab ich gedacht, was sie dort betet, kann sie auch mir sagen. Du hast mir gepredigt: Keine Geheimnisse voreinander, wenn man sich lieb hat. Willst du denn hören, daß der Gruß der Deutschen schön ist, eine Befreiung, eine Bereicherung? Das willst du nicht wissen. Ich bin kein Faschist, aber die Geste, die ist wundervoll, erhaben und für jedermann, für alle. Du hast sie nie probiert! Das ist nichts anderes als ein Kreuz schlagen aus Angst vor dem Montag, glaub mir, und auf die Knie gehen, das gibt's überall. Aber alles zu sagen ist nicht gut, weil dann alles kaputt geht, weil alles Egoismus ist oder Instinkt oder rein gar nichts mehr, weil es nichts Selbstloses gibt, nichts, wo man alles für den anderen und nichts für sich selbst erhofft. So etwas glauben nur Menschen, die in den

Himmel wollen. Alles nur Bedürfnis und Notwendigkeit. Opferst du dich für jemanden, dann deshalb, weil du dir was versprichst davon, ob du das weißt oder nicht. Selbst Gott hatte Gründe, sein Werk zu tun, wenn er es denn getan hat. Dahinter verbirgt sich ein reales Bedürfnis, verstehst du, ein Wunsch, also was Egoistisches, und sei es nur zum Zeitvertreib, oder er wußte nicht, was seine Hände taten, und mit Kirow ist es genauso und mit Jesus und den anderen Helden der Geschichte, die an ihrer Eitelkeit zugrunde gingen, an ihrer Ruhmsucht, an ihrem Ewigkeitswahn. Das bringt nichts! Statt sich ein gutes Leben zu machen! Das wäre für alle besser gewesen, für alle! Glaub mir einmal! Das Schlimmste daran ist ...«

An dieser Stelle verfiel er in ein Murmeln, verstummte aber gleich darauf, drehte sich um, küßte sie, die ihren Kopf abwandte, aufs Haar und ging zum Asphaltweg. Sie lief ihm nach und holte ihn ein, als er stehenblieb. Der erste Schnee in diesem Jahr fiel sehr dicht.

»Na also«, sagte sie und bekreuzigte sich.

Er blinzelte in das dunkle Grau des Himmels. Dann lief er weiter in Richtung Ausgang. Alle paar Meter stampfte er auf, daß der Schnee von seinen Halbschuhen fiel. Mit ihren winzigen Schritten hatte sie Mühe, ihm zu folgen und dabei nicht auszurutschen.

Am Ausgang zahlte er ihr zwanzig Eindollar- und vier Fünfdollarscheine in die Hand.

»Geht es Ihnen besser?« fragte sie, schloß die Handtasche und hielt ihm ihr Kärtchen hin. »Nehmen Sie schon!« Dann lachte sie auf, weil er zweimal die Kuppe seines Zeigefingers über den Daumen rieb.

»Haben Sie Zigaretten?« fragte er und zog das Kärtchen zwischen ihren Fingern hervor. Er sah zu, wie sie in ihrer Handtasche suchte. Mit der Linken schützte er die kleine Flamme des Feuerzeugs, das sie in die Schneeflocken hielt, und streifte mit der Rechten ihre Hand. »Danke«, sagte er.

Sie nickte. »Also dann ...«

»Ja«, sagte er und blickte ihr nach bis zum Friedhofstor, wo sie eine Frau unterhakte, die dort gewartet hatte. Die beiden stützten sich im Gehen, und als sie um die Ecke bogen, schien es, als legten sie die Köpfe aneinander.

Er schmiß die Zigarette auf die nasse Straße, steckte die Hände in die Manteltaschen, ertastete in jeder ihr Kärtchen und folgte den Frauen. Wer ihn sah, konnte meinen, daß er im Gehen schlief.

NAGELKLIPP, Feuerzeug, Taschentuch, Schlüssel, Rubel, Dollar, Uhr, Schlüssel. Da war er ja. Müller-Fritsch sammelte seine Utensilien wieder ein, steckte Uhr und Feuerzeug ins Jackett, das Geld in die Hose und verteilte den Rest auf beide Manteltaschen, bis nur noch der Zimmerschlüssel auf dem Anwesenheitsbuch lag. Müller-Fritsch tastete nach seinem blauemaillierten Füller in der Brusttasche und drückte beim Summton gegen die Außentür. Er bog nach rechts, fingerte an seiner Mütze, bis sie beide Ohrläppchen bedeckte und hielt den Kopf schief nach vorn gegen den Nieselschnee. Dabei wurde der Hals naß. Ich bin überreizt, überarbeitet, ein Wunder, daß ich nicht halluziniere.

Nachts halb eins war selbst der Newski tot, Gostini Dwor mit schwarzen Arkaden, »Sadko« dunkel. Blieb nur der »Marlboro«-Kiosk und das »Tschaika« am Gribojedow. Wenn ich's wenigstens erzählen könnte, wenn jemand wüßte, was ich leiste. Das muß man sich mal vorstellen, ts, ts, ts, siebzehn Stunden Arbeit, hellwach, hintereinanderweg geknufft, siebzehn Stunden ohne Erinnerung, ohne Zukunft, selbst die Stadt vergessen. Nicht mal Zeit zum Nägel knipsen, nicht mal das, wo doch alles an die Nägel stößt, mich zurückstößt, geht bis in den Kopf tak, tak, werden die Tasten dreckig, ganz von allein, ob man sich wäscht oder nicht, klingt wie Stöckelschuhe, siebzehn Stunden in einem stinkenden Haus, schiefer Fußboden, nasse Heizung, die Fenster verkittet, rußig, überall das gleiche, nach dreißig Sekunden Bildschirmschoner, Aquarium oder fliegender Toaster, mittags zerfällt das Beefsteak auf der Gabel, den Reis zerlegt wie eine Kartoffel, süßer Tee, Schnee, dafür muß man geboren sein, leidensfähig, anspruchslos, historisch gewachsen, nie anders gewesen, ts, ts, was dem Russen zuträglich, laut Sprichwort, ist des Deutschen Tod. Wissen Sie, das stellt sich ja keiner konkret vor. Was heißt denn Tag für Tag? Nicht mal die Buchstaben kennt man! Ich tu was fürs deutsche Image, mein bescheidener Beitrag fürs Ganze, Arbeit und nochmals Arbeit, arbeiten macht faul, ich kauf nicht mal mehr ein, wann denn? Dafür Kaffee ohne Milch, Brühwürfel, Salami, Brot und Tee mit Zucker gegen Sodbrennen. Ich wäre schon mit Würstchen zufrieden und Tee mit Zitrone oder Milch. Hab nicht im Traum gedacht, daß ich hier lande, nicht mal Vize, fast wie ein Russe, das braucht Idealismus, sag ich Ihnen, tagaus, tagein. Wissen Sie, was Tschaika heißt? Möwe, ts, ts, mit w, erinnert mich immer an die Riesenviecher in Brighton Beach, Coney Island, das war die erste geballte Ladung Russen im Leben, Sommer 91, hab sie gleich nicht gemocht, Pelmeni und Borschtsch auf der Strandpromenade, Eis-Wodka, Stolichnaja, Messegold 1963, Leipzig, G.D.R., aber wissen nicht, was 'ne Bloody Mary ist, sprich mal Mänhättän nach: Mehnchchetten, no way, mag sie einfach nicht, arrogante Plebs, Invasoren, Möchtegernwestler, triefsinnige Seelen, dreiviertel sechs die Concorde unterm weißen Vollmond, blieb in der Luft hängen, gen Westen gelber, brauner Nebel. Was wollen die dort? Hirsch's Knishes, Kascha, graues, kabbeliges Meer, Café Volna, Café Tatjana, French Fries, Frank's Burgers. Wenn arme Leute Hof halten. Kann ein richtiger Jude an Jesus glauben? Natürlich nicht! Aber warum? Rufe an 718-692-0079. Ich hab ein Zahlengedächtnis, Breakfast, Lunch, Dinner. Legen sich mit Sonnenbrille schlafen. Und so was von fett gepäppelt im grünen Jogginganzug, hauteng, Pimmel rechts geklemmt zum Schenkel, merkt man sich irgendwie, und diese Nörgelei andauernd. Cheeseburger, mit asiatischem Kehllaut, wird zu Käsepiroggen. Na, lassen wir das.

Vor der Garderobe steckte Müller-Fritsch auch den Nagelklipp in die Hosentasche, nahm die Brille ab, streckte den Bauch vor und rieb die beschlagenen Gläser nacheinander am Hemd. Dann schüttelte er den Mantel von den Armen und hielt ihn von sich weg. Bis man hier den Gast bemerkt, ist wieder Neujahr, quatschen sich in den Ruin, und bis die das begriffen haben, ist schon der nächste pleite. Darüber könnte ich Bücher schreiben! Nehmen Sie's als Beobachtung. Gott sei

Dank, Sonja! Der Ecktisch, morituri salutant, seit früh sieben Uhr, da denkt noch kein Russe ans Arbeiten, erst recht nicht die hier, ts, ts, sehen Sie hin, Businessbeamte, langweilen sich ohne unserein', na, haben Pfründe, aber Schiß, sobald sie ihr Auto verlassen. Die werden zweimal bezahlt, und einmal ist bei ihnen mehr als mein Doppeltes. Glauben Sie mir, mich beneidet nicht mal ein Russe, zumindest merke ich nichts davon. Diese Fingernägel, wie verhext, seit drei Tagen schon, ach was, noch länger, nur die rechte Hand, ohne Daumen, aber der Zeigefinger, der wächst am schnellsten. Küchenschluß um Mitternacht, Sonja, meine Gute, den Ecktisch da, sehen Sie, immer wieder schön, so ein blutjunges Frauchen, und diese Glocken, wie angeschraubt, auch sonst elegant, und die Frisur! Hab damals gleich gesehn, daß da was Feines neben mir sitzt, im Flieger, schon ein halbes Jahr her, ts, ts, Kinder, Kinder, mit Tränen zurück. Gondeln hin und her, solang ihre Schnösel sich's leisten können und wolln. Kaum wiedererkannt hab ich sie, mit Pferdeschwanz und Jeans, und dieses T-Shirt, weiß, nur ihre Negerküsse drunter, das fiel auf, oh! lecker, lecker, Gulaschsuppe, ach Sonjuscha, Petersilie obenauf, Sonjuscha, Sonjuscha, und vom linken Arm herabserviert: sausages, vier Stück und eine Handvoll Senfpäckchen neben den Teller, greifen Sie zu, halten Sie sich ran, auch an mich, ihr Führer durch die russische Hölle, prosit! Na ja, Lisaweta, um die zwanzig, spitze Schultern, das Vokabelheft gerollt in der Hand, muß gar nicht aufsehen, gleich klar, die Art, wie die rankommt, erkenn ich noch als Schatten. Hosen ohne Arsch, Vogelkopf, Schuppen, blinzelt lieber, statt Brille zu tragen. Lernt schnell wie ein Teufel, am besten beim Bier. Braucht Praxis, zieht einen Flunsch, wenn keiner korrigiert. Gehört mehr zum Moskauer Bahnhof, gehen Sie mal hin, die nimmt hier keiner was weg, ts, ts, die bestellt keiner, oder wolln Sie, ts, ts. Seh schon, Sie habens erfaßt. Möchte nur mal wissen, was die so reden, Frauen untereinander, ewiges Geheimnis, denn sind wir dabei, ist's nicht unter Frauen, klar,

Werbung braucht Bewegung, das will man sehen, solche Beine, wie beim Übereinanderschlagen der Rock raufrutscht, sagen Sie's nur, klar, ganz richtig, Hurentisch. Bestelln Sie bei Sonja, klappt prompt, verschwinden erst zur Toilette, kommen zurück wie verabredet, schneller als sausages. Die langen aber noch mal zu, Vorsicht, verdrücken Unmengen, Rippchen und Bier, Sossiski, Lisaweta, ich esse. Die Operationssaal, das Operationssaal, der Operationssaal, Kapitel 22, »Im Krankenhaus«, der gebrochene Arm ihrer Schwester. Das Ambulanz? Die Ambulanz? Die Ambulanz. Manche mögen es, wenn die Huren grüßen und kommen, ungefragt wie Freundinnen, die Freundin der Tochter. Der gebrochene Arm unserer Schwester. Der Operationssaal, die Ambulanz. Volle Bluse, rot, Sternchenschläfen, roter Rock, möcht' die mal laufen sehen, au Backe, und wie sie's macht mit dem Arschwischen, wie die dazwischenkommen will. Hühnchen die anderen, fad und minderjährig. Datscha versteht jeder, sag einfach Datscha, Lisotschka, die Wangen beben, Kaugummi katschen, Zunge zeigen, Stiefel, Mann-o-Mann. Zahle Liebhaberpreise, Verhandlungsbasis. Wenn die mal nichts für Japaner ist. Traun sich nicht, hängen lieber die Stirn übers Glas, schweigsam, dreh das Gläschen, schweig fein still. Stehn sich im Weg. Einer dem anderen, und so ein Gehör, zwischen die Arme gepreßt, sehn die nie wieder, das treibt den Preis, fünfzehn Pfund vielleicht, hängt da so drin, am seidenen Faden des Knopfes, Mensch Japse, das schlägt dir um die Ohren, Yen, Yen, zählt nicht, rein gar nichts bei den Straßenbänkern, aber die, sag ich Ihnen, mag ich von allen Russen am liebsten. Da gilt nur Dollar oder Deutsch-Mark, auch die Finnen mitunter. Kalligraphische Pappschilder, Kunstwerke an der Hemdleiste oder als Medaillon in der Hand. Dollar: die Spitze der Pyramide, fragt sich nur wie lange noch. Die wissen, wo es langgeht, reine Freude die Jungs! Keine Wartezeiten, kein Vorgeplänkel. Was die machen, wird gut. Sauber. Lisaweta bläht die Backen, irgendwie dreist, ich esse, zu nichts verpflichtet. Die

Straße, also folgerichtig nicht das Landstraße, sondern die Landstraße, die Kurve, die Biegung, die Steigung, die Kehre, die Straßenschilder. Schwierig, Lorenzen nicht zu bescheißen. Großartiges Spielchen, wird Ihnen gefallen, wir bestimmen den Kurs: keiner, der ablehnt, sonst Summe erhöhn, Kurs konstant. Ab fünfhundert schon nahezu phantastisch, der Taschenrechner multipliziert mit tausend. Die werden zu Kellnern, ein Schnipp und los gehts, kein Vergleich zur übrigen Sauwirtschaft. Bedienen ist ihre Bestimmung, ihre Leidenschaft. Nehmen das Pappdings ab, wie andere ein Schild an der Glastür umdrehn: geschlossen, ganz für uns da. Mit 'ner Dollarecke das Schwarze unterm Nagel vorgeholt, kein Problem mit neuem Schein. You are welcome! Studentenrede, auratisch, Widerrede, Tourismus, Frage der Haltung, Kolonisation mit anderen Mitteln, sucht tötet indem findet. Wer hat die nur reingelassen, mit dem Klammerbeutel gepudert, alles besetzt, dachten Sie auch, das gibts nicht mehr, Schlaghosen? Sehen Sie da: zuckender Mundwinkel, wie der die Füße hinters Stuhlbein dreht, Knie zeigen nach unten, Russe und Nutte, keine Sprachprobleme, nervös und schön, Rücken, tailliertes Kleid, schwarz, hebt das Haar aus dem Nacken, Reißverschlußnippel nach oben geklappt, rotgekratzt, Silberkette, Häkchen, Nackenhärchen, glatt zum Knutschen, streicht empor, Ellbogen spitz nach oben, Demoiselles d'Avignon, das läßt sich träumen beim Handbetrieb. Ohne Video verpennen die Japsen absolut alles. Ach so, die Jungs, hier ist was los, fix wie die sind, ein Pfiff, den sie drauf haben, scharf ohne Finger, Beutel voller Rubelbündel kommen hervor, breiter, schwarzer Gummi drumherum, give me a second und beginnen zu zählen, die Augen geschlossen so aufmerksam, zwanzig Zentimeter weit auf Zeigefinger und Daumen gespuckt, Antistatik, neues Geld, nicht die gehetzten Visagen der Gangster, Banditen. Würde gern unterm Tisch ... Allein es dabei zu haben, beruhigt. Manche schneiden ja nie, feilen immer, täglich, statt rasieren, zweimal vielleicht, wollt' eigentlich hier, unterm Tisch, aber wenn so ein Nägelchen auf Lisas Schoß, schnipsen ab ins Unsichtbare, nur barfuß wiederzufinden, fast mal den ganzen Nagel verdreht, abgerutscht beim Knipsen, am Zeigefinger, ein Alptraum. Den Gedanken vertrage ich nicht, wohl der einzige, den Nagel abdrehen, einfach nur abrutschen. Einmal links, einmal rechts, und die Mittelspitze zum dritten, wie eine Büroklammer, und das stinkt unter den Zehennägeln, Desperados, erst mal drunter bekommen, Brechstangenprinzip, dann werden sogar die Ecken gut, ohne Entzündung, geniales Prinzip, TRIM, BASSETT, U.S.A., 81, echter Fortschritt, am besten nach dem Baden. Kleine Nägel glotzen blöd, als wär die Stirn zu niedrig. Aber ich denk: Warum zu Haus die Zeit verplempern. Knipsen ist was für Pausen, aber ich bin nie allein, auch wenn ich allein sitz, wie jetzt, wenn das wegschnipst, sehen Sie, eine Hand geschnitten und den Daumen der Rechten: bis ich das wieder auf gleicher Höhe hab. Rührender Bizeps, nicht wahr? Vier Gläser pro Hand, Schultern zurück beim Abstellen, Negerküßchen, Slawenmädchen, wie immer zwei Mark, für Russen ganz schön viel, die Ambulanz, der Operationssaal, rote Bluse, faltenlos. Gerade das genießen sie, lassen nachzählen, grenzenlose Geduld, sehen weg und lächeln noch mild beim zweiten Durchgang, verstehn ihr Handwerk, ehrlich, voller Vertrauen und behalten immer recht. Was ihnen zusteht, prüfen Finger, Ohren, zuletzt die Augen, eben unvoreingenommen, und vermachen den Vornamen gratis und stecken wieder das Pappschild an. Adios amigos! Ab tausend nur noch Büroarbeit, zu zweit, zu dritt mit Tüten und Telefon, Standleitung vor die Tür, dieses Kribbeln im Bauch, Mauer aus Scheinen über den Tisch, Bündel um Bündel, Abzählreime, jeder Endreim löst einen Hunderter aus, ts, ts, ts, dieses Kribbeln im Bauch, bei Erschöpfung singe ich am besten. Schiß dabei, Zigaretten, Visitenkarten, Lächeln, nichts beruhigt, was man so hört, den Regenschirm zum Arsch hinein und Mund hinaus, Manager mit einem Ohr, und dann der Handschlag, oh boy, haun ab mit leeren Beuteln, ts, ts, die Goldnuggets im Hemd, Freunde für immer.

Müller-Fritsch legte zwei Markstücke auf den Tisch, bezahlte an der Kasse für sich und Lisa, fuhr in den aufgehaltenen Mantel und stellte den Kragen auf. »Taxi?!« riefen zwei Stimmen zugleich aus dem Dunst. Es schneite. Müller-Fritsch antwortete nicht. Links vom Ausgang kippelte ein Kind auf einer Kiste, den Rücken an die Hauswand gelehnt, spricht mit sich selbst, Zappelphilipp, kommt nachgehopst, das Mädchen mit den Zündhölzern, die ganze Bande Metro Newski/Ecke Gribojedow, wird hier so kalt wie überall. Kasaner Kathedrale, Bankbrücke, wo man die Filme dreht, auch kalt, gähn in den Himmel, wiehernder Gaul, beschlag die eigene Brille, Kanalmitte, dünnes Eis, schwarz drunter, wasserleichig, am Rande schlafen die Enten, wo der Schnee liegenbleibt, Gorochowa, drei Schäferhunde aus dem Dunst: Ein Pfiff reißt sie herum, zurück zu den Frauen, dick verpackt in Trainingsanzüge im Gleichschritt, die Hundeleinen zweimal um den Hals gelegt, so kleine Stiefelchen, ihre Spur zurück, jeder Biegung nach ohne Abkürzung, lauf durch Petersburg, ein Held unserer Zeit, nicht mal stellvertretender Filialleiter, keiner sagt: Danke, kein Chef und kein Stellvertreter und nicht mal ein Russe, Aufbauhelfer, Martyrium für das Geld. Sind dabeigewesen und nichts gesehen außer Arbeit. Humpelt ja schrecklich, aufgeschossene, überlängte Figur, Aktentasche. Haben Sie so was schon gesehn, mitten auf der Straße, und Kinderchen hinterdrein, zwei, und eins, gleichauf, weit drüben, schirmt die Hauseingänge ab, und noch eins, gerad voraus, am Geländer entlang, dürre Gestalt, bläst Nebel aus den Nüstern, herzkrank oder angeschossen, sieht nichts vor lauter Hatz, mickrige Beine, ein Wunder jeder Schritt, ein paar Schritte bleiben, kein Hilferuf, nur Keuchen, er sieht mich nicht, Nebel vor dem Mund, keine Bitte, keucht, schon alles vorbei, wer sich umsieht, erstarrt. Nichts ändert sich, weiterlaufen, der Biegung des Gribojedow nach und entschwinden, nicht mehr zu sehen, nur Keuchen am linken Ohr, hält sich, von ihm aufgeschnappt, voller Anstrengung lauschen. Wer sind Sie denn, Reiterin auf einem Kutschpferd, Touristennepp, im Trab, mein lauschendes Ohr, dem Hufschlag, dem Keuchen nach, welch ungeheure Öffnung ist mein Ohr, vom Lauschen geweitet, das Tier schnaubt in den Nebel, die Silhouette der Reiterin hebt sich scharf ab von der Kruppe des Pferdes, wieder und wieder schnaubt es, der Dampf aus seinen Nüstern, wie Feuersäulen, teilt den Nebel, hüllt die Straße in glühendes Licht. Heftig atmet die rote Königin, heftig, daß ich sie höre, über Hunderte von Metern, spüre sie atmen und atmen. Springt ihr doch der oberste Knopf von der Bluse, und der nächste platzt ab und noch einer, und schon hascht sie nach meinem galoppierenden Ohr, das vor lauter Lauschen tellergroß gewachsen ist und sie umkreist, ein Sputnik. Sie schnappt sich das enorme Ohr aus der Luft wie eine Frisbeescheibe und schiebt es über ihrer linken Brust in die Bluse, Herzschlag ganz und gar.

Müller-Fritsch lag halb auf dem Rücken, halb auf der Seite am Kanalgeländer. Er regte sich, hob den Kopf, seine Nase blutete. Die Huf- und Fußspuren um ihn herum waren zu kleinen Mulden verschneit und kaum noch zu unterscheiden. Müller-Fritsch versuchte, wieder auf die Beine zu kommen, schmerzlos, klar und leicht, nur die Füße kalt und feucht, die Finger krümmen, keinen Mantel, keine Brille, keine Uhr, kein Füller, kein Geld, keinen Schlüssel, keine Schuhe, noch beide Ohren. Müller-Fritsch taumelte ein paar Schritte, rutschte, mit nackten Fersen, stopfte die weißen Zipfel der ausgekehrten Hosentaschen zurück, stöhnte auf, hob seinen linken Fuß und fiel um. Müller-Fritsch beobachtete, wie sein Atem nach und nach den Schnee von einem glänzenden Metall taute. Mein Nagelklipp.

ALS DIE KOMMUNISTEN von der Macht vertrieben waren und die Demokraten noch regierten, ging es wenigen besser und vielen schlechter als zuvor. Etliche aber wußten nie, wie sie die nächsten Wochen, die nächsten Tage überstehen sollten. Zu ihnen zählten meine Nachbarin Antonina Antonowna Werekowskaja und ihre drei Töchter. Nachdem Antonina Antonowna vier Kinder geboren hatte, zuerst einen Sohn und dann drei Mädchen, war ihr Mann, Brigadier an einer fernen Erdgasstrasse, von seinem Stellvertreter erstochen worden. Wie Antonina Antonowna damals sagte, wäre es besser gewesen, dieser Mensch hätte gleich die ganze Familie umgebracht. Der siebzehnjährige Anton, ihre einzige Stütze, verließ dreißig Tage nach der Beerdigung seines Vaters die Familie und kehrte nie wieder zurück. Zum ersten Mal im Leben war Antonina Antonowna auf sich allein gestellt. Ein mitleidiges Herz verschaffte ihr zwar eine Stelle als Abwäscherin in der Nachtschicht seines Betriebes. Aber ihr Lohn war nicht mehr als ein Zuerwerb für Rentner. So fristeten die vier Werekowskis ein äußerst ärmliches Leben. Um wieder einen Ernährer für die Familie zu finden, warf sich Antonina Antonowna beinah jedem an den Hals, der ein gesichertes Einkommen hatte und nicht als Trinker galt. Ihr Ruf war schnell ruiniert. Als sie begann, Geld für ihre Liebesmüh zu verlangen, lachte man sie aus und gab sich nicht mehr mit ihr ab.

Antonina Antonownas einziger Trost lag in der russischen Literatur. Nach der Lektüre erinnerte sie ihre Töchter jedesmal daran, welch Luxus es sei, über eine Zweizimmerwohnung mit Kühlschrank, Fernseher und Telefon zu verfügen, in der es auch eine Badewanne mit fließend Warmwasser gebe – und noch dazu in Sankt Petersburg! Wie schnell, sagte sie oft, haben wir vergessen, daß es die breite Masse der Russen in den vergangenen Jahrhunderten niemals so gut hatte wie wir heute. Ein anderes Resultat ihrer Lektüre jedoch war eine Vorstellung, die zwar das Ende ihrer Not versprach, aber Antonina Antonowna zum Weinen brachte. Weil sie keinen anderen Ausweg sah, weinte sie bald täglich. Nie aber kam ein Wort von dem schrecklichen Vorhaben über ihre Lippen.

Wenn am Monatsende der Hunger die Mädchen in die Kantine trieb, wo sie sich an Suppe und Brot satt essen durften, ließen die Arbeiter Antonina Antonownas Töchter nicht aus den Augen. Doch so hübsch die jungen Dinger waren, und so früh sie Anzeichen der Reife zeigten – sie hatten nicht die Intelligenz und schnelle Auffassungsgabe ihres Vaters. Ihnen war die ergebene Haltung der Mutter eigen, die an sich selbst keinerlei Vorzüge erkennen konnte, diese aber an jedem anderen entdeckte. Deshalb ahnten die Mädchen nicht, was ihnen bevorstand.

Kurz vor Veras fünfzehntem Geburtstag, sie war die Älteste, konnte Antonina Antonowna gar nicht mehr mit dem Heulen aufhören, und sie beschloß, erst im neuen Jahr in der bewußten Sache Valentin zu befragen.

Das Leben der vier aber wurde immer unerträglicher. Sosehr sich Antonina Antonowna auch bemühte, mit dem wenigen Geld zu wirtschaften – sie hungerten nicht gerade, aber Brot, Kartoffeln, Quark, Margarine, Marmelade, Tee und manchmal ein Apfel oder eine Tomate reichten selbst ihr kaum. Für Schuhe, Kleidung und Süßigkeiten blieb nichts übrig, von anderen Dingen zu schweigen. Mit Vera teilte sich Antonina Antonowna Stiefel und Mantel, Annuschka trug die Sachen Veras und Tamara die von Annuschka und Vera. Doch was, wenn Veras Füße weiter wuchsen? Selbst billige Winterschuhe kosteten mehr als ein Monatsgehalt. Sooft Antonina Antonowna ihre Töchter auch betrachtete, ihr kam keine andere Idee, was aus ihnen werden sollte ... da weinte sie wieder, und die Mädchen weinten mit. Denn trotz ihrer Einfalt merkten sie, daß die Tränen ihnen galten.

Immer häufiger saß jetzt Antonina Antonowna nach Dienstschluß in Valentins Pförtnerloge und konnte sich gar nicht satt hören, wenn er von seinen Freunden und Partnern und den

Hotels sprach. Über Silvester würden sie Vera alles erklären, und das neue Jahr sollte die ganze Familie glücklich sehen.

Doch dann geschah das Unerwartete, wovon niemand, und erst recht nicht Antonina Antonowna, zu träumen gewagt hatte. Es war am fünften Dezember, abends, kurz vor acht, als sie die Kantine betrat und zu ihrer Überraschung dieselben Leute traf, die sie schon am Morgen bei der Lohnauszahlung begrüßt hatte. Waren sie betrunken? Sie schrien einander an, umarmten sich im nächsten Moment, um gleich darauf wieder auf den Tisch zu schlagen.

Da Antonina Antonowna nie sprach, wenn mehr als drei Personen im Raum waren, fragte sie nichts und wartete neben der Theke, hinter dem Stuhl der kreischenden Dombrowskaja. Die streckte ihre Arme aus, die Handflächen mal nach oben, mal nach unten gekehrt. Was gab es denn gegen eine Lohnerhöhung von dreitausend Rubeln einzuwenden, fragte sich Antonina Antonowna?

Doch als sie hörte, daß die Dombrowskaja mit sechs, Valentin mit zehntausend Rubeln mehr gerechnet hatten, um die Inflation auszugleichen, als sie sah, welche Verzweiflung ihre Kolleginnen und Kollegen erfaßte, die zum Lohn noch Rente bezogen und nur für sich selbst zu sorgen hatten, und im Leben allesamt besser zurechtkamen als sie – als sie das sah, hörte und begriff, da überstieg der Schrecken jegliches Maß und sie fiel in Ohnmacht.

»Come on, old girl, come on!« Weder verstand Antonina Antonowna diese Worte, noch kannte sie das Gesicht. Nur die Stimmen der Kolleginnen und Kollegen klangen vertraut.

Als sich der Direktor neben den Fremden hockte, krampfte sich Antonina Antonownas Herz zusammen, und sie begann, bitterlich zu weinen. So ein Elend, dachte sie, soll er's nur sehen, soll er's nur sehen! Plötzlich wurde sie vom Boden gehoben, sie schwebte wie damals auf den Armen ihres Vaters. Um sie herum war es still geworden. Mit offenen Mündern und glänzenden Augen blickten alle auf sie. Der Fremde trug sie davon. »In den Armen eines Amerikaners!« hörte sie den Direktor flüstern.

Im Wagen, auf dem Beifahrersitz, fürchtete Antonina Antonowna jeden Moment einen Unfall und zog den Kopf zwischen die Schultern. Mindestens doppelt so breit wie im Wolga war es hier. Ihre Aufgabe aber bestand darin, mit dem Finger gegen die Scheibe zu tippen, nach links, nach rechts und weiter geradeaus, sonst hätte sie die Augen geschlossen. Von Zeit zu Zeit sah er sie an. Sie verstanden sich ohne Worte und rammten weder Bäume noch Busse. Schade nur, daß es so spät war, als sie im Süd-West-Rayon vorfuhren.

Wie liebevoll beugte sich der Amerikaner über die Couch, die den drei Mädchen als Bett diente. Da lagen sie nebeneinander unter der Decke, die Köpfe einander zugeneigt, wie auf alten Fresken. Als Antonina Antonowna die Mädchen gleichsam mit fremden Augen sah, mußte sie an ihr Vorhaben denken. Sie wandte sich ab und schluchzte.

Ohne zu fragen, nahm der Amerikaner die drei Matrjoschkas, das einzige Spielzeug der Mädchen, vom Regal und füllte sie mit etwas Gutem aus seiner Tasche.

»It's all over now«, sagte er, strich Antonina Antonowna über die Wange und ging.

Am nächsten Morgen wunderten sich die Mädchen, daß ihre liebe Mutter schon zu Hause war und ihnen das Frühstück bereitete. Wie aber leuchteten erst ihre Augen, als sie die Matrjoschkas öffneten. Antonina Antonowna lief sofort zur Bank, um einen der vielen Scheine zu wechseln. Sosehr sie sich aber auch mühte, die Rubel in ihr Portemonnaie zu stopfen – es waren einfach zu viele. Antonina Antonowna zitterte vor Angst, es könnte nur ein Traum sein.

Geradewegs lief sie zur Betriebsleitung, um nach der Adresse des edlen Amerikaners zu fragen. Die Sekretärin empfing Antonina Antonowna voller Freude und führte sie auf der Stelle in das große Büro. Dort aber saß statt des alten Direktors ein Amerikaner, der einzige, den sie kannte. Er kam ihr entgegen und schloß sie lange und herzlich in seine starken Arme. Und da alle ihn Nico nannten, sagte auch Antonina Antonowna Nico zu ihm, fiel vor ihm nieder, küßte seine Hände und lud ihn abermals in ihre bescheidene Wohnung ein.

Schon am Abend erschien er. Da gab es der Freude und des Staunens kein Halten mehr. Vera gefiel ihm so gut, daß auf der Stelle beschlossen wurde, in zwei Jahren solle Hochzeit sein. Und so war es dann auch. Nico und Vera waren ein Herz und eine Seele. Und in der Wohnung nebenan wohnten die Schwestern und Antonina Antonowna in Wohlstand und ohne Sorgen. Als Vera starb, heiratete Nico ihre schöne Schwester Annuschka, und als Annuschka starb, heiratete Nico die noch schönere Tamara. Antonina Antonowna vergoß bei jeder Hochzeit Tränen. Wie lange sie so glücklich lebte, weiß ich nicht zu sagen. Denn hier verliert sich ihre Geschichte im Dunkel.

ÜBER GELBEN, roten, weißblauen Häuserwürfeln, über den Säulen der blauen, rötlichbraunen Rokoko- und Barockpaläste erhoben sich die dunklen Mauern einer riesigen Kirche; die goldene Kuppel und die Säulenreihen traten klar und scharf hervor.

»Welch Gipfel der Kultur!« rief Wenjamin den Fotografen, Journalisten und dem Kameramann zu, die ihm folgten, und sprang mit dem Schwung seiner kleinen Füße über das Sperrgitter vor den Stufen der Kathedrale. Die Bläser der Band, die gerade recht schmissig »Oh, When the Saints Go Marching In« begonnen hatten, zogen ihre Lippen wieder aus den Mundstücken, ließen Posaune, Tuba und Trompete sinken und sahen verdrossen zwischen Wenjamin, seinem Troß und dem geöffneten Geigenkasten zu ihren Füßen hin und her.

»Auf dem Rückweg, Freunde, auf dem Rückweg!« beschwichtigte sie Wenjamin und begann den Aufstieg über die Blöcke, von denen jeder dreimal so hoch wie eine Treppenstufe war. Erst am Eingangsportal sah er sich nach den Fotografen, Journalisten und dem Kameramann um, die ihm auf dem für Besucher vorgesehenen Weg folgten. Obwohl sie jünger waren als er, würde er sie allemal abschütteln können. Nicht nur, weil er sich hier besser auskannte, sondern weil er ausdauernder war. Doch wenn ihm nicht endlich etwas einfiel, dann nützte ihm seine Kondition gar nichts, dann drohte die ganze Tour ein Flop zu werden, und die Zeitungen würden nicht einmal mehr das Jubiläum seiner Ausbürgerung bemerken. An die Vergangenheit, an die Historie erinnerte sich sowieso nur noch die Blonde von AP, die ihn damals auf die Titelseiten gebracht hatte: Wenjamin mit emporgerissenen Armen, eine Hand zur Faust geballt, an der anderen zwei Finger zum V gespreizt. Erneut intonierte die Band »Oh, When the Saints ...«, als auf dem vereisten Fußweg jenseits der Gitter eine Dame mit riesiger Pelzkappe in einen Trippelschritt verfiel, aus dem sie keinen Ausweg mehr fand, keinen Halt, um den Schub ihres Körpers abzufangen. Und so, mit enganliegenden Armen, entfernte sie sich wie eine Marionette. Wieder brach die Musik ab.

»Wo ist das Pendel?« fragte er aufgebracht. Sie hatten ihn beim Kauf des Billetts gefilmt, dann mußte er den Pfeilen mit der Aufschrift »Museum« folgen. Im Dunkel des Innenraums suchte er vergeblich nach einer Aufsicht.

»Sie haben das Pendel entfernt«, klagte Wenjamin, »sie haben das Pendel abmontiert, die Erde dreht sich nicht mehr!«

Achtlos verließ er den Raum. Seine Memoiren verkauften sich schlecht. Nur deshalb hatte er der Tour zugestimmt. Von solchen Gedanken beansprucht, spürte Wenjamin nicht die Anstrengung, die seinen kurzen Beinen von den Wendeltreppen und Treppchen abverlangt wurde. Erst beim Anblick der eisernen Stufen, die über das Dach hinweg gerade durch die Luft führten, erwachte er wieder – und nahm zum ersten Mal in seinem Leben die Nähe der Engel wahr.

Es ist verführerisch, sich die Erde als Scheibe vorzustellen, dachte er bei seiner Ankunft auf der Kolonnade und empfand gerade das Maß dieser Höhe als wohltuend. Kein Bauherr hatte es gewagt, sich auf gleiches Niveau zu erheben. Von hier aus blieb selbst das Große Haus bescheiden, dessen Antennen sich im Grau auflösten. Wenjamin sah die Stadt unter sich hocken, nicht unbedingt schön, unverputzte Häuserseiten, verrottende Dächer, eine Masse in Lumpen gehüllt, aneinander sich wärmend. Das Weitläufige der Paläste zerrann in der Perspektive. Nur das neue Messingblech auf dem Dach des Astoria und seiner Nebengebäude glänzte. Südöstlich die Newski-Lawra, dann die Türme des Smolny-Klosters, weiter nördlich das Grün des Winterpalais und der Engel über dem Schloßplatz. Wie Pfeile schossen »Admiralität« und »Peter und Paul« gen Himmel – wie gut er das kannte.

»Da!« rief Wenjamin. »Da!« Mit der flachen Hand dirigierte er die Blicke der anderen über das Südufer der Wassili-Insel tiefer, das heißt näher heran, bis er glaubte, sie hätten den verschneiten Park mit dem reitenden Zaren im Visier.

»Als Peter der Große gerade von einer Reise aus Europa nach Rußland zurückgekehrt war«, begann Wenjamin, »entriß er einem neben ihm stehenden Soldaten das Gewehr und rammte es mit dem Bajonett zuerst in die Erde. Durch die enorme Wucht des Stoßes brach das Bajonett entzwei. Damit grub Peter der Große die Erde um. So kam der Spaten nach Rußland. Das war dort drüben.«

Einen Augenblick lang hielt Wenjamin die Augen gesenkt. Dann begann er von neuem mit unverminderter Konzentration:

»Als Peter der Große gerade von einer Reise aus Europa nach Rußland zurückgekehrt war, entriß er einem neben ihm stehenden Soldaten das Gewehr und stach ihm das Bajonett ins Gemächt. Von da schlitzte er das Gewand bis zum Saum auf. So kam die Hose nach Rußland. Das war, gestatten Sie, dort!«

Wenjamin ließ sich in keiner Weise von der Aufmerksamkeit seiner Begleitung drängen. Mit monotoner Stimme fuhr er fort:

»Als Peter der Große gerade von einer Reise aus Europa nach Rußland zurückgekehrt war, entriß er einem neben ihm stehenden Soldaten das Gewehr und schleuderte es mit dem Bajonett voran in eine mehr als dreihundert Meter entfernte Eiche. Dann streckte er den Soldaten mit vier Faustschlägen nieder. So kam der Sport nach Rußland. Sehen Sie dort das Stadion?«

Es war nicht zu übersehen. Wenjamins linker Zeigefinger beschrieb einen Halbkreis, den Grenzstreifen, der die »ausgedachte« Stadt unmerklich von dem trennte, was nach ihr gebaut worden war, der Kranz der Fabrikschlote, die ihren Rauch in den niedrigen Wolken ablagerten, während diese selbst wie der Dunst eines riesigen Schornsteins vorüberstrichen. Dahinter der Ring der Neubauten, die im Sonnenlicht lagen. »Von da werden die Menschen nach Piter entsandt«, erklärte Wenjamin, »damit sie ein bißchen Leben schöpfen. Unter ihren Tritten sinkt die Stadt zurück in den Sumpf.«

»Weiter, weiter, erzählen Sie ...« Jetzt filmten sie wieder. »Ja, das stimmt«, improvisierte Wenjamin. »Auch bei uns in Rußland erzählt man immer wieder gern die Geschichte von dem Komsomolzen Petroslawski, dem es gelang, noch vor Beendigung seines Ingenieurstudiums einen Zauberstab zu konstruieren. Petroslawski, der nicht frei von Selbstzweifeln war, konnte sein Glück gar nicht fassen. Seine Familie, Freunde, Kollegen und der Komsomol rieten ihm nachdrücklich, sich die Erfindung patentieren zu lassen, bevor ihm andere damit zuvorkämen; denn damals arbeiteten auf der ganzen Welt die Wissenschaftler an der Lösung dieses Problems. Petroslawski machte sich auf die Suche nach dem Patentamt. Aber wie es manchmal so geht, nirgendwo konnte er eins finden. Da beschloß er, nach Moskau zu fahren, denn sein Anliegen schien solch eine Reise zu rechtfertigen. Doch auch in Moskau blieb seine Suche erfolglos. Die Sowjetmacht hatte anderes zu tun, als sich um Patentämter zu kümmern. Sie mußte die Interventen aus dem Land treiben, den Hunger bekämpfen, das Analphabetentum beseitigen und die Elektrifizierung voranbringen. Und alles gleichzeitig. Das leuchtete Petroslawski ein, und er beschloß, sich das Patentamt zu zaubern, mit allem, was dazugehört. Kaum hatte er es getan, ging er auch schon hinein. Ein Beamter führte ihn in einen hellen Saal, hieß ihn da Platz nehmen und händigte ihm ein Formular aus. Petroslawski, dem es hier sehr gefiel, versank in Gedanken über die Tragweite der Entscheidung, seine Erfindung nun der ganzen Menschheit zu übergeben, und begann zögerlich, mit großen Druckbuchstaben, das Feld zu beschreiben, in dem nach der Bezeichnung der Erfindung gefragt wurde. Gerade hatte er den letzten Buchstaben vollendet, als ihm der Beamte das Papier wegzog und sagte: ›Du bist mir ein Spaßvogel!‹ Der Beamte ging hinaus und schlug mitten im Lachen die Tür hinter sich zu. Petroslawski war schockiert, dann weinte er. Plötzlich aber wurde er so wütend, daß er den Zauberstab überm Knie zerbrach, sich ans Herz griff und tot zusammenbrach.

Seitdem gibt es bei uns in Rußland zwar ein Patentamt, aber keinen Zauberstab mehr. All right?«

Die Blonde von AP hob den Daumen ihrer linken Hand, ohne hinter dem Fotoapparat hervorzusehen.

Lebhaft drehte er sich ins Profil. »Ich liebe das Meer. Meer bedeutet immer Freiheit und gute Luft!« Sie zogen zur Westseite. »Von hier kommt der Wind, und sehen Sie, hinter der nächsten Fabrik, dort ist das Meer.«

Wenjamin hielt inne und rieb sich die Hände. Rechts, das heißt nördlich, zogen die Rauchfahnen von links nach rechts, südlich aber von rechts nach links. Die Engel hatten sich an den Ecken des Kathedralendaches niedergelassen und die Luft geteilt. Und da war sie: die kleine Klappe über dem Saum des Engelgewandes, durch die ein Heiliger Geist hinein- und wieder hinausschlüpfen konnte. Wie lange mochte sie wohl schon verschlossen sein ...

Als der Heilige Geist bei einem seiner Bittgänge durch die verwaisten Kirchenräume und die Stolowajas zog, verschloß der für die Kolonnade der Kathedrale zuständige Hausmeister, der sich als Altbolschewik nach dem Tode Majakowskis aufs Dach gerettet hatte und so in einer Art geduldetem Exil seinem Volk diente, die Türchen der Engelshüllen und warf den Schlüssel hinab. Er hatte es nämlich satt, daß nachts, manchmal aber auch am Tage, die Engel zum Ärgernis aller Atheisten, unter ihnen auch Bolschewiki, davonflogen und damit die Wissenschaftlichkeit leugneten, die in der Stadt herrschte – das gefährdete schließlich auch sein Exil. Nun sind die Engelchen reglos, ihre entseelten Körper empfinden weder Kälte noch dringende Bedürfnisse, nur wenn ein Heiliger Geist, auf der Suche nach Einschlupfmöglichkeiten, um ihre Körper streicht, wimmern sie ein wenig und freuen sich in aller Hohlheit auf Pfingsten, denn sie haben ihre Hoffnungen nicht fahrenlassen. Was aus dem Kolonnadenmeister geworden ist, steht nicht mal im Baedeker. Wahrscheinlich ist er in einen der Engel geschlüpft – was auch das Wimmern wissenschaftlich erklären würde –, weil er sich seines Lebens nicht sicher sein konnte. Noch immer wartet er auf seine Rehabilitierung und soll ultimativ drohen, einem Heiligen Geist die Türchen wieder zu öffnen. Dann gäbe es für die Engel kein Halten mehr, so viel ist klar. Aber vielleicht ist das auch nur eine der vielen Drohungen, die man ausstößt, wenn sich das tote Inventar des Sozialismus schneller entwickelt als das lebende. Diesmal aber, glaube ich, hat er sich gründlich verrechnet ...«

Gegen die Kälte hüllte sich Wenjamin in weiterführende Gedanken, trippelte auf der Westseite abwärts und verschwand in der Dunkelheit einer Wendeltreppe.

Da die Erde wieder eine Scheibe ist, entwickelte Wenjamin seinen Ansatz weiter, werden auch die Engel bald wieder fliegen, und den Bauleuten widerfährt gerechter Lohn im Jenseits.

Kaum erschien er am Ausgang der Kathedrale, begann eine rote Armbinde hinter dem vergitterten Eckfenster des Wächterhäuschens zu winken. Vom Dach glotzte ein Scheinwerfer auf ihn herab. Wenjamin stand wie betäubt. Durch die Spiegelung der Scheiben sah er nur das Rot. Allmählich straffte sich seine Haltung. Er spürte den Marmor unter seinen Füßen nicht mehr, so leicht wurde ihm, so klar wußte er, was zu tun war. Die Tür des Wächterhäuschens ging auf – zuerst erblickte Wenjamin eine dunkle Stirn. Die Beschützerin des Ausgangs trug Filzstiefel. An ihrem Arm leuchtete das Rot. Aus ihrem Mund ergingen Weisungen.

Wenjamin atmete tief und gleichmäßig und beobachtete, wie sie vorwärts rückte – ruhig bleiben, ihren Blick unterlaufen. Ihre Arme wirbelten, ihr Kopf schaukelte. Das Rot brannte, kroch näher. Er mußte den Punkt finden. Einen anderen Weg gab es nicht. Gleich ... gleich hatte er die Stelle, gleich ... die Nasenflügel, da, der rechte, das Beben. Das war es, diese Falte, tief und in Form eines Häkchens, der Ursprung alles Bösen. Von da breitete es sich aus, gelangte in konzentrischen

Kreisen bis zur Stirn, bis zum Kinn. Alles Häßliche rührte daher.

Nun nahte auch schon der Engel. Sein Blitz traf sie ins Gesicht. Ihre Hände fuhren auf, ihre Beine stolperten rückwärts, das Rot folgte, schrille Laute.

Wenjamin, aus seinen Gedanken gerissen, fror. Noch einmal würde er nicht über das Absperrgitter springen.

»Dafür liebe ich Sie ...«, schwärmte die Blonde von AP und hakte sich bei ihm unter. »Wie Sie den Kopf in den Nacken geworfen dastanden ... das war's, denke ich. Das hatte so etwas ...« Doch gerade als sie das Wort aussprechen wollte, schmiß Wenjamin eine Münze in den aufgeklappten Geigenkasten, und die Bläser setzten ohrenbetäubend ein: »Oh, When the Saints ...«

SEHR VEREHRTE Damen und Herren, lesen Sie diesen Brief, lesen Sie ihn ganz, denn er wird Ihnen helfen, einen schweren Irrtum zu vermeiden. Ich bitte Sie inständig, ja, ich möchte Sie anflehen, wenn dieser Ausdruck noch zeitgemäß ist, helfen Sie einem einfachen Menschen, dessen Leben durch das Zusammentreffen absurder Umstände in einen Alptraum verwandelt wurde und dessen einzige Hoffnung Sie sind! Erlösen Sie mich! Ohne den Glauben an Sie, meine sehr verehrten Damen und Herren, hätte ich mein Leben bereits selbst beendet. Welche andere Wahl habe ich sonst? Man sagt mir, entweder Gefängnis und Zwangsarbeit oder die Irrenanstalt. Doch selbst wenn ich es vermag, dem einen wie dem anderen zu entrinnen – dem Schlimmsten, der Lynchjustiz, laufe ich nur um so schneller ins Messer! Denn die fragt nicht nach Erklärungen! Helfen Sie mir, meine sehr verehrten Damen und Herren!

Die Vernehmung der Zeugen und die verschiedenen Gutachten haben jeden Verdacht gegen meine Person beseitigt. Und dennoch hält man mich hier fest, dennoch werde ich verhöhnt, erniedrigt und beleidigt, und selbst mein Verteidiger, ich sage es offen, erwidert meinen Blick zögerlich und merkwürdig fragend, obwohl mir selbst Übelmeinende kein Motiv für dieses Verbrechen, das ich angeblich begangen haben soll, nennen können.

Kurz und knapp möchte ich Ihnen alles, was ich weiß, mitteilen. Es werden im wesentlichen die Dinge sein, die ich bereits gegenüber dem Untersuchungsrichter ausgesagt habe. Da mir aber, je länger die Haft dauert, noch dieses und jenes eingefallen ist, das zu verschweigen mich schmerzen würde –, enthalten diese Aufzeichnungen zumindest die Möglichkeit, zum richtigen Verständnis meines Falles beizutragen, und ich werde so wahrheitsgetreu und unparteiisch berichten, wie es einem einzelnen Menschen überhaupt möglich ist. Verzeihen Sie meine schlechte Handschrift, doch bin ich derart an das Maschineschreiben gewöhnt – sicher haben Sie Kenntnis von meinen literarischen Arbeiten erhalten –, daß mir die eigene Handschrift fast abhanden gekommen ist. Zum anderen sind die Lichtverhältnisse in der Zelle nicht zum besten bestellt.

Ich komme zur eigentlichen Darstellung und beginne auf einem neuen Blatt.

Bericht über die Vorgänge vom 23. Februar 1993 in der Banja Nr. 43, Fonarny pereulok, Sankt Petersburg, Rußland.

Gegen 18.40 Uhr erschienen drei Personen, die weder von ihrem Verhalten noch von ihrer äußeren Erscheinung her ungewöhnlich waren.

Ich selbst hatte zu dieser Zeit Garderobendienst. Dazu muß ich sagen, daß ich, sooft es meine Büroarbeit erlaubt, diesen Posten selbst übernehme. Trotz häufiger Neueinstellungen ist es mir bisher nicht gelungen, die richtigen Mitarbeiter zu finden. Doch das ist heute nicht mein Thema.

Die drei Herren kauften 6 Flaschen Bier, Baltiskoje, liehen 6 Handtücher aus und bezahlten mit einem Fünftausender. Das Wechselgeld von dreitausendundfünfzig Rubeln ließen sie wortlos auf dem Tisch liegen. Ich nahm es an mich und verwahrte es gesondert in der verschließbaren Schreibtischschublade, weil ich solche Gelder erst dann als mein Eigentum betrachte, wenn der Gast unsere Banja zufrieden verlassen hat.

Was mir allerdings an den Herren auffiel, war, daß sie alle drei zu frieren schienen. Ich möchte behaupten, zwei von ihnen schlotterten sogar, der dritte preßte die blauen Lippen aufeinander. Dabei zählte ich sie im Vergleich zu den anderen Gästen, die bei mir ihren Mantel ablegten, zu den besser gekleideten. Ungeachtet dessen forderte ich sie auf, Uhren, Portemonnaies und Brillen – zwei von ihnen trugen Brillen – abzugeben. Wir verwahren die Wertsachen unserer Kunden in einem Safe, zu dem jeweils nur der Diensthabende den Schlüssel besitzt. Bis auf die Zigeuner nimmt jeder gern diesen Service in Anspruch. Ich wiederholte meine Aufforderung mit dem Hinweis, daß wir für eventuell entstehenden Schaden nicht aufkommen könnten. Doch ohne darauf mimisch oder mit einer Geste zu antworten, versuchte der, den sie mit Wolkow ansprachen, mich zur Seite zu schieben. Als ihm das nicht gelang, griff im selben Moment der, den sie Wanka nannten, über die Schulter seines Vordermannes und boxte mich auf meinen Stuhl zurück. Solch grobes und großspuriges Auftreten läßt sich in unserem Volk wieder häufiger beobachten. Wer nicht hören will, muß fühlen, dachte ich und ließ sie gehen. Beleidigen kann man mich durch so etwas nicht mehr, weiß ich doch, daß hinter diesen Verhaltensmustern die verschiedensten Komplexe stecken. Als mildernden Umstand könnten die Herren nur ihre Erregung geltend machen, die jeden ergreift, der die Banja betritt.

Keine fünf Minuten später begann im Umkleideraum ein Geschrei, daß selbst der Fernseher nicht mehr zu hören war. »Wieder die Zigeuner«, dachte ich und hatte recht. Doch waren es nicht ihre üblichen Palaver oder Händel – wer kann das bei denen schon auseinanderhalten. Noch genau sehe ich, wie zwei dieser Burschen beim Anziehen der Socken auf einem Bein herumhüpften. Außer den Samtmützchen und den Armbanduhren waren sie nackt. Aber nicht um die Balance zu wahren, hopsten sie hin und her, sondern aus Angst.

Die drei Herren hatten sie gezwungen, ihre Unterhosen auszuziehen. Dazu bedurfte es meiner Ansicht nach nicht viel, denn Zigeuner sind feige und weichen selbst dann, wenn sie in der Überzahl sind. Ich hielt das für einen gelungenen Scherz, bis schweigend, aber hastig auch die anderen Gäste hereindrängten, jawohl, drängten! Sie kamen so dicht hintereinander, daß sie den Rücken ihres Vordermanns mit den Händen schoben und weiterstießen; alles blieb still, nur das Schlappen ihrer Schuhe war zu hören. Ein unwürdiger Anblick, eine in Angst geratene Herde. Unter ihnen erkannte ich auch einige, die gerade erst für zwei Stunden bezahlt hatten.

»Ich schwitze doch nicht mit dem Satan!« ereiferte sich Rosenstock, den ich gut kannte, und patschte, die Schuhe in der Hand, das Hemd noch offen, eilig hinaus auf den Flur. Nachdem die Zigeuner unter den Befehlen ihres Patrons abgezogen waren, sprach nur noch der Mann im Fernseher. Seifendosen klapperten, Flaschen kullerten halbvoll über die Fliesen. Die Männer trockneten sich nicht ab, sondern huschten, kaum daß sie alles am Leib hatten, hinaus. Niemand sah mir in die Augen, geschweige denn, daß jemand sein Geld zurückgefordert hätte. Nur der Professor und Jesus waren nicht unter ihnen.

Ich muß einräumen, daß mir in dieser Situation nichts Besseres einfiel, als den angrenzenden Massageraum zu wischen. Ich fühlte mich machtlos und war zum ersten Mal froh, daß mein Antrag auf Privatisierung der Banja abgelehnt worden war.

»Wie viele Kunden werden wir jetzt für immer verlieren?« fragte ich mich und faßte den Entschluß zu handeln.

Zwar zögerte ich erst, den ungleichen Kampf, mit wem auch immer, aufzunehmen, weil jeder, der nicht unmittelbar für sich kämpft, seinem Gegner unterlegen ist. Dann aber, ohne mir über die Konsequenzen im klaren zu sein, durchquerte ich die Garderobe und lief den Korridor entlang am Speisesaal »Oasis« vorbei, wo hinter der Küchenluke Georgi Michailowitsch am Grill hantierte.

»Wohin?« schrie er. »Halt!« Ich hörte seine schlurfenden Latschen und blieb am Ende des Korridors vor der Tür zum Bassinraum stehen. Bis heute weiß ich nicht, was sich dahinter bis zu diesem Zeitpunkt abgespielt hatte. Wahrscheinlich hatte ein Gast den anderen mit seiner Angst angesteckt, ohne daß man sagen kann, dies oder das ist passiert. So ist es ja oft: Plötzlich sind alle weg, und jeder meint, es müßte auch einen Grund haben.

»Laß, laß, laß!« fauchte Georgi Michailowitsch, als er sah, daß meine Hand schon auf der Türklinke lag, und wedelte mit dem fettverschmierten Handtuch, das er für die heißen Schaschlik-spieße brauchte.

»Um Himmels willen, bleib hier!« Er zog mich am Unterarm mit sich fort. Auch wenn er nicht sprach, bewegte sich sein langer Schnauzer, der dem Gorkis ebenbürtig war.

»Weißt du nicht, wer gekommen ist?« Georgi Michailowitsch schloß die Tür des Speiseraums »Oasis« und lehnte sich mit dem Rücken dagegen. Ich weiß nicht, warum ich eine solche Behandlung duldete, denn schließlich ist Michailowitsch mein Unterstellter und noch dazu ein paar Jährchen jünger.

»Du weißt nicht, wer das ist?« fuhr er gegen mich los und bekreuzigte sich, was für ihn so ungewöhnlich war, daß ich erschrak.

»Haben denn alle den Verstand verloren?« schrie ich zurück.

»Bleib hier und hilf, bleib hier, hörst du?« mahnte er ruhig, als wäre bereits alles geklärt, und drückte mir ein feuchtes Wischtuch in die Hand.

»Rede!« herrschte ich ihn an. Doch statt zu antworten, fuhr er im selben wichtigtuerischen Tonfall fort, mich zu instruieren.

»Noch besser, du gehst nach vorn. Schick alle weg, schließ ab!«

Er zwinkerte mir zu und zog zwei Scheine aus der Tasche.

»Dollary sind gekommen, Dollary ... Mach keinen Blödsinn!« Georgis Tonfall war ungeheuerlich. Aber es gibt Situationen, da sind die eigenen Gefühle ein einziger Knäuel, und man bleibt stumm.

Schura, ein ehemaliger Student, faul und Georgis Gehilfe, war schon ganz bei der Sache. Er hatte drei quadratische Tische zusammengeschoben, wischte die Essensreste aufs Tablett, schrubbte die Fläche und rieb sie mit Handtüchern trocken.

Ich stand noch am Eingang und beobachtete, wie die beiden weiße Laken über den blanken Tischen ausbreiteten, als die Tür aufflog. Wir zuckten zusammen, vor allem Georgi. Der Professor, nackt, schmal, mit spitzem Bauch, die Panzerkappe aus der Stirn geschoben, glänzte am ganzen Körper. Die

Birkenzweige in seinen Händen – er trug Fäustlinge – berührten den Boden. Sie wirkten wie aufgepfropft, wenn er sich bewegte. Er und Jesus waren die Priester, deren Arme noch durch die beißende Luft wirbelten, wenn alle anderen schon vor der Hitze die Stufen hinabgeflohen waren. Sie zelebrierten eine Messe des Fleisches, sie verliehen die Weihen der Banja. Vor allem das Gespür des Professors war legendär. Keiner brachte so viel Wärme unter die Haut wie er, und keiner, auch nicht Jesus, ließ den Körper derart vor Kälte schauern, daß die Poren nach glühender Hitze verlangten. Und nur der Professor verwandelte, wenn er die heißen Zweige auf den Rücken preßte, unerträglichen Schmerz in Genuß, der den Körper von allem Überflüssigen reinigte und in eine Leichtigkeit entließ, wie sie sonst nur durch Drogen oder östliche Weisheitslehrer zu erreichen ist.

Natürlich gab es Kunden, die verschwanden, wenn er auftauchte. Winkte er erst mit der Rute, wagte niemand mehr, sich ihm zu widersetzen.

»Dima, sie wollen dich!« Der Professor klang erschöpft.

»O Herr, o Herr!« stöhnte Georgi auf und bekreuzigte sich abermals. Schura gab mir seine Zigarette, die er sich gerade angezündet hatte.

»Komm!« Der Professor streichelte sich mit den Ruten die Kniekehlen. »Die warten nicht ...«

Beim Laufen schlackerte sein Schwanz wie ein Schlauch zwischen den Schenkeln.

Ich hatte erwartet, die drei Herren auf der Ruhebank gegenüber dem Eingang zu finden. Doch nichts. Nur die Duschen rieselten im Bassinsaal.

»Sie frieren schrecklich«, nuschelte der Professor, ohne sich nach mir umzudrehen. Die Ruten in seinen Händen kreisten unaufhörlich.

Kaum hatten wir die Tür erreicht, stieß Jesus sie von innen auf, riß Handschuh und Mütze ab, wankte an uns vorbei zu den Stufen, war mit zwei Schritten oben und stürzte ins Wasser. Das Überlaufrohr röchelte und schmatzte. Dampf stieg über dem Becken auf.

»Los!« Wir huschten durch die Holztür hinein in die Hitze.

Die drei Herren empfingen uns mit lautem »oh« und »ah«, setzten dann aber ihre Unterhaltung fort, wobei sie die Hände neben den Schenkeln aufstützten. Ja, sie schlotterten. Und selbst als der Professor mit dem Kellenstiel beide Ofenklappen öffnete und Wasser aufgoß, schien sich daran nichts zu ändern. Ich hingegen mußte mich bücken, so heiß wurde die Luft hier unten.

Ich kann weder ihr Verhalten mir gegenüber als unfreundlich bezeichnen, noch möchte ich meine Sympathie für ihr unbeschwertes Auftreten verhehlen, selbst wenn später die bedenklich stimmenden Aspekte ihres Wesens die Oberhand gewannen. Die Pistolenholster lagen neben ihnen. Semjon, so riefen sie den Langen, kam schließlich die Treppe herunter, legte mir seine rechte Hand auf die Schulter, entschuldigte sich für das rauhbeinige Vorgehen bei der Ankunft und dafür, daß sie die Zigeuner vertrieben hatten, aber sie mochten halt keine Zigeuner. Was sollten sie da machen? Er lobte den Professor und Jesus als Meister ihres Faches, die sich wahrhaft mühten, aber gegen die Grabeskälte dieser verdammten Banja ebenfalls machtlos seien. Ich widersprach nicht, obwohl sich selbst der Professor vor der Hitze duckte. Wie sie es dort oben aushielten, war mir unerklärlich. Der, den sie mit dem Namen Stenka neckten, löste den Langen als Sprecher ab und schüttelte voller Gewißheit den Kopf. Er wolle nicht darüber streiten, ich müsse nur unvoreingenommen hinsehen: statt Schweiß Gänsehaut. Ohne daß ich zu Wort gekommen wäre, bat er mich, ihnen ein paar Frauen zu organisieren, damit sie sich so ein wenig aufwärmen könnten. Ja, das war der Wortlaut. Sie sprachen von Aufwärmen. Damit war ich entlassen.

Ein derartiger Wunsch, meine sehr verehrten Damen und Herren, ist nicht so ungewöhnlich, wie manche von Ihnen vielleicht vermuten. Es kommt hin und wieder vor, daß Firmen,

Sportklubs, Brigaden oder Schiffsbesatzungen, die unsere Banja für einen Abend oder Nachmittag mieten, ähnliche Bitten äußern. Bei den Mädchen wiederum sind diese Aufträge begehrt. Während sie feiern, verdienen sie gutes Geld, und die Männer riechen höchstens aus dem Mund.

Georgi Michailowitsch freute sich kindisch, daß auch ich in die Vorbereitungen einbezogen war. Schuras »Belomor« war in meiner Hand ausgegangen. Er hielt mir sein Feuerzeug hin, ich rauchte sie auf, während ich nach den Mädchen telefonierte. So nahm alles seinen Lauf und versprach, ein schöner Abend zu werden. Und vielleicht würden die drei noch unsere Stammkunden!

Ich half hier und da, wischte ein paar Gläser blank – die durfte man gewöhnlich nicht gegen das Licht halten, steckte Servietten in Becher, kontrollierte das Besteck, das nur selten benutzt wurde, rauchte und las Zeitung. Irgendwie war mir festlich zumute: die weißen Laken, die Reinlichkeit, der besondere Küchenduft. Ich war erleichtert.

Zwanzig nach sieben klopfte es an die Tür der Männerabteilung. Ich war schon aufgestanden, um zu öffnen, als ein Schreien im Bassinsaal begann, das in seiner abwärts verlaufenden Tonfolge einem lauten Stöhnen, vielleicht sogar einem Wehklagen ähnlich war. Georgi stellte das Radio ab. Die Stimme wurde leiser, schwoll noch einmal an und brach ab. Die Mädchen rüttelten, aus Angst, andere seien ihnen zuvorgekommen, an der Tür und riefen nach mir.

Unter dem Vorwand, ihre Ankunft zu melden, betrat ich den Bassinsaal. Jesus lag mit dem Bauch auf den Fliesen. Seine Linke tastete umher. Der Professor, neben ihm hingestreckt, berührte mit der Stirn die rundgewaschenen Steine, die Treppe und Becken grottenartig verzierten. Sein langes, graues Haar, die dichten Augenbrauen, sein sich hebender und senkender Spitzbauch und der über den rechten Schenkel hängende Schwanz verliehen ihm etwas Satyrhaftes.

Bei Jesus kniete schon Schura. In der einen Hand hielt er den

Kaltwasserschlauch, mit der anderen stützte er ihm die Stirn, wie man es tut, wenn einer erbrechen muß.

Aus der Banja hörte ich Lachen und das Klatschen der Birkenruten. Wie Qualm kam kalte Luft durch eine Fensterluke und verlor sich unter der niedrigen Decke. Über dem Becken aber versammelte sich der Dunst zu schmalen, dichten Schwaden, die über dem Wasser standen und den Raum in eine Landschaft verwandelten, deren Horizont verhüllt war. Ich nahm den Schlauch aus Schuras Hand, begann bei den Füßen des Professors und ging weiter aufwärts – wie Algen bewegte sich sein Brusthaar. Immer wieder hielt ich den Strahl auf seine Handgelenke, die er von selbst drehte, damit das kalte Wasser auf seinen Puls traf. Schura schleifte Jesus hinaus und half mir, den Professor zu tragen, der wisperte: »Teufel diese, Teufel diese ...«

Wir legten beide auf die roten Polsterbänke, die sich in den Nischen zwischen den Garderobenschränken gegenüberstanden. Nebenan hörten wir das Surren von Reißverschlüssen, scharrende Sohlen und eiliges Rascheln. Irina kam hervor – wir arbeiten schon lange zusammen –, begrüßte mich hastig und bat darum, noch eine Freundin hereinzulassen, die heute ihren achtzehnten Geburtstag feiere. Natürlich war das gegen die Abmachung – dann hätten die beiden anderen ja auch gleich ihre Freundinnen mitbringen können. Aber wer ist schon in der Lage, diesen Mädchen etwas abzuschlagen, noch dazu, wenn sie nur in Unterwäsche vor einem stehen. Sie sind natürlich keine gewöhnlichen Prostituierten, sondern haben mehr oder minder Balletterfahrung. Selbst barfuß scheinen sie zu schweben.

Vor dem Anblick des Professors und Jesus', zwischen denen Schura kniete und Bierflaschen öffnete, schreckten sie zurück. Doch ich konnte ihnen nicht mehr sagen, als daß ihre Kunden Russen seien, die anscheinend über ausreichende Dollarvorräte verfügten. Dann führte ich sie in den Bassinsaal und hieß sie warten.

Die drei saßen noch immer in der Banja, lachten, fluchten, schlugen sich gegenseitig auf Brust und Schenkel und spotteten über Jesus und den Professor. Solche Schlappschwänze, die keine halbe Stunde durchhielten, aber das passe ja zu dieser miesen Banja, in der es niemals richtig warm werde, geschweige denn heiß. Nicht einmal ihre Nasenflügel glänzten. Wie zur Freude betrieben sie diese Flucherei, wie einen Sport. Einander überbietend, gerieten die drei in einen Rhythmus, den sie durch Schläge auf ihre trockenen Körper noch forcierten. Nachdem ich ihnen gesagt hatte, was zu sagen war, wartete ich draußen bei den Mädchen.

Aus Erfahrung wußte ich um die Eigentümlichkeit der ersten Minuten, in denen die Mädchen bereits die eine Welt verlassen, aber in der anderen noch nicht angekommen sind. Jede von ihnen nahm einen kräftigen Schluck aus meiner Flasche Kirschlikör, die ich gleich ein zweites Mal herumgehen ließ, und schon öffnete sich die Tür. Die Handtücher wie Servietten über die linken Unterarme geworfen, kamen die drei im Gänsemarsch heraus. Mit einem Mal begann Pjotr, der fortwährend »unser Pjotr« gerufen wurde, immer schneller ein Handtuch über dem Kopf zu schwenken und dabei langgezogene Rufe auszustoßen, wie Kinder beim Indianerspiel. Die anderen beiden folgten seinem Beispiel, und wir lachten. »Husch, husch, unter die Dusch, husch, husch ...«, skandierten die drei und rückten im Gleichschritt auf die Mädchen zu. Ich verließ den Raum.

Von der Küchenarbeit in Anspruch genommen – das Radio spielte wie gewöhnlich –, hörten weder ich noch Georgi irgend etwas Auffälliges. Außerdem verhinderte die Anwesenheit von Irinas Freundin, die anstelle von Schura aushalf, daß wir das wenige, was wir vernahmen, mehr als mit Blicken kommentierten. Tanjuscha war trotz aller gegenteiligen Beteuerungen vielleicht fünfzehn, höchstens sechzehn. Aber ihre Schüchternheit, die mit einer gewissen Bestimmtheit ihres Wesens stritt, verschönte sie auf sehr frauliche Weise. Wie die anderen trug auch sie nur Slip und Hemdchen und schien froh, überhaupt mit einer Arbeit betraut worden zu sein. Ich folgte den schnellen Bewegungen ihrer Arme und Hände, die geschickt Wurst, Schinken, Käse und Gurke in dünne Scheibchen schnitten und sie in wechselnder Folge auf dem Plattenrand auffächerten. Sie füllte die Brotkörbe, brach den eingelegten Knoblauch auf, häutete ihn und dekorierte die Platte mit den schimmernden kleinen Zehen, denen sie im Wechsel Tomatenstückchen und Peperoni beigab.

Als Tanjuscha darum bat, das Gewürzregal inspizieren zu dürfen, trauten wir unseren Ohren nicht. Sie, die bisher kaum von ihrer Arbeit aufgeblickt hatte, hielt eine Predigt, wie sie die Banja Nr. 43 noch nie gehört hatte.

»Putzen Sie denn nicht regelmäßig den Tisch, die Schüsseln, das Besteck, die Teller und Tassen, die Gläser und Becher? Mir scheint, als würde nicht täglich alles mit heißem Wasser gereinigt, abgerieben und getrocknet, weder morgens noch abends. Sehen Sie – die Siebe, Roste, Töpfe, Kannen und Pfannen sind nicht einmal richtig ausgekratzt. Sie müssen an einem sauberen Ort umgestürzt aufbewahrt werden. Lebensmittel sind immer und überall abzudecken! Der Fußboden, die Wände, die großen und kleinen Bänke, die Fenster und Türen sind zu fegen, zu wischen und zu scheuern. Weiß das hier niemand? Ich denke, Sie könnten nicht einmal sagen, wie viele Teller, Messer, Gabeln und Löffel Sie verwalten, und selbst für die Töpfe und Pfannen fiele Ihnen eine Angabe schwer. Gibt es hier keine Truhe, in der Fleisch und Fisch tiefgefroren und in ausreichender Menge gelagert werden? Wo sind die Vorräte an Wein und Bier, wo die Gewürze?«

Ich vermag nicht den Eindruck zu schildern, den diese Worte auf mich, im besonderen Maße aber auf Georgi machten.

Ohne sich zu rechtfertigen oder überhaupt etwas zu äußern, baute er sämtliche Gewürze und Kräuter vor ihr auf, wobei er schnell mit dem Ärmel über diese und jene Dose wischte. Tanjuscha entdeckte seine Vorräte an Sahne, Mayonnaise und

Joghurt im obersten Fach des Kühlschranks und bedankte sich auf ihre Art. In Windeseile entstand ein Dutzend verschiedener Soßen, unter denen von Gelb über Grün und Rot und Weiß selbst Blau als Farbe vorkam. Zwischen den Händen zerrieb sie das Basilikum und mit ein paar Mörserstößen die Pfefferkörner. Sogar die im Regal schon vergessenen Rosinen und Kapern kamen zur Anwendung.

Wenn sie sich so anstrengte, schaukelte ihr Busen unterm Hemd. Öfters lutschte sie am kleinen Finger, den sie von ihrer beschmierten Hand abspreizte, um zu kosten oder sich ein paar Haarsträhnen zurückzustreichen.

Ein Kunststück vollbrachte Tanjuscha, als sich Georgi auf eine Zigarette zu mir setzte. In diesen wenigen Minuten füllte sie so viele Pfannen, Töpfe und Tiegel, daß für ihn, als er an den Herd zurückkehrte, kaum mehr als Handreichungen blieben. Und dabei bewahrte Tanjuscha eine Leichtigkeit, als führe sie Tanzschritte, Drehungen, Sprünge vor.

Was zauberte sie nicht alles aus unseren kärglichen Vorräten. Schon allein wie sie die gerade aufgetauten Hühnchen prüfte, an den Knochen bog, die Krallen besah, die Schenkel abermals über der Flamme absengte, immer noch ein paar Federkiele herauszupfend, und vor dem Abhacken des Kopfes die Halshaut zurückzog, verriet ihre Kompetenz. Was sie als Zutaten verarbeitete, beschränkte sich nicht auf Pfeffer und Salz und etwas Paprika. Bei Tanjuscha mußten Möhren, Petersilie, Zwiebeln, Zitronensaft, Pilze, Tomatensoße, Wurzelwerk, Eier, Gurken, Tkemali-Soße, marinierte Früchte, Dill, Backpflaumen, Estragon, Koriander, Portwein, Lorbeerblätter, Butter, Beeren, Brühe usw. usf. bereitstehen. Sie dünstete, kochte, briet, panierte, frittierte, buk – Hähnchen am Spieß, grusinisches Tabaka, Kotelett auf Kiewer Art, Soufflé aus Huhn, Brathuhn mit Pilzen, Huhn in heller Soße, gefülltes Huhn, Frikassee – Töpfe, Pfannen, Spieße, Kasserollen, Roste, alles war in Aufruhr. Nebenher entstanden noch Gemüse- und Fischsakuski, eine kalte Suppe aus Kwaß und eine aus

Gurken, eine Milchsuppe, Käseomeletts, russische Quarkkäulchen, Rührei mit Salzhering, Nudelauflauf, Galuschki, Pelmeni in Sahne, Kürbis-Apfel-Sapekanka, Weißkraut in Milchsoße und – für mich die Krönung – ein Borschtsch, wie ich ihn wohl nie wieder essen werde. Und immer bewahrte Tanjuscha nicht nur Grazie und Anmut, sondern auch Fürsorge, als pflegte sie einen Kranken oder liebkoste ein Kind.

Harte Schläge gegen die Tür, als stießen Füße, Köpfe und Fäuste zugleich dagegen, machten unserer unbeschwerten Arbeit ein Ende. Die drei sangen und summten, Jeronimow stolzierte als Tambourmajor vorneweg und schwenkte ein Handtuch. So marschierten sie ein, die weißen Handtücher um die Hüften geschlungen. Tanjuscha schrie auf und stürzte zu den Mädchen, die nackt und auf allen vieren zwischen den Männern krabbelten und an den Haaren, wie an einer Leine, hierhin und dahin gezerrt wurden. Als die drei Tanjuscha erblickten, schnalzten sie mit der Zunge und verfolgten aufmerksam, wie sie von einem Mädchen zum anderen eilte, hier ein Taschentuch gegen Irinas blutende Nase drückte, da mit den Fingerspitzen über Veras geschwollenes Auge tastete und dort Marina mit einem Geschirrtuch Schweiß, Schminke und Rotz vom Gesicht wischte. Leise, ganz leise sprach Tanjuscha mit ihnen, die nicht einmal weinten oder wimmerten. Wie betäubt starrten sie zu Boden. Es war still. Der Borschtsch blubberte. Ein kurzes Aufhusten Irinas aber genügte, daß sie auf den Boden gepreßt wurde. Blut schoß ihr aus der Nase. Die Gnadenpause war vorbei, Tanjuscha wurde verscheucht, die drei setzten sich an den Tisch und klemmten die Köpfe der Mädchen zwischen ihre Schenkel. Während ich die Gläser mit Wodka füllte, legte Menschikow wortreich dar, daß sie außer Tanja niemanden zu sehen wünschten. Und schon erhoben sie ihre Hände, zappelten mit den Fingern und griffen nach den Vorspeisen.

Durch einen Spalt der geschlossenen Geschirrückgabe konnten wir dem Geschehen folgen. War schon Stepanows Tonfall eine angenehme Überraschung, so setzten mich jetzt ihre exquisiten Manieren in Erstaunen, die eine ordentliche Kinderstube verrieten und heute selbst bei studierten Russen nicht vorausgesetzt werden können. Wer hält noch den Rücken gerade, die Ellenbogen dicht am Körper und kaut ohne zu schmatzen? Zwar nahmen die drei vom Aufschnitt nicht mit der Vorlegegabel, dafür aber paßten sie jedes Scheibchen Wurst, Käse oder Gurke akkurat auf ihre Brote, schnitten kleine Happen ab, die von Gabel und Messer geradezu umworben wurden, bevor sie aufgespießt zum Mund entschwanden. Selbst den Borschtsch löffelten sie, ohne über den Tellerrand zu tröpfeln, und benutzten Servietten. Hinzu kam ein liebenswürdiger, nahezu väterlicher Umgang mit Tanjuscha. Sie nahmen ihr nicht nur die gefüllten Suppenschüsseln ab, sondern reichten auch leere Teller zurück und überhäuften sie mit Komplimenten. Selbst daß sie Schälchen mit Wasser unter den Tisch schob, wurde geduldet. Tanjuscha schenkte eine Kelle nach der anderen Milchsuppe, Gurkensuppe und Borschtsch aus, wobei sie wiederholt mahnte, sich ein freies Fleckchen für die kommenden Speisen zu lassen. Man dankte ihr die Fürsorge mit einem Toast, zu dem sie aufstanden und ihre Gläser gegeneinanderhielten, als warteten sie auf ein Blitzlicht.

Tanjuscha, die sich zu den dreien setzen mußte, sprach zu leise, als daß wir sie verstanden hätten. Plötzlich aber riefen der, den sie mit Afanassi ansprachen, und der, den sie liebevoll Mormuno nannten, nach Georgi und mir. Sie hielten Tanjuscha, die aufgesprungen war, an beiden Händen fest, wie ein beim Diebstahl ertapptes Kind. Sofort begriff ich, was die Stunde geschlagen hatte, als Alfonso mit bebender Stimme fragte, welcher Kategorie Ausbeuter wir angehören würden, ob wir Leuteschinder, Schmarotzer, Zuhälter seien oder ganz kleine, stinkige, miese, faschistische Erpresser. Dem Weinen nahe, blickte Tanjuscha auf, als bitte sie tausendmal um Entschuldigung. Jetzt fiel auch noch Fjodorow ein und beschimpfte uns als Blutsauger, als die Schande der Nation, als größenwahnsinnige Proleten, als kommunistischen Auswurf, als Menschen ohne Ideale und Würde usw. usf. Ich vermag mich nicht mehr an alle Schmähungen zu erinnern. Die drei rissen an ihr herum, als wollten sie von ihr eine Antwort erzwingen.

Ich schwieg, weil es sinnlos gewesen wäre, gegen diese Schimpftiraden zu argumentieren. Aber da sie die Kleine mehr und mehr traktierten, beschloß ich einzuschreiten. Ich verschaffte mir Gehör und sprach davon, daß wir Tanja natürlich für ihre Arbeit bezahlen würden, für eine vorbildliche und kreative Arbeit; nur sei bisher noch gar keine Gelegenheit gewesen, sich darüber auszutauschen; wir aber seien uns in jeder Minute der Perspektiven bewußt gewesen, die uns Tanja eröffnet habe, was gar nicht hoch genug eingeschätzt werden könne; selbstverständlich seien wir auch gern bereit, ja, wir würden sie ausdrücklich darum bitten, hier eine Arbeitsstelle für sie einrichten zu dürfen, die ihren Begabungen und Fähigkeiten entspräche. Ich fügte noch hinzu, daß es auch von der Atmosphäre her zwischen uns stimmig sei und Tanja nur offen und ehrlich, ohne falsche Bescheidenheit die Bedingungen nennen solle, zu denen sie bereit wäre, in unserem Kollektiv mitzuarbeiten, denn herzlich sei sie uns von Stund an willkommen, und wenn es hier ein Mißverständnis gegeben hätte, wenn jemand an unserer Redlichkeit zweifeln sollte, sei ich der erste, der auf der Stelle bereit wäre, diesen bedauerlichen Irrtum auszuräumen, nicht durch Worte, sondern durch Taten und einen Arbeitsvertrag mit rundem Stempel und Unterschrift.

Die Gesichter der drei zuckten, sie zwinkerten. Einer nach dem anderen platzte mit seinem Lachen heraus, bis sie alle vor Freude auf den Tisch schlugen. Tanjuscha errötete. Vielleicht war meine Stimme ängstlich gewesen, vielleicht hatte ich nicht den wahren Grund ihres Vorwurfes verstanden, vielleicht war es überhaupt nur ein Spaß gewesen – ich werde es wohl nie erfahren. Sie lachten und lachten, bis selbst Tanjuscha ihre Befangenheit verlor und schließlich nicht mehr an sich halten konnte und – obwohl ich sah, wie peinlich es ihr war – hervorprustete und ihre rechte Hand vor den Mund hielt. Georgi stand reglos neben mir.

Damit hätte nun alles ein gutes Ende nehmen können. Selbst daß sie auf meine Kosten lachten, war zweitrangig – Hauptsache, sie lachten. Schon atmete ich freier.

Da löste sich das Handtuch von Tanjuschas Hüften und fiel auf ihre Füße. Die drei verstummten. Sie bückte sich rasch und band es wieder um, aber die teuflische Stille beendete sie dadurch nicht!

Der, den sie auch mit Tschandauli ansprachen, und der, den sie öfter Carpaccio betitelten, sie beide griffen Tanjuscha bei den Händen, küßten sie auf Finger und Handrücken und arbeiteten sich auf diese Art an ihren Ellenbogen hinauf. Tschangorok aber, der Georgi und mich mit einem Wink in die Küche verwies, erhob sich von seinem Platz, kam um den Tisch herum und baute sich vor ihr auf.

Als ich durch den Spalt linste, hielt Bessmertny in seiner Linken Tanjuschas Handtuch. Seine Rechte lag an ihrem Hals. Sein Daumen streichelte sie unterm Kinn. Sie reckte es höher und höher.

Rinaldo sprach ruhig und ernst. Wir verstanden anfangs wenig. Abramows Fragen gingen wohl dahin, warum sich Tanjuscha vor ihnen verhülle, warum sie nicht einfach zeige, was sie habe, und ob es nicht sogar an Koketterie grenze, sich derart schamhaft zu geben, um dann ruckzuck die Hüllen fallen zu lassen. Ob sie es zu Hause ebenso halte, ob sie das überhaupt nötig habe, wo sie doch Qualität liefere und sich in keiner Weise verstecken müsse; im Gegenteil, sie sei eine Schönheit mit Stil, was sich unter anderem an der Wahl ihrer Wäsche zeige, wobei es die Achtung gegenüber den Mitmenschen gebiete, sich nichts auf die eigene Figur einzubilden, und wie es um ihre Reinlichkeit bestellt sei und welche Einstellung sie zu Fragen der Empfängnisverhütung habe, was sie von Aids wisse und ob ihre Eltern in der Lage seien, ihr auch zukünftig ein ordentliches Zuhause zu bieten, und was sie in Wirklichkeit mit dem Geld machen wolle, das sie beabsichtige, hier in Zukunft zu verdienen, und wen sie zum größten Vorbild erklärt habe, obwohl sie sich allem Anschein nach gleichermaßen zu den ausländischen Autoren hingezogen fühle wie zu den russischen, warum sie dann aber nie etwas unternehme, um dem Übel abzuhelfen, zumal sie versäumt habe, an sie, er meinte sich und seine zwei Kumpanen, heranzutreten, selbst wenn Erfahrung nicht so hoppla hopp exportiert werden könnte, und ob sie getauft sei usw. usf.

Wie gesagt, ich verstand nicht alles, blickte aber gebannt auf den Schimpansen, Nikolai Stepanowitschs gebräuchlichster Spitzname, und verfolgte, wie ebendieser Stjopka ihr das Haar hinter die Ohren strich, ein paar Strähnen allerdings um seinen Zeigefinger schlang, sie im Nacken streichelte – ihre Knospen erblühten –, an ihrem Arm entlangfuhr, vom Handgelenk zur Hüfte wechselte und mit einem Finger unter ihren Slip fuhr. Petrowitsch zog ihr Hemdchen heraus und begann, den dünnen Stoff hinaufzuschieben, bis er ihren Nabel erreicht hatte, in den er seinen Zeigefinger steckte und sanft bewegte. Tanjuscha lachte ein bißchen, und er lachte auch und hielt ihr das Handtuch hin und sagte, daß sie doch selbst entscheiden solle, was richtig sei und was falsch, da sie es bereits, wie er hoffe, auf achtzehn Jahre gebracht habe und eine mündige Bürgerin abgebe.

Tanjuscha hatte Pogorelski mit großer Aufmerksamkeit zugehört und mehrmals zugestimmt. Ihr Nicken wurde noch heftiger in der Stille, die sich an Alexejewitschs Fragen anschloß wie ein folgerichtiger, langanhaltender Akkord, in dem alle Konsequenzen des weiteren Geschehens beschlossen lagen.

Endlich rang sich Tanjuscha zu dem Bekenntnis durch, daß sie prinzipiell bereit sei und nur darum bitte, vorher noch mit der

Mutter sprechen zu dürfen. Die drei hatten nichts dagegen und forderten von mir, indem sie »Chef« schrien, dem Mädchen schnellstens das nächste Telefon zu zeigen.

Ich führte Tanjuscha ins Büro, wo ihr zwei Apparate und ein Faxgerät zur Verfügung standen, rückte ihr meinen Sessel zurecht, schob noch ein paar Papiere zur Seite und schloß, während sie bereits wählte, die Tür. Sie schien mir so in Gedanken, daß ich gar nicht auf die Idee gekommen war, sie anzusprechen.

Während meiner kurzen Abwesenheit hatten sie Georgi beauftragt, die Mädchen unterm Tisch hervorzuholen und in den Bassinraum zu schaffen. Ihm zufolge waren sie halb ohnmächtig. Welches Schicksal ihnen widerfuhr, entzieht sich meiner Kenntnis. Uns jedenfalls hielt man ohne weitere Erklärung an, den Tisch abzuräumen.

Bei ihrer Rückkehr wurde Tanjuscha achtungs-, wenn nicht gar ehrfurchtsvoll empfangen. Jeder der drei fegte mehrmals mit der flachen Hand über die Laken, so daß auch die letzten Krümelchen verschwanden, während sich Tanjuscha schon das Hemd über den Kopf streifte und den Slip an den Beinen herabzog. Die Badeschuhe stellte sie an die Tür und legte die zusammengefaltete Wäsche darauf. Der, den sie Polutykin riefen, bot ihr die Hand, als sie, mit dem Knie zuerst, auf den Tisch kroch und sich vorsichtig setzte, bemüht, die Laken nicht zu verschieben. Ebenso behutsam streckte sie ihre Beine aus, warf noch einen Blick über die Schulter, rückte mit dem Po ein wenig zur Seite, legte sich zurück, führte die Arme am Kopf vorbei und streckte sich nach den Tischbeinen. Klar traten die Rippen hervor, über denen sich ihre Brüste aufrecht hielten.

Uns befahl man, die Speisen aufzutragen. Tanjuscha richtete sich noch einmal auf, zog mehrere Klemmen aus dem Haar und übergab diese Emur. In aller Eile bereiteten wir ein Buffet und brachten gerade die letzten Schüsseln, als sich die drei um Tanjuschas Tisch an den Händen faßten und die Köpfe senkten, als sprächen sie ein Gebet. Auch Georgi und ich verharrten, wo wir gerade standen. Ich hatte noch nicht bis zwanzig gezählt, als verschiedene Soßen auf Tanjuschas Füße gegossen und wie Sonnenöl verrieben wurden. Anton kleckerte Meerrettichsoße über ihre Zehen und zog eine weiße Spur bis zum Knöchel. Er trat zurück, und der lange Iwan beugte sich herab und bedeckte den rechten Fuß mit Knoblauchsoße. Daraufhin schüttete Sergej eine Tomatensoße, die nicht nur mit vielen Kräutern, sondern auch mit Wein, geröstetem Weißbrot, feinen Schinkenstreifen und Käsewürfeln angerichtet war, über ihr rechtes Schienbein bis hinauf zum Knie und massierte dabei sanft ihre Wade. Tanjuscha lächelte anfangs, doch als Spargel- und Champignonsoße auf ihren Schenkel träufelten, seufzte sie auf, daß es selbst uns in der Küche durch Mark und Bein ging.

Spätestens als jener, der von sich behauptete, Michail zu sein, Pfefferminzsoße und Safran auf ihren Schoß goß und das tropfende Schälchen an ihrer Hüfte abstrich, erwachte Tanjuschas Leidenschaft. Sie warf den Kopf hin und her. Ihre heftigen Atemzüge spornten die eigentümlichen Kellner an. Besondere Sorgfalt widmete man ihrem Bauch. Aus großer Höhe wurde eine ganze Schale zielsicher geleert, daß es nur so spritzte. Eine weitere Steigerung bildete zweifellos ihr Busen, den zu bestreichen die drei kaum genug bekommen konnten und dessen Festigkeit sie unaufhörlich lobten. Auf die Füße kam Frikassee, über die Knie Käseomeletts, russische Quarkkäulchen stopften sie ihr zwischen Oberschenkel und Waden und gossen Kwaß darüber. Ihr Schoß wurde mit Brathuhn und Pilzen gefüllt, der Bauch schichtweise mit Rührei, Salzhering und Nudelauflauf bedeckt, wozu man noch Smetana gab. Nacheinander traten die drei vom Tisch zurück wie Maler von der Staffelei und ermahnten einander zur Sorgfalt. Beljakow pfiff die Melodie von »Kauf Mama blaue Seide für ein schönes Kleid« vor sich hin, worauf Tschussew ihn mit seinem Tenor übertönte. »Wer liebt den Schreiber nicht?« wiederholte er mehrmals und fuhr im dröhnenden Crescendo fort: »Ich würd ihn lieben, er ist ein kluger Mann ...« Die Pelmeni in Sahne verteilte Nikolajew, so gut es ging, um ihre Brust, pflasterte mit Weißkraut in Milchsoße eine Halskrause und legte aus den Gemüse- und Fischsakuski Bahnen entlang ihrer Arme. Obwohl von Tanjuschas Körper vieles auf die Tischdecke kleckerte, fanden sie für die Galuschki und die Kürbis-Apfel-Sapekanka kaum noch freie Stellen und plazierten sie schließlich auf dem rechten und linken Oberschenkel. Zum Schluß kratzte Leonardo das Schüsselchen Tkemalisoße aus. Nur ihr Gesicht war noch zu sehen.

Die Tischbeine immer wieder von neuem umfassend, als suche sie nach dem idealen Griff, rekelte sich Tanjuscha. Ein Jauchzer entstieg ihrem Mund, als die drei die Speisen von ihrer Haut zu lecken begannen. Hier und da bissen sie jetzt in einen Hering oder ein Quarkkäulchen. Sie ließen es langsam angehen und sangen dabei vollmundig die bekannte Hymne: »Blitzende Eisenbahngleise! Und ein Eisenbahndamm! Seht nur, der Zug entgleist, er saust in den Schlamm!«

Mit kellnerhafter Manieriertheit hielten sie die Hände samt gefalteter Serviette auf dem Rücken. Bis auf Eugen, der offensichtlich schlechte Zähne hatte, kamen sie gut voran. Valentin war ganz erpicht auf die Pelmeni mit Sahne, die er gierig von Tanjuschas rechter Brust schlang. Jegor hingegen labte sich an den Quarkkäulchen zwischen ihren Schenkeln und mußte sich mit Kibok abstimmen, der von der anderen Seite ein Gemisch aus Galuschki und Kürbis-Apfel-Sapekanka am linken Schenkel schlürfte. Manchmal wechselten sie die Plätze, empfahlen einander, unbedingt auch an dieser oder jener Stelle zu kosten.

Der aber, den sie künftig nur noch Timur nennen sollten, saugte plötzlich an ihrer rechten Brustwarze, hielt sie zwischen den Schneidezähnen und – biß zu. Tanjuscha schrie auf, mehrmals, ihr Rücken wurde emporgerissen, doch mit den Händen hielt sie sich fest. Uspenski, der sich mehr und mehr aufrichtete, zerrte weiter an ihr ... Endlich war es geschafft. Tschechuspechow hatte dabei die ganze Spitze herausgerissen und verschlang sie im Stück. Sein Adamsapfel hüpfte. Tanjuschas Stimme klang weich und verträumt, daß ich nicht wußte, ob sie wimmerte oder sang.

Jeder von ihnen, durch Lepaschins Tat ermuntert, faßte sich endlich ein Herz und kam zur Sache. War ein Stückchen freigelegt und saubergeleckt, bissen die drei sich fest. Nie nahmen sie die Hände zu Hilfe. Besonders begehrt waren die Schenkel und da natürlich die zarten Innenseiten, so daß Pierre und Jaroslaw wiederholt mit ihren Schädeldecken gegeneinanderstießen. Sie taumelten zurück, stürzten sich aber im nächsten Moment noch entschlossener auf diese Leckerbissen, als wären sie miteinander in Wettstreit getreten. Ihre Kiefer leisteten Schwerstarbeit. »Zerschmetterte Wagen und Leichen, welch grausames Bild«, setzten sie den Gesang fort.

Tanjuscha tat sich längst keinen Zwang mehr an, stöhnte und fluchte, was das Zeug hielt, wenn die drei sich zu lange mit Kauen aufhielten oder Mund und Stirn mit der Serviette betupften oder sich nicht schnell genug entscheiden konnten, wo sie erneut zubeißen sollten. Tanjuscha unterstützte die drei, indem sie den Oberkörper mal auf die eine, dann auf die andere Seite drehte, und war bereit, solange sie irgend konnte, die Beine zu wenden oder anzuziehen. Nie aber löste sie die Umklammerung, mit der sie sich selbst gleichsam an den Tisch gekettet hatte.

Tanjuscha starb spätestens in jenem Moment, da derjenige, der darauf bestand, Palermo zu sein, drei-, viermal zuschnappend, ihr Herz in den Mund bekam, es mit einem wilden Kopfkreisen von den Arterien und Venen losriß und mit vollem Mund ungebärdig darauf herumkaute – eine blutige Angelegenheit. Unter den anderen gab es währenddessen eine kleinere Rangelei, die einzige Unstimmigkeit, die ich zwischen ihnen feststellen konnte, als es um die Leber ging. Eine letzte Delikatesse bildeten die Kniekehlen.

Der Radiowecker zeigte zwölf nach zehn, als die drei endgültig abließen, von Kopf bis Fuß beschmiert, ganz zu schweigen von Tisch, Fußboden und Wänden. An ihren Handtüchern war kein sauberer Zipfel mehr, um sich den Mund abzuwischen. Nun verschwanden sie einer nach dem anderen. Kostodajew schloß hinter sich die Tür.

Es war alles mit solcher Selbstverständlichkeit vonstatten gegangen, daß wir uns an den, ich muß schon sagen, unappetitlichen Anblick irgendwie gewöhnt hatten und ohne Erregung den ausgeweideten Körper betrachteten, dessen Rippen sich über einer Blutlache und den Resten der Eingeweide wölbten. Einzig Tanjuschas Füße mit den lackierten Nägeln und ihr Kopf hatten das eigenartige Mahl unversehrt überstanden. Ihre Augen waren geschlossen, und ihr Mund lächelte entspannt. Sie war schon in einer besseren Welt.

Wir wagten nicht, die Banja Nr. 43 zu verlassen. Zum Aufräumen waren wir zu müde. Statt dessen machten wir uns über die im Ofen verbliebenen Hühnchenschenkel und Schaschlikspieße her, die noch Georgi zubereitet hatte. Im Anschluß vertrieben wir uns die Zeit mit Kartenspielen. Gegen halb zwölf legten wir uns auf den Küchenboden schlafen. Doch obwohl Georgi kaum schnarchte, fand ich keine Ruhe.

Von der heimlichen Hoffnung beseelt, die drei seien unbemerkt auf und davon, horchte ich kurz nach Mitternacht an der Bassintür.

Nicht einmal das Schlürfen des Überlaufrohres war zu hören. In der Garderobe aber hingen noch ihre Sachen. Es stank nach Bier. Schura hatte es richtig gemacht und war mit dem Professor und Jesus geflohen. Ich ging zurück zum Bassinsaal und erwog, Georgi Michailowitsch zu wecken – hätte ich es nur getan! Jetzt verfluche ich meine Rücksichtnahme! Hinterher ist man eben immer klüger.

Allein trat ich ein, fand aber niemanden. Die drei mußten wohl oder übel in der Banja hocken – eine unglaubliche Vorstellung!

Bemüht, nicht zu schlurfen, schlich ich mich an die Holztür heran. Doch sosehr ich auch lauschte, ich hörte keinen Mucks.

Alles Weitere habe ich schon bis zum Überdruß erzählt, erzählen müssen. Sooft man versuchte, mir Fallen zu stellen, und dabei nicht mit Andeutungen sparte, die auf Georgi zielten – weder habe ich mir in meinen Darlegungen widersprochen, noch bin ich eine Antwort schuldig geblieben, noch habe ich jemals einen Moment gezögert, bevor ich sagte, was ich sagen mußte, denn es war nichts als die Wahrheit. Und woran, wenn nicht an die Wahrheit, soll ich glauben?

Die Hitze war groß, aber trocken. Auf den Holzbänken lagen Maximow und Burljakow, zwischen ihnen am Boden, das Gesicht zur Wand, Jegorowitsch. Offenbar dösten sie. Vorsichtig stieg ich hinauf. Noch eher als die Pistolen in ihren Händen sah ich das Glitzern der Leiber. Endlich schwitzten sie!

Ich machte kehrt, immer gewärtig, mich blitzartig hinzuwerfen, sollte ich das leiseste Geräusch vernehmen. Noch als ich von außen die Tür schloß, blieb ich geduckt. Georgi war inzwischen wach und erwartete mich ängstlich, was ihn aber nicht davon abhielt, Zwiebel und Speck aus den Schaschlikspießen zu puhlen. Alles beim alten, sagte ich. Uns beiden war nicht nach Reden zumute, und wir legten uns wieder schlafen.

Erst die Polizei weckte uns. Als man die drei wegtrug, blieben auf dem Holz, wo sie gelegen hatten, dunkle Umrisse zurück.

Und ich werde des Mordes bezichtigt! Muß ich überhaupt noch ein Wort sagen, um die Absurdität dieser Behauptung zu beweisen? Nur soviel: Wer von uns wäre überhaupt fähig gewesen, die drei zu retten? Das muß doch als entscheidende Frage herausgearbeitet werden!

Ich versichere, alle Angaben nach bestem Wissen und Gewissen gemacht zu haben. Jenem rechtschaffenen Menschen, in dessen Hände mein Brief gelangt, verspreche ich restlose Entschädigung für die aufgewandten Mühen und Kosten, die zu meinem Freispruch führen.

Mit vorzüglicher Hochachtung

Iwan Dmitritsch Lipatschenko,
zweifacher Aktivist, parteilos, Direktor der Banja Nr. 43

Dieser Brief wurde mir über die Redaktion der Zeitung »Priwet Peterburg« im September 1993 anonym zugestellt. Die Banja Nr. 43 in der Fonarny Gasse war von Juli bis Oktober 1993 wegen Umbauten geschlossen. Bis zum Februar ist als Direktor tatsächlich I. D. Lipatschenko bezeugt. Meine Erkundigungen stießen in der Banja jedoch auf eine Mauer des Schweigens. Alles, was ich in Erfahrung brachte, war, daß Georgi Michailowitsch im Frühjahr bei einem Autounfall ums Leben gekommen sei.

Es kostete mich mehrere Tage, bis zu jener Stelle der Miliz vorzudringen, die mir verbindlich mitteilen konnte, daß I. D. Lipatschenko seit Februar 1993 als vermißt gilt. Allerdings werde noch immer nach ihm gefahndet, da er des siebenfachen Mordes angeklagt sei – die drei Mädchen hatte man im Bassin gefunden. Als Beleg bekam ich ein Papier zu Gesicht, das nach dem Verbleib des abgebildeten Iwan Dmitritsch Lipatschenko, 43 Jahre, aus Petersburg fragte. Das Foto zeigte einen Mann mit halblangen Haaren, Schnauzbart und melancholischem Blick.

Der Major der Miliz P. K. Matjuschin überflog das oben abgedruckte Schreiben. Es beinhalte keine Hinweise, die zur Ergreifung von Lipatschenko führen könnten. Damit verabschiedete er mich.

ES VERGING kein Besuch in Leningrad, bei dem ich nicht allein oder in Gesellschaft einen Ausflug nach Nowgorod unternahm, um die Bronzetüren der Sophienkathedrale zu sehen, um ins Jurjewkloster zu gehen, bei dem der Wolchow in den Ilmensee mündet, und um meine Augen in die Weite der Landschaft zu schicken, wo Kirchen wie geodätische Punkte verteilt sind.

Auf der Moskauer Chaussee, schon im Nowgoroder Gebiet, erreicht man nach knapp zwei Stunden Fahrt auf der linken Seite eine Tankstelle aus weißen Ziegelsteinen, zu der ein ebensolches Haus gehört, das, näher zur Straße gelegen, noch mit roten Klinkern verziert ist. Als ich, Anfang der achtziger Jahre, dort das erste Mal haltmachte, stand über der Tür, viel zu klein, um im Vorbeifahren gesehen zu werden: Stolowaja. Ich erinnere mich noch genau, wie wohlig mir wurde, als ich das helle Innere betrat. Auf den kleinen Tischen lagen saubere, gestärkte Tischdecken, die Aschenbecher waren geputzt, die Gardinen frisch gewaschen, und die Wiesenblumen auf jedem Tisch dufteten.

Ich setzte mich ans Fenster und las ungläubig die Speisekarte, auf der neben Borschtsch und Sakuski, Eiersalat mit Brot auch Pelmeni, Schnitzel und Hühnchen angeboten wurden. Eine Reproduktion von Rembrandts »Verlorenem Sohn«, vielleicht das schönste Bild der Ermitage, hing neben der Küchentür. Als diese aufging, sah ich zuerst nur, daß die Bedienung klein war und auf der Schulter ein großes Tablett trug, von dem sie an zwei Tischen Eis und Obstsalat verteilte. Dann hob sie den Kopf. Ich erblickte ein Mädchen, nicht älter als vierzehn und von solcher Schönheit, daß man sie schwer vergessen würde. Sie konnte ihr Lachen bei den Scherzen der Gäste kaum unterdrücken, warf den Pferdeschwanz über die Schulter zurück und kam, das leere Tablett gegen die Hüfte gestemmt, an meinen Tisch.

»Borschtsch, Pelmeni, Saft«, wiederholte sie meine Bestellung, sah mich unter ihrem Pony hervor an und machte kehrt.

Von Dienstreisenden, die mir zugeprostet und mich an ihren Tisch geladen hatten, erfuhr ich, daß Sonja ganz auf sich gestellt sei und nur ihren Vater habe, den Brummbären da draußen, den Tankwart, der ihr abends beim Putzen helfe.

Ihn riefen sie »Leonid« – vielleicht hieß er tatsächlich so, vielleicht auch nur wegen seiner buschigen Augenbrauen. Er hatte den Benzinverschluß meines Wagens abgewischt und die Scheiben geputzt, das Trinkgeld aber schroff zurückgewiesen.

Drei meiner Tischgenossen waren Sonja auf der Suche nach einem Quartier vor einem Jahr zum ersten Mal begegnet. Das Mädchen hatte sie mit ihrem Punsch vor Kälte und Ärgerem bewahrt. Sonst durften hier nur Fernfahrer übernachten, die anderntags weiter zur Ostsee, nach Finnland oder Moskau fuhren.

»War das ein Abend!« sagte der mit den schwabbelnden Bäckchen und stemmte die Ellenbogen vor sich auf die Tischplatte.

Sonja kassierte und gab auf die Kopeke genau heraus. Von den Moskowitern schob jeder einen Rubelschein unter den Aschenbecher.

Im Abstand von jeweils zwei Jahren sah ich, wie das Mädchen heranwuchs. Ihr Gesicht wurde schmaler, ihre Bewegungen leichter, ihre Freundlichkeit distanzierter. Der Pferdeschwanz aber blieb. Als ich versuchte, sie an frühere Begegnungen zu erinnern, zuckte sie nur mit den Schultern, ordnete das Besteck auf der Tischdecke und zupfte die kleinen Servietten im Becher zurecht. Sie trug keinen Ring. Ihre Fingernägel aber verrieten ständige Fürsorge.

Der Alte, der die Arbeit an der Tankstelle aufgegeben hatte, spähte von Zeit zu Zeit herein, wenn er Tee, Salat oder Würstchen in die Luke schob, durch die Sonja das gebrauchte Geschirr zurückreichte. Wenn sie ihre Zahlen addierte, überprüfte und abschließend den Zettel vom Block riß, erinnerte kaum noch etwas an das Mädchen, das hier Serviererin gespielt hatte.

Dann vergingen vier Jahre, bis ich erneut in die Stadt kam, die nun, da man sich wieder der Taufnamen erinnerte, Sankt Petersburg hieß. Ich weiß nicht, ob es mehr die Sehnsucht nach dem alten Nowgorod war, die mich ein Auto mieten ließ, oder die Neugierde zu wissen, was Sonja und der Alte aus ihrer Stolowaja gemacht hatten. Sobald ich etwas wiedererkannte, meinte ich, das weiße Häuschen mit den roten Klinkersteinen müßte jeden Moment auftauchen. Dann wiederum versetzte mich der Gedanke in Panik, ich könne es übersehen haben. Je länger ich fuhr, um so deutlicher sah ich die Vierzehnjährige vor mir, wie sie ihr Lächeln unterdrückte und den Pferdeschwanz über Tablett und Schulter zurückwarf. Endlich erreichte ich X. und bog am Ortsausgang, wo sich die Straße für zweihundert Meter verbreitert, nach links ab. Hastig nahm ich die Flasche Whisky vom Rücksitz, verbarg sie unter der Jacke und ging hinein.

Keine fünf Minuten später fuhr ich, den Hinweisen der Kellnerinnen folgend, auf einem Schotterweg Richtung Wald, der von der Straße aus als schmaler Streifen erschien. Nach gut zehn Minuten Fahrt wollte ich wieder umkehren, als hinter den mannshohen Sträuchern und Gräsern ein Bauwagen sichtbar wurde, zu dessen Tür eine rostige Treppe führte. Da die vorderen Räder fehlten, lagerten die Achsenenden auf Holzklötzen. Das einzige Fenster war zur Hälfte mit Pappe verdeckt, auf dem Dach drehte sich langsam das Lüftungsrad, und aus dem Rohr daneben stieg dünner Rauch. Plötzlich erblickte ich eine Gestalt, die unbeweglich in der Tür stand und mich beobachtete. Heute erinnere ich mich nicht mehr an das, was ich sagte. In seinem von grauen Haarsträhnen und Stoppelbart umrahmten Gesicht waren die Augenbrauen dunkel geblieben und schienen noch buschiger. Jeder Schritt die Stufen hinab, jede Bewegung der Knie verzerrte sein Gesicht schmerzlich. Als Leonid vor mir stand, ergriff er ohne zu zögern die Flasche am Hals und drückte sie wie einen Stempel gegen die Handfläche der anderen. Ich fragte nach Sonja.

»Herr«, begann Leonid. Das war das einzige deutsche Wort, das er kannte. »Sie haben also meine Sonjuscha gekannt?« Ich nickte.

»Ja, wer kannte sie nicht«, sagte er schleppend. Er hielt sich sehr gerade, sah wie ein Blinder über mich hinweg und wählte die Worte einfach, so daß ich alles verstand.

»Wir lebten nicht schlecht. Es war eine schwere Arbeit, aber wir taten sie gern. Ira arbeitete in der Kolchose, ich beim Straßenbau. Als wir heirateten, war Sonja zwei Jahre alt. Ira hat uns nie gesagt, wer Sonjas Vater ist. Ira war schön, die schönste Frau zwischen Leningrad und Nowgorod. Ich fand Arbeit bei der Tankstelle, und mußte mich nicht mehr von ihnen trennen. Doch dann ging Ira mit dem ältesten Sohn des Kolchosvorsitzenden, der in Sibirien viel Geld gemacht hatte, nach Moskau. Sie sagte: Jetzt ist es allein deine Tochter. Verstehen Sie, Herr, was ich sage?

Ich erzog Sonja in den Idealen des Kommunismus. Deshalb nahm ich sie früh von der Schule. Sie sollte wissen, was Arbeit bedeutet, und ich wollte sie fernhalten von schlechten Einflüssen. Sonja und ich wollten ein Beispiel geben. Wir wollten zeigen, daß man gut arbeiten kann, auch wenn es für andere ist und ohne eigenen Vorteil. Leider wagten diesen Versuch nur wenige, viel zu wenige. Wir eröffneten die Stolowaja, und Sonja war glücklich, daß sie Gutes tun konnte. Wer kam, der freute sich über sie. Aber es gab auch schlechte Menschen, die am Essen mäkelten oder uns in der Stadt verleumdeten, wir würden in die eigene Tasche wirtschaften. Ihnen waren unsere Ideale fremd. Selbst unsere Zentrale war mißtrauisch, weil wir so viel erwirtschafteten. Dann kam die Demokratie: Jetzt wollte erst recht keiner mehr arbeiten – und wenn, dann tatsächlich in die eigene Tasche. Uns blieb nicht einmal mehr Zeit zum Pilzesuchen. Wie gern hätte Sonjuscha Pilze angeboten!

Eines Tages war das Restaurant voller Ausflügler aus Moskau, alles junge Leute. Sie aßen und tranken so lange, daß sie nicht mehr weiterfahren konnten und Betten brauchten. Am nächsten Morgen zeigten sie uns ihre Autos, neue ausländische Wagen. Ich ermunterte Sonja, mit ihnen ein Stück zu fahren, um die Bestellung im Dorf abzugeben. Ja, ich habe sie noch ermuntert, denn wir hatten ja nicht mal mehr Zeit zum Pilzesuchen, und sie sollte eine Freude haben.

Erst war ich böse, daß sie mich so lange warten ließ. Gegen Mittag war sie immer noch nicht da. Am Abend verständigte ich die Polizei. Sie wollten zu viel von mir wissen. Ich schloß die Stolowaja und suchte selbst, durchwanderte die Waldstreifen links und rechts der Fahrbahn, ich sah in jedes Auto und kehrte erst spät nachts zurück. Ich schlief nicht mehr, sosehr sorgte ich mich um sie. Doch Sonja kam nicht nach Hause. Ich betäubte mich mit Arbeit. Aber die Fragerei nach ihr ertrug ich nicht länger, und so schmiß ich alles hin.«

Der Alte räusperte sich ein paarmal. »Nach zwei Jahren, ich half an der Tankstelle, sah mich Sonjuscha plötzlich lächelnd an – aus einer Zeitschrift, die irgendwer vergessen hatte. Auf fünf Seiten war sie abgebildet, immer anders gekleidet. Sie sah mir direkt in die Augen! So, Herr, jetzt wissen Sie alles.«

Leonid, als hätte er sich die Flasche erarbeiten müssen und es hiermit getan, machte kehrt und stieg, mit einer kurzen Pause auf jeder Stufe, wieder nach oben. Ich blieb stehen, wartete und wußte nicht worauf.

Ein halbes Jahr nach dieser Begegnung erhielt ich aus Petersburg ein Fax von Mischa Isaakowitsch, der, obwohl erst Mitte zwanzig, ein schon überaus erfolgreicher Geschäftsmann ist.

»... Der Anlaß meines Schreibens aber ist ein anderer. Vor einem Monat besichtigte ich die Baustelle einer Siedlung am Flüßchen M., im Kreis W., fünf Autostunden von Piter entfernt. Auf der Rückfahrt begann es plötzlich zu schneien, erst nur ein wenig, dann in schweren Flocken. Der Wind heulte, und als wir endlich die Chaussee erreichten, floß in einem Augenblick der dunkle Himmel mit dem Schneesturm zusammen. Alles verschwand. Uns blieb nichts anderes übrig, als dem Beispiel der anderen Wagen zu folgen: Wir hielten im nächstbesten Dorf und machten uns auf die Suche nach einem Quartier. Schließlich übernachteten wir in dem Haus von zwei Alten, die noch ihren Enkel zu Besuch hatten. Wie sich herausstellte, waren wir nur wenige Kilometer von X. entfernt, jenem Dorf, wo Du vergeblich nach Sonja gesucht hattest. Ich muß Dir schreiben, daß Leonid schon vor vier Monaten gestorben ist. Die Alten verzogen das Gesicht und konnten nur sagen, daß man ihn erst sehr spät gefunden hat. Serjoscha, der Enkel, ein dürres, seltsames Bürschlein, versprach, mir das Grab zu zeigen.

Er half am nächsten Morgen, das Auto freizuschaufeln, und wir nahmen ihn bis X. mit. Während die anderen sich nach Frühstück umsahen, führte er mich auf den Friedhof und erzählte: Vor zwei Wochen habe er sich hier herumgetrieben, als eine Frau im langen Mantel nach demselben Grab suchte wie ich. Damit er sie allein ließ, soll sie ihm tausend Rubel geschenkt haben. Serjoscha irrte mit mir kreuz und quer über den Friedhof, bis ich ihm einen Schein hinhielt. Dann zeigte er auf eine Stelle genau vor uns.

Als ich den Schnee vom Grab fegte, stieß ich überall auf Rosen. Der kleine Hügel war ganz und gar von ihnen bedeckt – ein Meer von Rosen! So etwas hast Du noch nicht gesehen.

Serjoscha will beobachtet haben, wie die Frau mit ausgebreiteten Armen niedergefallen sei. Ihr Mantel habe sich langsam gesenkt und das Grab fast vollständig bedeckt. Mehr sagte er nicht, obwohl ich ihm noch einmal tausend gab.«

... MÖCHTE ICH endlich das Ihnen gegebene Versprechen einlösen.

Vorausgeschickt werden muß, daß ich über Alexander Kondratenko nur wußte, daß er deutsch, englisch und französisch beherrscht, in Kaliningrad am Meeresforschungsinstitut arbeitet und das dritte Mal geschieden ist; zuletzt gegen seinen Willen von einer ehemaligen Miss Kaliningrad, der Mutter seines jüngsten Sohnes, die jetzt, mit einem Deutschen aus Kasachstan verheiratet, in Hamburg lebt. Seinen Geburtstag, den 8. November, feierte Alexander in Petersburg, wo er, wie sein Freund, Dr. Kolja Sokolow, Biologie studiert hat. (Über Kolja Sokolow zu schreiben, würde sich ebenfalls lohnen! Er arbeitet am Zoologischen Institut der Russischen Akademie der Wissenschaften in P. und entdeckte auf seinen Expeditionen in Sibirien mehr als vierzig (!) bislang unbekannte Falterarten. Auch er spricht fließend deutsch! Er betreute mich während meines einwöchigen Aufenthaltes in P.)

Zur Sache: Kolja Sokolow (im weiteren K.) hatte mich überredet, ihn zu seinem Freund Alexander Kondratenko (im weiteren A.) zu begleiten. Es war am Vorabend von A.s fünfzigstem Geburtstag. Er campierte für die Dauer seines Aufenthaltes in der Nähe des Obwodni Kanals in zwei Kammern, die unbeheizbar waren, aber aufgrund der guten Lage noch als Atelier genutzt werden. Ich war überrascht, einem solchen Hünen zu begegnen, der nur seitlich durch den offenen Flügel der schmalen Doppeltür in den Hausflur gelangen konnte. A. übersah meine ausgestreckte Hand, zog mich an sich und gab mir einen Kuß auf die Stirn.

»Mein Bruder!« Er hatte schon getrunken. »Wohin gehn wir?« fragte er, zog die Wohnungstür von außen zu, drückte sich im Dunkeln zwischen K. und mir hindurch und ging, ein Feuerzeug vor sich her haltend, mit schnellen, krachenden Schritten die Treppe hinunter. Wurde der Abstand zwischen uns zu groß, verstummte das Poltern von allein. A. drehte sich um und hielt uns das Licht entgegen. Mit jedem Schritt, den wir näher kamen, senkte er es tiefer, bis seine Hand die Stufen vor uns berührte. Das Treppenhaus roch nach Kartoffelschalen.

Über Hinterhöfe und langgestreckte Einfahrten, in deren Mitte A. immer wieder das blaugelbe Flämmchen vor unsere Knie hielt, als suchte er etwas, gelangten wir auf eine breite Straße und überquerten sie, plötzlich losrennend, in Richtung Haltestelle. A. stemmte sich gegen die zuckenden Bustüren, bis wir unter seinen Armen hindurch waren.

Nach zwei Stationen stiegen wir aus und liefen in Fahrtrichtung weiter. A. erzählte von Südpolfahrten und vom Museum seines Instituts, in dem die Föten der einzigen siamesischen Haifischzwillinge der Welt ausgestellt sind. Er lächelte, und über seinen Mundwinkeln bildeten sich Grübchen, die Augen verschwanden in Schlitzen. Trotz seines Anzugs und seiner Krawatte, trotz seines geöffneten Mantels, der ihm um die Waden wehte, sah er aus wie ein Clown, ein stattlicher Spaßmacher.

Besonders interessant waren die Reminiszenzen von einer Atlantikfahrt, bei der Schmetterlinge, mehrere hundert Kilometer von der Küste entfernt, das Schiff umflogen hatten. Eine ganz unglaubliche Sache! A. beschrieb Länge und Spannweite der Tiere, indem Daumen und Daumen, Zeigefinger und Zeigefinger einander an den Kuppen berührten, sich dann übereinanderschoben – für die kleineren Spezies – oder sich, für die größten, voneinander entfernten.

Währenddessen passierten wir dunkle, leere Schaufenster, über denen in Großbuchstaben angezeigt wurde, ob es sich um Lebensmittel-, Milch-, Brot- oder Obst- und Gemüseläden handelte. Dazwischen schäbige Hauseingänge und als Abwechslung ein Fischgeschäft, eine chemische Reinigung oder auch mal ein Kiosk, bis alles wieder von vorn losging: Lebensmittel, Milch, Brot, Gemüse. Wir waren bereits eine ganze Weile unterwegs, K. lief schweigend neben mir her, als A. gegen eine Tür klopfte, an der ein Pappschild mit Öffnungszeiten klebte. Durch ein Fenster daneben schimmerte Licht, das sich kümmerlich von der Glühlampe ausbreitete und den Vorhang im unteren Drittel orange färbte.

Sie können mir glauben, daß ich die Gedanken an Sekt und Geburtstagsfeier bereits aufgegeben hatte. Nachdem sich aber in einer daumenbreiten Luke Augen zeigten, die Tür noch im selben Moment geöffnet wurde und man uns sogar hereinbat, lächelte auch K. wieder. Der Garderobenmann strich unsere Mäntel über seinem Arm glatt. Die Kellnerin, eine Frau mit breitem Mund und kurzen, roten Haaren, führte uns weiter und fegte mit einer Serviette die Krümel vom einzigen freien Tisch. Wir durften uns setzen und in aller Ruhe bestellen. Ich erspare Ihnen die Details der Speisekarte. Obwohl es nach zehn war, gab es alles, und die Preise ließen sich besser in Pfennige als in Mark umrechnen.

Ohne uns im Essen nachzustehen, erzählte A. ununterbrochen von den Schmetterlingen auf dem Expeditionsschiff, dem Schillerdenkmal in Kaliningrad, vom Fischfang, den alten Ostseekurorten und dem Dorf Tharau.

Nach anderthalb Stunden bemerkte ich eine seltsame Bewegung im Raum. In regelmäßigen Abständen stand jemand auf, trat an einen Tisch heran, beugte sich herab und kehrte nach kurzem Gespräch mit einer brennenden Zigarette wieder zurück. Kaum hatte er sich gesetzt, erhob sich ein Gast am Nachbartisch und ging zu demjenigen, der gerade Platz genommen hatte, lehnte den Oberkörper vor und wandte sich dann wieder dem eigenen Tisch zu. Dort angekommen, wurde er von einem anderen besucht ... So etwa war das Muster. Schließlich fragte man auch uns nach Feuer. K. hatte nur noch zwei Streichhölzer. Wie zur Entschuldigung legte die Kellnerin ihr grünes Feuerzeug auf den Tisch. A. nahm und schüttelte es, ließ mehrmals seinen Daumen über das Rädchen ratschen, gab es dann zurück und stand auf. Er schwankte.

»Ich fürchte«, sagte K. aus den Mundwinkeln, »A. wird Ihnen heute noch die Ohren vollheulen ...« Er setzte seine Kompottschale an den Mund, trank und tupfte sich mit der steifen Stoffserviette über die Lippen. Dann streckte er sich gegen die Lehne.

Die ersten Gäste, die gingen, trafen mit A. in der Tür zum Vorraum zusammen. Er hatte die Krawatte wie eine Binde um die rechte Hand geschlungen. Man kennt das ja von solchen Bärentypen: Plötzlich kippen sie um. Die Kellnerin, eine Flasche armenischen Cognac in der Hand, mußte A. erst vorbeilassen, so starr lief er auf uns zu. Seine Stirn war feucht.

»Ich hab's verloren ...« Er hielt sich erst an K.s Schulter, dann an seiner Stuhllehne fest.

»Ich - hab's - verloren ...«, wiederholte er abgehackt und stand erneut der Rothaarigen im Weg. Er fing sogar einen Streit an - es sei kein echter, sondern gepanschter Cognac -, bis K. ihr die Flasche aus der Hand nahm und einschenkte. A. glotzte auf uns herab. Die Haut um seine Wangen war mit einem Mal schlaff.

»Das hätt ich nicht tun sollen.« Er ließ sich auf den Stuhl fallen. »Das hätte ich nicht tun sollen!« klagte er, versuchte, eine Zigarette zu nehmen und schob dabei mit den Fingerspitzen die Packung immer weiter von sich weg. K. gab ihm schließlich seine Zigarette. Und dann begann das Trauerspiel.

»Weißt du, was das heißt, ein Freund?« fragte A. Ich überließ ihm meinen linken Unterarm, auf den er eine Hand gelegt hatte, als könnte ich vor dieser Frage davonlaufen. »Mit dem habe ich Kummer, mit meinem Freund.« A. starrte auf seine Hand, die mich festhielt. Dann hob er den Kopf. »Sag ihm, daß er ihn anziehen soll. Er hört auf dich!«

K. beugte sich über die Tischplatte, als müßte er ohne Hilfe der Hände aus seinem Glas trinken und erklärte: »A. war in Hamburg, bei seinem Sohn ...«

A. unterbrach ihn schon an dieser Stelle, aber K., der einfach weitersprach, sagte, daß A. einen Mantel meine, den Irina in Hamburg A. für K. mitgegeben habe, genauso einen, wie A. ihn trage.

»Er benutzt ihn nicht!« stieß A. hervor. Ihm hing die Zigarette derart wacklig zwischen den Lippen, daß sie jeden Moment fallen konnte. Asche rieselte herab, während er sprach. Und dann, bevor wir reagierten, drückte er die Zigarette aus.

»Oijoi!« sagte die Kellnerin und steckte ihre Zigarette wieder ein. Sogar A. begriff im nächsten Moment, was er getan hatte. K. aber stand auf und ging hinaus, um von der Straße Feuer zu holen. A. faßte wieder nach meinem Arm.

»Sie macht auf, und ich steh da«, begann er, als müsse er die Abwesenheit von K. nutzen. Er sprach davon, wie sein Sohn ihn erkannt und gefragt habe, ob er Auto fahren könne.

»Ich hab dort geschlafen«, sagte A. »Sie in einem, und ich im anderen. Jeder in einem Zimmer. Sie wollte, daß ich sie verstehe. Und für Kolja auch noch einen Mantel. Nach drei Tagen bin ich wieder – hui, weg, bevor der Kasache kam.«

Er war kurz davor loszuheulen. Und plötzlich sagte er: »Ich bin Deutscher, aber ein echter!«, und seine Stirn sank auf die Hand, die meinen Arm umklammerte. Mir schien es das beste, ihn weinen zu lassen.

K., wieder zurück, gab seine Kippe der Kellnerin, klopfte ihm auf den Rücken und erklärte mir, daß A. gar nicht A. heiße, denn A. sei kein wirklich deutscher Name. Niemand kenne A.s richtigen Namen, weil er als deutsches Findelkind im Heim aufgewachsen sei. »Er hat am 8. Mai Geburtstag, weil alle in seiner Gruppe am 8. Mai Geburtstag haben.« Deswegen feiere A. an dem am weitesten davon entfernten Tag des Jahres. Er wisse nur noch, daß seine Mutter ihm einmal bunte Eier unters Kopfkissen geschoben habe. Das sei der einzige deutsche Brauch, an den er sich erinnern könne, was ihm aber auch nicht weiterhelfe.

Wir waren die letzten, zu denen die Kellnerin kassieren kam. A. hob den Kopf, als wolle er seine Tränen zeigen, und sagte: »But I have much more rights to live in Hamburg than this bastard!«

Dann erst ließ er meinen Arm los, stützte sich am Tisch ab

und richtete sich auf. In unserer Mitte stolperte er zur Garderobe. Er weinte. Nie zuvor hatte ich einen Mann gesehen, der im Gehen weint und sich nicht einmal die Tränen abwischt.

A. fand endlich in die Ärmel. K. gab dem Garderobenmann, der die Eisenstangen von der Eingangstür nahm, ein paar Scheine. A. blieb schwankend mitten im Vorraum stehen, den Mantelsaum zwischen den Händen. Wir warteten. Der Garderobenmann rieb sich die Oberarme und stellte die Füße näher zusammen. A. war so damit beschäftigt, seiner linken Hand, die er offenbar durch die Tasche ins Futter gesteckt hatte, den unteren Mantelsaum entgegenzuführen, daß er zu weinen aufhörte. Seine Finger tasteten sich aneinander heran, über sein Gesicht huschte ein Ausdruck des Glücks, die Grübchen erschienen und auch die Augenschlitze. Langsam zog er die Hand wieder durchs Loch, streckte den Arm aus und öffnete triumphierend die Faust. »Da ist er ja wieder, unser Aurorafalter!« sagte K., bereits eine Zigarette im Mundwinkel. Ich gab dem Garderobenmann noch einen Schein, weil es schon zwanzig nach zwölf war ...

ES WAR EIN sonniger Apriltag. Unterm Bürofenster schrien die Hütchenspieler. Florian Müller-Fritsch aber keuchte. Er fühlte sein Ende gekommen. Seit dem Morgen, als er, behindert von seinem Bauch, die Socken zentimeterweise über die schwitzigen Füße hatte krempeln müssen, roch er den Tod. Das war nicht mehr sein eigener Gestank, der ihm so oft fehlende Gesellschaft ersetzt hatte, nicht mehr jener, der nach dem Fußnägelschneiden essenzhaft an den Fingerkuppen zurückblieb, nicht mehr der Duft seiner Furze, den er am liebsten unter der Bettdecke erschnüffelte oder aus jenen Blasen sog, die im Badewasser aufstiegen, und schon gar nicht der faulige Odem alten Blumenwassers, dem sein Atem entsprach, oder die feine Bitternis seines Schweißes, den er vom Rücken kratzte. Was Florian Müller-Fritsch jetzt roch, war endgültig. Trotzdem verlangte er keinen Arzt und ging ins Büro. Er wollte nicht in ein Krankenhaus oder sich verkriechen wie ein Tier, er wollte wenigstens die deutsche Sprache um sich haben, auch wenn er die dazugehörigen Leute nicht leiden konnte. Mitten im Büro würde er sich niederlegen und sterben. Da wären selbst die Russen schockiert.

Ihn wunderte seine innere Ruhe trotz der Atemnot, auch daß besondere Gefühle und Gedanken ausblieben. Nichts, was seine Weltsicht veränderte. Für ein Werk, für etwas Bleibendes war es längst zu spät. Denn was Florian Müller-Fritsch für sich erträumt hatte, war immer nur anderen zuteil geworden, seinem Chef zum Beispiel, der noch nicht auf der Welt gewesen war, als er schon rechnen und schreiben konnte. Florian Müller-Fritsch hatte sich nie über den Tod Gedanken gemacht. Lange war er gläubig gewesen. Später hatte er die Zähne zusammengebissen und eins nach dem anderen überstanden und hinter sich gebracht. Und nun war auch das Leben geschafft. Es ging alles zu schnell. Vielleicht war er deshalb so gefaßt.

Florian Müller-Fritsch rührte die Arbeit auf seinem Schreibtisch nicht an. Bis zur Konferenz am Nachmittag würde er

sowieso nicht durchhalten. Das Laufen hatte seine Kräfte ver-
zehrt. Es war auch schwer zu begreifen, daß man alles ein letztes Mal sah: den Nagelklipp, den Abtreter, die Hofdurchfahrt,
das Milchgeschäft, den Sennaja. Zum letzten Mal ein Haus
betreten, Stufen steigen, guten Morgen sagen, und keine Antwort bekommen. Wenigstens hatten die russischen Kollegen
das Fenster geöffnet. Rochen auch sie seinen Tod? Hemd und
Unterhemd klebten am Rücken. Er hätte sich nicht anlehnen
sollen. Selbst die Krawatte bekam Flecke, und unter den Jak-
kettärmeln bildeten sich weiße Ringe. Das mußte ihm nicht
mehr peinlich sein. Das war schon nicht mehr er.
Florian Müller-Fritsch zögerte aufzustehen. Weder der Chef
noch dessen Stellvertreter schauten herein. Niemand nannte
seinen Namen. Dabei mußte man doch merken, was mit ihm
los war.
Der Hefter wellte sich unter seinen Händen. Er versuchte, die
Schuhe abzustreifen – ohne Erfolg. Er preßte die Zähne zusammen, daß es knirschte – und öffnete schnell wieder den
Mund: Durch die Nase kam keine Luft mehr. Aber den Tod
roch er trotzdem.
Florian Müller-Fritsch stemmte sich hoch, gab der Tischkante
einen Klaps und wankte zum Fenster. Mit dem Taschentuch
wischte er Hals und Nacken, für die Stirn nahm er den Ärmel.
Der Schweiß, oder was auch immer es war, rann und juckte.
Er griff nach den Kniekehlen und wäre beinah gestürzt.
Schwer und weich sank er übers Fensterbrett. Vielleicht half
Sonne.
Er streckte den Kopf vor und tropfte auf die Hütchenspieler
herab, ohne bemerkt zu werden. Die wären ideale Außen-
dienstleute! Wie sie fremde Menschen ansprachen und lock-
ten und nicht mehr losließen. Wie sie Stimmlage, Mimik und
Gestik von einem Augenblick auf den anderen wechselten, je
nach der Mentalität ihres Opfers, die sie witterten. Er wußte
weder, wie sie ihr Geld verdienten, noch hatte er je einen Einsatz gewagt. Mein Gott, dachte Florian Müller-Fritsch, womit

beschäftige ich mich in meiner letzten Stunde. Er versuchte, sich vorzustellen, daß alle Passanten zu seinem Begräbnis kämen und in den kleinen Einfriedungen entlang der Straße noch Bäume stünden.

Plötzlich verschwanden unter ihm Brett, Becher und Ball. Eine Frau schrie, heulte. Mit aufgerissenem Mund taumelte sie in den Halbkreis der Gaffer. Man zeigte auf sie. Seine Gedanken beschleunigten sich. Ein Karussell von Bildern begann. Alles, alles hatte diese Frau verspielt, den ganzen Monatslohn, wenn nicht mehr. Man brauchte kein Russisch, um das zu verstehen. Sie kniete neben dem Pfützlein aus seinen Tropfen und zog die Strickjacke aus. Von den Fersen streifte sie die Sandalen. Aber auch die wollte niemand, und ihr Arm sank wieder herab. Und da geschah es mit ihm, unerwartet und ohne Getöse. Florian Müller-Fritsch spürte es warm und leicht zwischen seinen Beinen und begriff: Auch er konnte Schicksal sein!

Im nächsten Augenblick schon stieß er sich zurück ins Büro, tappte zur Tür. Berauscht folgte er dem Strudel seiner Gedanken, prallte im Treppenhaus gegen das Geländer, lehnte sich dagegen. Halb fallend, halb schiebend, ging es hinunter mit ihm. Die Leute machten Platz, wichen an die Wände zurück. Wenn sie bloß noch da ist, dachte Florian Müller-Fritsch, trat gegen die Tür und stolperte hinaus. Vom rechten Schuh hatte sich die feuchte Sohle gelöst, die Zähne waren tiefer ins Fleisch gesunken, die Krawatte schnürte am Hals. Noch immer hockte die Frau auf dem Fußweg, heulte und raufte sich das Haar. Er würde ihre Hölle beenden, jetzt! Kaum daß er vor ihr stand, zerfaserte sein Hemd überm Bauch und am Kragen. Von neuem schrie die Frau, mit frischer Kraft, wollte aufstehen, taumelte zurück, riß andere mit.

Florian Müller-Fritsch aber lächelte ihr zu, auch wenn seine Zähne nur noch Stummel waren. Sie mußte ihn nicht schön finden oder sympathisch, sie mußte nichts dafür tun. Er hatte sie erwählt. Ihr galt sein Opfer. Er griff nach seiner Brieftasche, die am Stoff klebte, er riß sie ab – in seinen Händen zerweichte das Leder, hervor quoll Papierteig. Am rechten Schenkel ging die Hose auf.

Rußland, dachte Florian Müller-Fritsch, Rußland. Die Bilder drehten sich schneller: Weite Landschaften, ziehende Wolken, ferner Horizont, Bäume und Wiesen, Sonne und Wasser. Seine Lippen zerliefen, die Schulter fiel ein, das Standbein wurde immer kürzer. Nur noch wenige Bewegungen blieben ihm ... Florian Müller-Fritsch schaffte gerade noch vier Schritte, kippte dann langsam, fiel auf die Seite. Die dicken Beine zuckten. Die Knie am Kinn, bedeckte er mit den Armen seine lächelnde Fratze.

Passanten strömten herbei, umstanden die winzige Einfriedung am Straßenrand, wo nichts gewesen war als Dreck und Hundewürste, ganz früher einmal ein Baum. Die Fenster füllten sich, man zeigte auf den zusammengekauerten Fleischberg, und jemand prustete los: Müller, du Walroß! Der aber hörte nichts mehr.

Als der Krankenwagen kam, war Florian Müller-Fritsch bereits so weich geworden, daß man nach Plastiksäcken schicken mußte. Das dauerte aber zu lange: Bei ihrem Eintreffen versickerten gerade die Reste von Florian Müller-Fritsch und hinterließen eine frische dunkle Erdfärbung und einen süßlich-schweißigen Geruch.

Im folgenden Jahr sproß in der Einfriedung unweit der Hütchenspieler ein zarter Trieb, eine junge Pappel, die im Mai darauf unterm Rad eines Milizwagens ihr Ende fand.

»ACH DIE ...«, stöhnte Aljoscha in Gedanken, als ihm die kleine Frau öffnete. An sie dachte er immer erst, wenn sie wieder vor ihm stand. Und wie früher erschrak er darüber. »Fürchten Sie sich nicht, er ist heute gut gelaunt«, sagte Vera Andrejewna und stellte sich auf die Zehenspitzen, um Aljoscha den Mantel von der Schulter zu nehmen. Aber da hielt er das schwere Ding schon mit einer Hand am Kragen und wartete, bis sie ihm einen Bügel reichte.

Aljoscha kannte die Wohnung so gut, als hätte er hier zur Untermiete gewohnt. An der roten Holzgarderobe hingen noch dieselben Jacken und Mäntel, auf dem Hutbrett sah er dieselben Schapkas, und darunter lag noch derselbe dunkelgrüne Gummiabtreter wie vor zehn Jahren, seit er, gleich nach den letzten Prüfungen, das erste Mal von Semjon nach Hause eingeladen worden war.

»Ein glückliches neues Jahr, teure Vera Andrejewna, alles, alles Gute ...« Er überreichte ihr die in durchsichtige Folie gehüllten Rosen, drei gelbe langstielige Rosen, für die er mehr ausgegeben hatte, als für die zwei Wodkaflaschen in seiner hellen Umhängetasche.

»Oooh, Aljoscha Sergejewitsch, wie wunderbar, um diese Zeit, solche Rosen, solche wunderbaren Rosen! Sie sind von Sinnen!«

Drei herrliche Rosen – und nun hatte er sie dieser Frau geschenkt, mit der ihn nichts verband, von der er nicht mehr wußte, als daß Semjon nie über sie sprach. Sollte er ihr nicht gleich, sofort, auf der Stelle, diese Rosen wieder entreißen, die ersten langstieligen Rosen, die er seinem Freund und Lehrer überhaupt hatte kaufen können? Sogar Blätter waren dran. Und die hatte er einfach weggeschenkt.

»Kommen Sie, Aljoscha, da entlang!« flüsterte sie.

Er steckte den Kamm zurück ins Jackett und nahm die helle Umhängetasche. Vera Andrejewna öffnete die Wohnzimmertür einen Spalt. Semjon lag auf dem Sofa, ein Bein angewinkelt an die Rückenlehne gelegt, das andere unter der karierten

Wolldecke. Er trug den dunkelgrünen Pullover mit dem runden Ausschnitt und kniff die Augen in der gleichen nervösen Art zusammen, mit der er Aljoscha zu Beginn jeder Vorlesung unter seinen Zuhörern gesucht hatte.

»Wer ist da?«

Vera Andrejewna war schon an seiner Seite, nahm die Brille vom Teetisch neben seinem Kissen und schob ihm die Bügel hinter die Ohren.

»Schau hin, mein Lieber, Aljoscha Sergejewitsch Anuchin, dein Liebling, und die Rosen, da – für mich!«

Semjon hob den Kopf vom Kissen. Er warf die Decke von sich und manövrierte seine langen Beine auf den Teppich. Vera Andrejewna half ihm, sich aufzusetzen.

»Aljonuschka!« Semjon kämpfte mit einem Aufstoßen. Aljoscha wartete, bis er den Bademantel über der Pyjamahose geordnet hatte. Vera Andrejewna stellte die Pantoffeln so unter seine Füße, daß er nur noch hineinfahren und, indem er einen Fuß abwechselnd vor den anderen hielt, dagegenstoßen mußte, bis die Zehen fest in der Spitze saßen.

Sie begrüßten sich schweigend. Erst als Vera Andrejewna das Zimmer mit den Rosen verlassen hatte, kauerte Aljoscha nieder, umschloß Semjons Hände, preßte sie an seine Lippen und war den Tränen nahe. Semjon küßte ihn auf die Stirn.

»Drei Jahre, Aljonuschka, drei Jahre.« Semjon entzog ihm die Hände, um sich weiter nach vorn zu schieben.

»Na komm, steh schon auf!« Er fuhr seinem Schüler durchs Haar. Aljoscha blieb in der Hocke.

»Hol den Stuhl da, oder laß, wir setzen uns ...« Semjon zeigte zum Tisch und preßte die Lippen zusammen. Wieder reckte sich sein Hals vor dem Aufstoßen.

Aljoscha wußte nicht, was er tun sollte. Am liebsten hätte er gesagt: »Verzeih!« Doch was sollte er sich vorwerfen? Er hatte Semjon angerufen, ihm geschrieben. Bevor Aljoschas Mutter aus Petersburg zu ihnen nach Charkow gezogen war, hatten sich die Besuche immer von selbst ergeben.

»Du hast ihr eine große Freude gemacht, Lieber, komm, setz dich, hier«, sagte Semjon und stand auf.

»Ich hab noch was!« Aljoscha klopfte gegen die helle Umhängetasche. Jetzt konnte er lächeln. Semjon roch nach Wodka. Auf einem runden Plastikuntersetzer mit dem Symbol der 10. Weltfestspiele in Berlin 1973 stand ein Wasserglas, um das, genau auf halber Höhe, ein schwarzes Gummiband gespannt war.

Semjon öffnete mit den Fingernägeln die Tür des Buffets, nahm eine Flasche vom Tisch und schob sie hinter den anderen Türflügel. Seine Hände zitterten, als er sich zwei von den grünen geschliffenen Gläsern zwischen die Finger klemmte. Er schob die Tür zu und stieß das Knie dagegen. Glas und Porzellan schepperten vertraut.

»Laß gut sein!« Mit einer Bewegung der Schulter wehrte er Aljoscha ab, der aufgestanden war, ihn zu umarmen.

Stumm saßen sie beieinander, als Vera Andrejewna die Blumenvase hereintrug, in der die drei Rosen hin- und hertaumelten.

»Wir haben nichts Passendes«, sagte sie wie zu sich selbst und ging zurück in die Küche. Semjon riß den Blechverschluß von der Flasche und schenkte ein.

»Auf dich, mein Lieber.«

»Auf dich, Semjon.«

Sie tranken aus. Semjon schenkte erneut ein.

»Ich lauere immer auf den Schlaf«, sagte er nach einer Pause. »Ich bin ein richtiger Jäger geworden!« Er lachte und schüttelte ein paarmal den Kopf.

»Wie geht's dir, Semjon? Bist du gesund?«

»Was fragst du. Gesund, krank, was soll's. Ich klage nicht.«

»Du liegst viel im Bett, hab ich gehört.«

»Hast du gehört?«

»Hast du gesagt, am Telefon.«

»Ist bequemer als Sitzen. Was sagt man schon am Telefon.«

»Und was ...?«

»... nichts.« Semjon stülpte seine große, leicht bläuliche Unterlippe vor, bis sein Mund nur noch ein Fleck hellrotes Fleisch war.

Aljoscha suchte nach Fragen und fürchtete, in Schweiß auszubrechen. »Und weil du in der Nacht nicht schlafen kannst, bist du am Tag müde«, sagte er schließlich.

»Ich bin nicht müde, das ist es ja.«

»Und deshalb ...« Aljoscha schnippste seinen rechten Zeigefinger gegen den Hals und versuchte zu lächeln.

»Laß das ...« Semjon drehte sich zum Tisch hin, so daß ihre Knie sich nicht mehr berührten.

Aljoscha errötete.

»Komm, Aljonuschka, trinken wir auf unser Wiedersehen«, munterte Semjon ihn auf und hob sein Glas mit zwei Fingern. Aus beiden Gläsern schwappte der Wodka auf die weiße gehäkelte Decke.

Aljoscha fuhr sich mit dem Unterarm über die Stirn. »Semjon«, stieß er hervor, »Semjon – alles, was ich dir sagen will, ist doch nur, daß ich dich liebe.« Aljoscha wußte genau, wie er jetzt aussah. Er sagte die Wahrheit. »Wir müssen uns nur wieder aneinander gewöhnen, verstehst du, was ich meine?«

Semjon antwortete nicht und goß die Gläser wieder voll.

»Dann trinken wir darauf, daß wir uns aneinander gewöhnen.«

Wieder schwappte es auf die Tischdecke. Aljoscha rieb mit dem Finger durch eine gehäkelte Blüte, um den Tropfen zu verwischen. »Du bist viel allein?« fragte er.

»Es geht.« Semjon trommelte mit den Fingernägeln gegen das leere Glas. »Diese Vase ist nichts für Rosen«, sagte er, ohne den Kopf zu drehen. »Vor ein paar Tagen haben sie über die Antonowa geschrieben. Erinnerst du dich? Die von der Ausleihe? In den ›Wedemosti‹ haben sie was gebracht.«

»... ich war schon ewig nicht mehr hier.« Aljoscha stützte sich mit verschränkten Armen auf den Tisch. Vor ihm stand das leere Glas.

»Die Antonowa besucht mich regelmäßig.« Semjon starrte noch immer auf die Vase. »Du hast es nicht gelesen?«

Aljoscha schüttelte den Kopf.

»Einmal, zweimal im Monat kommt sie, wie es eben so geht, wenn Vera bei ihrer Schwester ist.«

»Hilft sie dir?«

Semjon lachte auf. »Sie hilft mir, jaja. Sie hat einen Hefter mit Zeitschriften, die soll man sich dabei angucken, und sie kriecht unter den Tisch. Dazu Mussorgski oder Glinka.« Semjon pfiff ein paar Töne.

»Unter den Tisch?«

»Wie sonst? Sehen möchte ich sie nicht dabei. Manchmal lese ich, dann dauert es länger.«

Aljoscha starrte auf das Profil von Semjon.

»Ich nehm sogar an, daß sie erst ihr Gebiß ausspuckt.« Er lachte und fuhr, wie er sich zurücklehnte, mit den Handflächen über die Häkeldecke bis zur Tischkante. »Die ›Wedemosti‹ haben nicht mal ihren Namen geändert. Spielen wir?«

Gleichzeitig standen sie auf. Die Klinke bewegte sich mehrmals auf und ab, bis der Ellenbogen von Vera Andrejewna die Tür aufstieß. Mit dem Tablett trat sie ein. Semjon zog den Stuhl rechts von ihm unterm Tisch vor und hob das Schachbrett auf, bückte sich nach einer Plastikdose und schüttete die Figuren aus. Sie waren zu klein für das Brett. Dann schlappte er ins Bad. Vera Andrejewna beeilte sich mit dem Tischdecken.

»Na, ist das Leben noch frisch?«

»Wenn Sie wüßten, wie wir leiden, Aljoscha Sergejewitsch, das ist doch kein Leben mehr!« Sie legte die Deckel der Warenjegläser umgekehrt aufs Tablett. »Vor allem er, er leidet so, Aljoscha Sergejewitsch, helfen Sie ihm!« Mit beiden Händen hielt sie das leere Tablett.

»Leiden Sie auch so, Vera Andrejewna?«

»Manchmal denke ich, daß alles nur ein böser Traum ist. Ich kann mich nicht daran gewöhnen, Aljoscha Sergejewitsch.

Wenn wir davon sprachen, daß das sozialistische Staatensystem vorerst der einzige Fuß ist, den wir in die Tür des Kapitalismus bekommen haben, dann war das für mich mehr eine Art Würdigung, verstehen Sie, als wollte man uns sagen, der Kampf geht weiter, ihr seid der Vortrupp, ihr tragt jetzt das Banner, auf euch kommt es an. Und plötzlich, mit einem Mal, erhebt die Reaktion überall ihr Haupt, und für uns soll kein Platz mehr sein und alles umsonst? Er leidet so darunter. Helfen Sie ihm, ich flehe Sie an, Aljoscha Sergejewitsch, helfen Sie ihm und uns, sagen Sie, daß es nicht umsonst war, und daß der Kampf weitergeht, ich flehe Sie an, Aljoscha Sergejewitsch!«

»Ja, Vera Andrejewna. Aber auch Sie müssen mir etwas versprechen«, er räusperte sich und verschränkte die Arme vor der Brust, »auch Sie dürfen den Mut nicht sinken lassen. Es kommt auf Sie an, mehr denn je, das müssen Sie doch wissen, Vera Andrejewna!«

In den Minuten, die Aljoscha allein im Wohnzimmer blieb, wanderte er um den Tisch, die Stuhllehnen wie ein Geländer streifend, und machte nach alter Gewohnheit vor Semjons Schreibtisch halt.

Wie oft war er hier in die Hocke gegangen, um keines der Bücher auszulassen, die sich in schiefen Türmen stapelten. Früher hatte er Konspekte und Exzerpte, Artikel und Vorträge zwischen den Buchseiten hervorgezogen, und sie dann wieder hineingeschmuggelt. Von all dem waren nur noch Schreibtischlampe und Briefbeschwerer geblieben, als wäre Semjon aus einem möblierten Zimmer ausgezogen.

Aljoscha ging schon zum zweiten Mal um den Tisch. Er fand nichts, was er hätte in die Hand nehmen können. Nicht einmal eine Zeitung. Nur das Schachspiel, das Wasserglas mit dem schwarzen Gummiband und der alte Untersetzer erinnerten an einen Bewohner. Über eine Stuhllehne gebeugt, baute er die Figuren auf und setzte sich.

»Greif zu, mein Lieber«, sagte Semjon, schloß die Tür hinter sich und bedeckte mit der flachen Hand den Lichtschalter. »So – oder lieber so – oder – oder lassen wir's ganz?«

Zwei mattgelbe Kugeln glänzten über dem Tisch und spiegelten sich in den Kuchentellern. Das Teelicht flackerte unter der gläsernen Kanne.

Semjon trug statt des Bademantels seine dunkelgrüne Strickjacke über dem Pyjama. Er roch nach Seife und Klo. Noch im Stehen reichte er die Schale herüber, von der sich Aljoscha einen der mit Marmeladenklecksen verzierten Kekse nahm. Semjon jedoch ließ die Hälfte des Gebäcks auf Aljoschas Teller rutschen und schenkte Tee aus. Für einen Moment schloß Aljoscha die Augen.

»Sag es, Semjon, bitte«, brachte er gequält heraus, als müßte er jedes Wort neu erschaffen. »Bei unserer ...«

»Aljonuschka?« Semjon lehnte sich weit hinüber und gab Aljoscha einen Kuß auf den Mund. Dann trank er. »Was gibt es noch zu sagen? Du weißt es doch besser! Das mit der Antonowa weißt du nun auch! Und ob ich sie jetzt noch bezahlen kann, nachdem sie eine Berühmtheit ist ...«

»Was weiß ich besser?« fragte Aljoscha und nippte am Glas, als gehöre das zu seinen Pflichten.

Semjon stellte seine Tasse auf den Teller. »Warum tust du so, als wäre nichts geschehn?«

»Ich konnte nicht eher kommen, glaub mir doch ...«

Semjon, die Ellenbogen auf dem Tisch, legte sein Gesicht in die Hände. Seine großen, fleischigen Ohren standen ab. Jetzt, da sein Haar länger und wirr war, fiel das weniger auf. »Aljonuschka, es geht doch nicht um mich und nicht um dich und nicht um Vera. Reicht es dir nicht, daß alles, wofür wir gelebt haben, weg ist, zerfallen, Staub, Dreck! Reicht das nicht?« Er rieb seine Handballen gegen die Augen. »Drei Jahre, weniger als drei Jahre haben dafür gereicht. Es widert mich an!«

Aljoscha tunkte einen Keks in den Tee und biß, über die Tasse gebeugt, die feuchte Stelle ab. Als er das zweite Mal hineinbiß, brach eine Ecke vom Keks und fiel in den Tee. Mit dem Löffel fischte er sie heraus. Aljoscha steckte sich noch einen Keks in den Mund. Er aß schnell und mit gutem Appetit. Die Uhr im Flur schlug drei.

»Spielen wir«, sagte Semjon und setzte sich mit seinem Glas an das andere Tischende, zum Fenster hin, wo das Brett stand. Seine Augen waren gerötet. Noch kauend, rückte Aljoscha ihm gegenüber zwei Stühle weiter und blieb vor den weißen Figuren sitzen.

»Ich habe eine Ewigkeit nicht mehr gespielt«, sagte Aljoscha.

»Egal.«

»Wir haben noch nie Schach gespielt.«

»Hm.«

»Was kümmert's dich, wenn die Leute zur Butter auch noch die Wurst wollen und dann den Schinken. Denkst du, deine Ideen verlängern ihr Leben?« sagte Aljoscha.

»Wieso meine ...?«

»Es waren auch meine ...«

»Man muß erst überlegen und dann ziehen. Ich ziehe hierhin.«

»Hör auf zu glauben, dann geht's besser. Du trinkst zuviel.«

»Mens sana in corpore sano, mon ange.«

»Wenn ich dir zuhörte, in der Uni und danach, dann erschien mir alles auf dieser Welt verständlich, und ich glaubte zu wissen, wie man zu leben hat.«

»Du hast es vergessen. Das ist unser Schicksal, da kann man nichts machen.«

»Der Mensch soll arbeiten, nach Erkenntnissen streben, sich bilden, vervollkommnen, sagtest du, allein darin bestünden Sinn und Ziel seines Lebens, sein Glück, seine Erfüllung. Ich habe dir geglaubt.«

»Wie die Büffel haben wir gearbeitet, wie Tiere, wie Pferde.«

»Wie unsere Vorfahren. Die erbauten das siebentorige Theben, die zogen die Schiffe die Wolga hinauf.«

»Meine Vergangenheit ist entschwunden. Ich kenne keinen, der nicht so wie die anderen wäre, nicht einen Kämpfer.«

»In Rußland gibt es kein Glück, und es wird auch keins mehr geben, wir wünschen es uns bloß. Willst du etwa den Wunsch am Leben erhalten?«

»Erlaube mal, erlaube mal, so kannst du nicht ziehn. Nun? Wo willst du hin? Ah, das ist etwas anderes.«

»Ich will nicht, daß mein Gefühl unnütz zugrunde geht wie ein Sonnenstrahl in einer Grube. Ich leide nicht mehr.«

»Ach, laß doch! Unsere Lage, deine wie meine, ist hoffnungslos, ob du nun leidest oder nicht.« (Semjon trinkt aus dem Wasserglas einen großen Schluck Wodka. Sie starren auf das Schachbrett.)

»Mir schien, der Mensch muß gläubig sein, er muß seinen Ideen und Idealen vertrauen, ihnen glauben, sonst bleibt sein Leben leer, leer ...«

(Pause)

»Leben und nicht wissen, wozu ... Entweder weiß man, wozu man lebt, oder alles ist dummes Zeug und völlig egal.«

»So ein Blödsinn. Der Sinn ... Dort draußen schneit es. Was hat das für einen Sinn?«

(Pause)

»Laß mich überlegen.« (Semjon faßt nacheinander mehrere Figuren an.)

»Vorsicht, der Springer.«

(Pause)

»Ich weiß, ich weiß – ich trink mein Gläschen, mein feines Gläschen, holla, das Leben, das ist rosenrot, solang man nicht verenden tut!«

(Semjon macht endlich einen Zug. Aljoscha schlägt sofort die Dame, bevor Semjon sie zurückziehen kann.)

»Manchmal will ich Leben wie der Teufel ...«

(Pause)

»Wenn ich noch einmal anfangen könnte, was würde ich dann anders machen? Nichts wahrscheinlich. Vielleicht ohne Frau. Was sollte ich anders machen? Ich wünschte mir eine andere Welt. Eine veränderbare.« (Semjon schenkt sich neu ein. Das schwarze Gummiband schiebt er mit dem Daumennagel am Glas hinauf.)

»Ich glaub ... Schach!«

(Pause)

»Nimm das Bäuerlein. Ich kann hören, wie alles zum Stillstand kommt. Bald bewegt sich nichts mehr. Und wenn es eine Weile ganz still geworden ist, dann wird es rumsen und nicht mehr aufhören, wum, nach dem Stillstand kommt der Knall. Ich bin Prophet, denk dran!« (Semjon gähnt.)

»Und – Schach.«

(längere Pause)

»Bursche, du.«

»Du trinkst zuviel.«

(Längere Pause, sie spielen.)

»Was mir die Langeweile vertreibt, ist die Qual. Laß mir die Qual.«

»Schach.«

(längere Pause)

»Sonst ist nur noch Langeweile.« (Semjon gähnt.)

»Du bist unaufmerksam.«

»Es gibt nichts Lächerlicheres als eine Uhr.« (Semjon gähnt.)

»Wohin ist alles entschwunden. Wo ist es?« (Gähnt wieder.)

»Sag, bin auch ich ein Verräter, wenn meine einzige Lust zwischen den zahnlosen Kiefern der Antonowa liegt?«

»Heute erschreckt mich alles irgendwie.«

»Manchmal trifft mich dieser Gedanke wie ein Beil.« (Semjon gähnt.)

»Was?«

»Dieser Stillstand. Nur noch Opfer und Geschäftemacher.«

»Schach, du spielst unaufmerksam.«

»Nach Wolgograd, einmal möchte ich ihn sehen, den Hügel, Wolgograd.«

»Du bist dran.«

(längere Pause)

»Ich bin müde.«

»Noch drei Züge, Semjon, noch drei oder vier!«

»Ach laß! Dieses verfluchte, unerträgliche Leben.«

»Du kannst nur noch hierhin.«

»Ich war einmal glücklich, egal, ob Sommer war oder Winter in Leningrad.«

»Laß es uns zu Ende bringen.«

Semjon stürzte den Rest Wodka hinunter. »Ein andermal, Aljonuschka, ein andermal.« Er war aufgestanden.

»Schau her, hier, du kannst gar nicht anders.« Aljoscha begann, nach jedem Zug zu Semjon aufblickend, die Figuren zu setzen. »Hier ist Schach, hier ist Schach, und der ist gedeckt, schau, die einzige Möglichkeit, hier. Und da ist der Springer ...«

»Ich muß auf die Müdigkeit hören, laß sein ...« Semjon schwankte mit leerem Glas zum Sofa, setzte sich. »Ein andermal, ein andermal ...« Mit den Füßen streifte er die Pantoffeln ab und stellte das leere Glas auf den Teetisch.

Aljoscha ging hinüber, das Schachbrett wie ein Tablett auf der flachen Hand. »Noch drei Züge!«

»Reich mir die Decke, bitte, nein, ein andermal, nächstes Jahr oder wenn du wiederkommst, Aljonuschka, reich sie mir ...« Semjon lag auf der Seite, das Gesicht zur Lehne. Die Brille hatte er noch auf.

Aljoscha schob das Brett zurück auf den Tisch, breitete die Decke über Semjon und zog sie ihm über die Schulter. Nichts verriet seine Wut. Er hob sogar die Füße des Alten an und schlug die Decke darunter. »Willst du schlafen?« Er achtete auf Semjons Atem.

Unterschätzt hatte ihn der Alte. Aljoscha führte die Züge zu Ende. Es war unvermeidlich – ein elegantes Matt mit dem Springer. »Was sagst du?« Sofort war er am Sofa.

Der Alte atmete wieder ruhiger. An der Glastür war ein dunkler Schatten zu sehen.

»Was?« Aljoscha verstand das Gebrabbel nicht.

»... auch die Mathematiker starben, viele, junge, talentierte, nur die Zoologen nicht ...« Der Alte brummelte unverständlich weiter. Aljoscha beugte sich über ihn und verzog das Gesicht. Aus Semjons Mund rann Speichel. »Gegen England, gegen England...« Dann begann er zu schnarchen.

Aljoscha stand auf, zog zwischen den Stuhlbeinen seine helle Umhängetasche hervor und blickte noch einmal auf das Schachbrett. Wenn Semjon aufwachte, müßte er es sehen, das elegante Matt mit dem Springer. Er schob seinen Stuhl unter den Tisch, räusperte sich und ging auf die Tür zu. Der Schatten verschwand.

»Sehr schön, sehr schön, ich danke Ihnen«, sagte Vera Andrejewna. »Kommen Sie öfter. Ihr Zuspruch tut gut.« Sie umklammerte seine rechte Hand. »Einmal muß doch Quantität in Qualität umschlagen, und dann ...«, Vera Andrejewna begann zu weinen, »dann haben wir noch ein paar schöne Jahre vor uns.«

Sie trat plötzlich näher an Aljoscha, der seine Schuhe anzog, und streichelte ihm übers Haar, bis er sich aufrichtete.

»Das ist auch meine Hoffnung, Vera Andrejewna«, sagte er, schüttelte ihr die Hand und schulterte seine helle Umhängetasche.

Aljoscha stieg die Stufen hinunter, während Vera Andrejewna im Türrahmen stehen blieb. Sie sah ihm nach und dachte: Wenn er sich auf dem nächsten Absatz umwendet und winkt, dann wird alles gut.

VIKTORIA FEDEROWNA öffnete die Augen, als der unheimliche Gesang in den Scheiben ihrer Schlafzimmertür anhob, auf den Kleiderschrank übergriff und auch ihr Bett und schließlich noch Zimmerdecke und Lampe zum Klingen brachte. Sie lag reglos und registrierte alles genau. Wenn dieser Gesang einmal vorbei sein würde, wollte sie sagen können, wo er sich zuerst gebildet hatte, auf welche Lautstärke er angeschwollen war, ob es Worte gab, ihn zu beschreiben, oder Laute, ihn nachzuahmen – sie wollte nicht auf Spekulationen angewiesen sein.

Da hörte die Lampe auf zu tönen, der Gesang klang ab, verließ ihr Bett, zog sich zurück, sprang vom Schrank an die Türscheiben, verweilte kurz und verschwand. Nur in der Zimmerdecke blieb ein Gewinsel zurück, hochtönend, fast schrill, das sich nicht beruhigen wollte. Das lockte den Gesang wieder hervor. Schon hing er an den Scheiben, saß gleich darauf im Holz von Bett und Schrank und gelangte zur Zimmerdecke, als kehre er in sein Nest zurück.

Viktoria Federowna starrte hinauf, wo sie das Geflecht schwarzer Linien in sechs Zonen eingeteilt hatte. Neue Risse bemerkte sie nicht. »Guten Morgen«, sagte sie und wiederholte: »Guten Morgen«. Auch nach dem dritten »Guten Morgen« war sie unschlüssig, ob ihre Stimme im Vorraum zu hören gewesen wäre.

Sie legte die rechte Hand an die Wand – da war die Resonanz. Hielt sie das linke Ohr zu, wurde der Gesang leiser. Er dröhnte und huschte wieder von der Lampe über Decke und Schrank auf ihr Bett, hielt inne, bevor er zur Tür flüchtete, dann hinaus.

»Eigenartig«, sagte Viktoria Federowna und glaubte, daß man sie im Flur verstanden hätte. Seit sie allein lebte, war sie hellhörig geworden. Deshalb wollte sie nicht mit Sicherheit behaupten, daß es den Gesang früher nicht gegeben habe. Aber erinnern konnte sie sich nicht an ihn.

Der Wecker zeigte drei nach sieben. Gewöhnlich erwachte sie

halb acht. Sie drehte sich auf die Seite und schnippte mit den Fingern: Der Gesang begann in den Scheiben, griff auf den Schrank, aufs Bett über und weiter bis zur Lampe. Sie schnippte: Er verebbte, winselte nach, ohne sich zu beruhigen. Schnipp: er sprang an die Scheiben.

Viktoria Federowna markierte die Wendepunkte genau. Zögerte sie zu lange, ärgerte sie sich, den Erfolg leichtfertig verspielt zu haben. Nach drei solcher Niederlagen holte sie den Arm unter die Bettdecke, steckte zwei Finger durch die Knopfleiste des Nachthemds und umkreiste ihren Nabel. Der Zeigefinger schnellte vor – der Gesang klang ab. Ihre Finger umfuhren den Nabel. »Übung macht den Meister«, sagte sie, um das Winseln zu übertönen. Jetzt stieß der Mittelfinger vor – das Startzeichen.

Sie blieb gut im Rhythmus. »Er kommt und geht wie ein dressierter Wolf.«

Dann passierte nichts mehr. Wieder schnippste ihr Zeigefinger in die kleine Vertiefung und noch ein drittes Mal. So hatte sie sich nie vertan. Das Gewinsel verstummte. Neben ihr tickte der Wecker. Viktoria Federowna hob den Kopf aus dem Kissen. »Wunderbar«, sagte sie in die Stille, streichelte weiter ihren Bauch und versenkte im Nabel ihren Zeigefinger, um ihn, wenn keine Luft mehr unter der Kuppe war, herausschnalzen zu lassen – wie aus einem Flaschenhals.

»Wenn ich aufstehe, gewinne ich zwanzig Minuten.« Schon hatte sie die Beine auf dem schmalen Vorleger, unter dem die losen Parketthölzer klapperten, und zog die Gardinen zurück. Das Thermometer zeigte drei Grad plus. Auf der Straße standen Panzer im Regen, Panzer so weit sie sehen konnte.

»Oijoijoijoi!« Viktoria Federowna drückte ihr Gesicht ans Fenster und trommelte mit den Fingernägeln auf der Scheibe. »Schweinewetter!« Dann wärmte sie ihre Handflächen an der Heizung.

Die Tasse neben ihrem Bett erinnerte sie an die vergangene Nacht. Sie hatte ein Frösteln und das Gefühl von Klümpchen in Speiseröhre und Magen mit ungezuckertem, heißem Tee kuriert und sich vom Nachgeschmack fast übergeben müssen. Das kam von der Grippe, die sie seit Tagen mit sich herumtrug. Die Kopfschmerzen, die Flauheit im Magen und in den Beinen waren von alleine gekommen, also mußten sie auch von alleine gehen. Aber sie verschwanden nicht, und Viktoria Federowna hatte sich daran gewöhnt wie an einen zu schweren Mantel, in dem man schwitzte, und fror, wenn man ihn auszog.

Das Stechen im Nacken war verschwunden und auch diese Müdigkeit, die während des Aufstehens zu einer schmerzlichen Essenz im Kopf geronnen war, genau an der Stelle, mit der sie zuletzt noch das Kissen berührt hatte. Sacht neigte sie ihren Kopf zur rechten Schulter, bewegte ihn zur linken und zurück, hin und her, legte die angewärmten Hände auf die kleine Rundung ihres Bauches und ging in die Küche. Ihr erstes Ziel bestand darin, zu frühstücken und trotzdem nicht zu spät zu kommen.

Viktoria Federowna hielt ein abgebranntes Streichholz in das Flämmchen der Gastherme, zündete damit die mittlere Herdstelle an, drehte den Wasserhahn auf, die Leitung rumorte, sie drehte weiter und hielt den Kessel unter den Strahl. Aus dem Kühlschrank nahm sie Butter, Tworog, ein großes Glas Warenje und das in eine Tüte gewickelte Weißbrot vom Sonntag. Sie schob ihr Messer an den Teller und stellte Tasse und Zukkerdose daneben. Es machte ihr Spaß, sich zu umsorgen. Nur das Teesieb fand sie wieder nicht. Aus Erfahrung wußte Viktoria Federowna, daß es ratsam war, auf dem Waschbeckenrand im Bad nachzusehen. Tatsächlich lag das Sieb neben der Seife.

Nun stieg sie gleich in die Wanne, warf ihr Nachthemd auf die beiden großen Haken gegenüber und balancierte auf den Fersen, weil das Wasser noch kalt war. Im Rasierspiegel ihres Sohnes, der am Fenstersims über ihr angebracht war – durch eine Scheibe fiel von der Küche her Tageslicht –, sah sie nur ihren Haaransatz. Sie mußte sich auf die Zehenspitzen stellen, wollte sie sich in die Augen blicken.

»Von wegen krank«, sagte Viktoria Federowna und beobachtete, ob ihr Lächeln allein an den Augen zu erkennen war. Endlich wurde es warm zwischen den Zehen.

Sie steckte das Haar unter die Badekappe, hockte sich hin und schaltete um auf »Duschen«. Mit geschlossenen Augen ließ sie das Wasser mal über die rechte, mal über die linke Schulter laufen und hielt den Strahl auf ihre Nase. Zwei Minuten gönnte sie sich. Dann begann sie mit Zähneputzen und Einseifen. Obwohl sie unter den Brünetten zu den dunkleren zählte, waren ihre Unterarme und Beine so dünn behaart, daß sie im Juni nie zögerte, ohne Strümpfe zu gehen. Ein Bein auf den Wannenrand gestützt, massierte sie sanft ihre Wade, fuhr am Schienbein auf und ab und rieb mit dem Daumen über die Zehen, auf deren Nägeln noch ein paar Sprenkel roten Lacks an den Sommer erinnerten. Das Abspülen war der heikle Punkt in ihrem Zeitplan, denn Viktoria Federowna genoß die Wärme so sehr, daß sie häufig erst vom Pfeifen des Kessels aufgeschreckt wurde. Aus der Wanne zu steigen, war schlimmer als Aufstehen: munter wurde sie beim Tee, frieren konnte sie den ganzen Tag.

An den Schläfen schob sie die Finger unter die Badekappe, warf diese geschickt ins Waschbecken und wischte die Tropfen von Armen, Beinen und Po. Überall hatte sie eine Gänsehaut. In immer engeren Kreisen fuhr ihr Zeigefinger über den beschlagenen Rasierspiegel. Wenn sie ihn verstellte, murrte Igor Timofejewitsch, ihr Sohn, bei seinen seltenen Besuchen genauso wie früher ihr Mann. Sie sah sich lächeln und drückte den Spiegel noch weiter herum, trat ein paar Zentimeter zurück, zog den Bauch ein, winkte sich mit den Zehen zu und atmete wieder aus. Sie hatte tatsächlich abgenommen. Viktoria Federowna fischte den blauen Bademantel, ihr liebstes Kleidungsstück, vom Haken, schlug die Hälften vor sich zusammen, verschnürte sie und nahm das Sieb.

Sie hatte es seit jeher als Aufgabe angesehen, sich allein nie anders zu benehmen als in Gesellschaft. Das gehörte ebenso zum Kampf gegen die Kulturlosigkeit wie ein gedeckter Tisch. Fünf nach acht hatte sie Tworog mit Warenje und ein Butterbrot gegessen und drei Tassen süßen Tee getrunken.

»Schaffe ich es, pünktlich zu kommen, ist die Woche gelaufen!« Sie stellte das Geschirr in die linke vordere Ecke der Spüle, goß den Rest heißen Wassers aus dem Kessel darüber, drehte den Hahn auf, fuhr in die gelben Gummihandschuhe und wusch mit der Bürste ab. Die beiden Tassen, der Teller, Messer und Löffel kamen sauber in die rechte vordere Ecke. Danach wischte sie über den Tisch, wusch den Lappen aus und trocknete ab. Als sie im Schlafzimmer gerade die schmutzige Unterwäsche in den Korb warf, hallte es zweimal dumpf im Treppenaus: zehn nach acht. Auf Marja Iwanowna war Verlaß. Da sie als letzte der Familie die Wohnung verließ, hörte man kein Radio, solange ihre Tür offenstand.

Viktoria Federowna trug dieselbe wollene Strumpfhose wie gestern und das blaue Kleid, das ihr sonst nur für das Theater passend erschien. Es war nichts Besonderes, bis auf den weißen Kragen, bestickt mit weißem Garn. Aber je schlanker sie war, desto besser stand es ihr. Bevor sie die Stiefel anzog, ging sie auf die Toilette. Ihre zusätzlichen zwanzig Minuten waren aufgebraucht, ohne daß sie getrödelt hatte. Kurz vor halb neun strich Viktoria Federowna ein paar Haarsträhnen unter die Mütze, nahm ihre Handtasche, verschloß beide Wohnungstüren und rüttelte an der äußeren, wie sie es immer tat. Nach den ersten Stufen griff sie zum Geländer.

»Übermut tut selten gut!« Sie spürte kaum ihre Knie, so kraftlos waren sie noch. Nun fiel ihr auch der Regenschirm wieder ein. Marmeladenglas und Plastiktüte hatte sie bereits gestern eingepackt. Sie mußte sich vorsehen und ihre Kräfte einteilen. Viktoria Federowna durchquerte mit gleichmäßigen Schritten den Hof, als ihr Mischa Sergejewitsch entgegenkam, eine zugedeckte Wäscheschüssel vor dem Bauch. Immer schleppte er

irgend etwas an. Dabei wohnten sie ganz oben. Den Kopf vor
Anstrengung eingezogen, die Schlüsseltasche zwischen den
Zähnen, grüßte er aus dem Mundwinkel. Statt zu nicken, hob
sie nur die rechte Hand, und wollte umkehren, um für Mischa
den Zahlencode zu drücken, als der sich, ohne zu stoppen,
vor dem Eingang umdrehte und mit dem Rücken die Haustür
aufstieß. Allein vom Zuschauen bekam Viktoria Federowna
Kopfschmerzen.

Sie zeigte in der Metrostation die Monatskarte vor und achtete darauf, daß die Kontrolleurin wirklich hinsah. Letztes
Jahr war sie hier, an ihrer Station, die sie seit achtzehn Jahren
benutzte, am Arm herumgerissen worden. Sie würde den
Staat betrügen, hatte ein Kontrolleur laut und vor allen behauptet. Niemand war stehengeblieben, um das Gegenteil zu
bezeugen. Und bis sie die Karte wieder aus der Handtasche
hatte, waren schon so viele vorübergegangen, daß man sie auf
dem Bahnsteig wahrscheinlich für eine Betrügerin hielt. Ein
bißchen Menschenkenntnis könnte denen nicht schaden,
hatte sie damals im Büro den Sachverhalt zusammengefaßt
und mit keiner Silbe von der Angst gesprochen, die dieser
Griff hinterlassen hatte. Selbst wenn sie gar nicht daran
dachte, spürte sie ihn manchmal an ihrem Oberarm. Mit den
Jugendlichen aber, die vor aller Augen über die Absperrung
sprangen und auf kein Pfeifen und keine Anweisung hörten
und nicht einmal davor zurückschreckten, die Diensthabende
am Fuß der Treppe wegzustoßen, war es etwas anderes. In der
Zeitung stand einmal, daß so ein Junge vom Milizionär er-
schossen worden war. Der Milizionär kam vor Gericht. Wo
aber liegt die Grenze, ab der man einschreiten muß? Sie war
auf der Seite des Milizionärs. Sonst springen eines Tages alle
über die Absperrung, und nur Alte und Kranke zahlen den
Fahrpreis. Dabei hätte sich Viktoria Federowna solch einen
Sprung zugetraut, nur nicht heute und nicht vor Publikum. Sie
zählte auch zu jenen, die nicht auf der Rolltreppe rechts ste-
henblieben, sondern auf der linken Seite hinabstiegen. Das

sparte eine halbe Minute und reichte manchmal aus, einen früheren Zug, mindestens aber einen der vordersten Wagen zu erreichen. Dann kam sie am Sennaja unter den ersten nach oben. Heute reihte sie sich rechts ein.

Als die Rolltreppe Viktoria Federowna absetzte, blieb ihr gerade noch Zeit, um nicht in den letzten Wagen zu müssen. Sie fand sogar einen Platz, bevor die anderen zusammenrückten. Eine wichtige Etappe war geschafft. Für die verbleibenden vierzehn Minuten Fahrt schloß sie die Augen. Nicht weil sie müde war, sondern um ihren Körper vor äußeren Reizen zu schützen und ihm soviel Energie wie möglich zu bewahren. Vielleicht aber tat sie damit genau das Verkehrte, denn so entging ihr nicht die kleinste Berührung durch die Nachbarn. Jede Beschleunigung und jedes Bremsen drückte Schenkel an Schenkel, Schulter an Schulter. Vor dem Halt steigerte sich der Druck zur Kompression der Hüfte und entlud sich in einer Verschiebung des Körpers entlang der Sitzfläche. Sonst war Viktoria Federowna bemüht, die Belastung, die sie traf, nicht im gleichen Maße weiterzugeben. Heute jedoch überließ sie sich der Trägheit. Bis auf den Kopf. Nie würde sie verstehen, wie man sich an fremde Schultern lehnen konnte. Ihr war es bereits zuviel, wenn sich, was manchmal vorkam, die lange Bank leerte, ihre Nachbarn rechts und links aber sitzen blieben, als bildeten sie zu dritt eine Familie. Das empfand sie als Zumutung. Gern erinnerte sie sich dagegen an zwei Männer, die derart in ihr Gespräch versunken waren, daß ihre Köpfe zusammenstießen, wenn die Metro anfuhr oder hielt. Sie redeten aufeinander ein und ihre Handrücken strichen über das Jackett des anderen. Selbst beim Aussteigen erzählten sie weiter. Beneidet hatte sie die beiden, denen verschiedene Modelle von Wasserpumpen unerschöpflichen Gesprächsstoff boten. Ihr selbst fiel immer nur wenig zu einem Thema ein.

Viktoria Federowna pflegte von der Sadowaja aus zu laufen. Vor der Straßenbahnhaltestelle ging es zu wie immer. Ratlos liefen Frauen und Männer vor den überfüllten Wagen durcheinander und wollten sich nicht damit abfinden, die Gelegenheit zum Mitfahren verpaßt zu haben. Auf das Klingeln der Bahn hatte eine Frau im blauen Mantel nur gewartet. Sie warf sich gegen den Rücken eines Jacketts auf der unteren Stufe des Einstiegs und umschlang den Hals darüber. Die Türen bewegten sich, trafen die Schultern des blauen Mantels und gingen auf. Das wiederholte sich. Ihre grünen Schuhchen berührten das Trittbrett mit den Spitzen, sie schien sich zu winden, zu krümmen – der Ellenbogen des Jacketts hackte ihr gegen Brust und Bauch, eine Faust schlug ihr aufs Ohr. Sie sprang auf die Straße zurück. Hinter den hohen, schmalen Scheiben der geschlossenen Türen blickten die Fahrgäste streng wie Ikonen auf sie herab. Die Straßenbahn fuhr los.

»Deine Nase blutet, Mädchen«, sagte Viktoria Federowna, weil sie um die weiße Bluse unter dem offenen Mantel fürchtete. Dann ging sie weiter. Es war windig.

Vor dem Eingang sah Viktoria Federowna auf die Uhr. Acht Minuten war sie unterwegs, fünf blieben, um in die vierte Etage hinaufzusteigen, den Mantel aufzuhängen, die Stiefel auszuziehen und den Computer einzuschalten. Sie hielt die Luft an, drückte die äußere Tür auf, zog die Mütze vom Kopf, stieß die zweite Tür auf – und atmete aus. Wenn sie hier etwas zu sagen hätte, käme als erstes das Gebläse raus. Von der Warmluft im Eingang wurde ihr übel. Auch Natascha Iwanowna dürfte die Besuchergarderobe nicht in solch einem Aufzug betreuen. Jeder hielt sie für eine Putzfrau. Und warten muß man bei ihr, schwatzt nur dummes Zeug. Viktoria Federowna hatte viele Ideen. Die Frauen von der Aufsicht bräuchten nur eine Schranke mit Summer. Sitzen bleiben könnten sie und ohne Aufregung und Handgreiflichkeit den Knopf drükken. Nicht mal Armbinden müßten sie tragen. Und wer keinen Ausweis oder Passierschein hat, bleibt eben draußen. Da reichte eine Frau. Aber allein ist es langweilig. Außerdem sollten Flure und Treppenhaus gestrichen und Aschenbecher und Papierkörbe ausgebeult werden. Von der Semjonowa nahm sie Schlüssel 421 entgegen und quittierte mit Uhrzeit. Den Aufstieg vertrugen ihre Knie besser, und in Schweiß brach sie auch nicht mehr aus.

Viktoria Federowna saß schon vor ihrem Computer und blickte gerade auf ein Dach, das mit neuem Blech beschlagen weiß glänzte, als Vera Michailowna hereinsah. Nie klopfte sie an.

»Hast du schon gehört?« Vera Michailowna freute sich offenbar sehr. Viktoria Federowna fragte gerade: »Was denn?«, als das Licht ausging und ihr Computer mit einem leisen Knacks verlöschte.

»Oijoijoijoi«, jammerte Vera Michailowna, die Handballen an die Backenknochen gedrückt, und rannte davon. Sofort füllte sich der Gang mit Schatten. Nur wenn eine Tür aufging, erkannte man Gesichter. Sie wollten in die Kantine, bevor Kaffee und Tee ausverkauft waren. Viktoria Federowna schätzte Vera Michailowna nicht sonderlich, obwohl es niemanden gab, mit dem sie mehr sprach als mit ihr. Am ersten Mai war Vera Michailowna, die ehrenamtlich die Essenmarken verteilte, mit einer Fahne über der Schulter aus der Unterführung am Park des Sieges gekommen. Viktoria Federowna hatte sich erschrocken abgewandt – völlig grundlos, ganz automatisch. Sie schloß ihre Tür.

Ihr war es egal, ob der Strom wiederkam oder nicht, denn die Kalkulationen für Oktober, die neuen Preise, Pauschalen und Stundensätze waren erfaßt. Die zwei Tage bis Monatsende waren reine Warterei. Schade nur um den Tee. Sonst holte sie um diese Zeit in einem Töpfchen Wasser, stellte es vor dem Fenster auf eine umgedrehte Fliese und wickelte den Tauchsieder aus dem Geschirrtuch, wenn Olga Wladimirowna kam.

Viktoria Federowna schaute zum Fenster hinaus, zur Fontanka, wo das gegenüberliegende Ufer neu befestigt wurde. Der Mensch bändigte die Natur. Auf einem Stahlgerüst über dem Wasser stand ein Lastwagen. Sie beobachtete gern die Arbeiter, die mit einer Ramme Stahlträger in den Grund trieben. Heute ließ sich keiner blicken. Auf dem Gang war es still.

Wer nicht in der Kantine wartete, erledigte Einkäufe. Sie schob die Tastatur zurück, breitete die Ellenbogen aus, legte ihren Kopf auf den rechten Handrücken und schloß die Augen.

In solchen Situationen dachte sie immer an Pjotr Petrowitsch, einen Budjonny-Mann, später Pilot, und fragte sich, zu welcher Einschätzung der Lage er wohl gekommen wäre und wie seine Vorschläge ausgesehen hätten, das Problem zu meistern. Pjotr Petrowitsch war ein durch und durch leidenschaftlicher Mensch, dazu ehrlich und bescheiden. Sein Oberkörper hielt sich wie der eines Jockeys über den langen Beinen, von denen es hieß, es seien Prothesen – sein Blutzoll im Großen Vaterländischen Krieg. Sogar tanzen hatte er wieder gelernt. Immer hat er etwas aus seinem Leben gemacht. Niemand und nichts konnte ihn halten, wenn er falschen Meinungen entgegentrat. Wie oft war er, ohne erst um das Wort zu bitten, einfach aufgesprungen, hatte seinen Stuhl an der Lehne gefaßt, ihn fast zehn Zentimeter emporgehoben und wieder aufs Parkett geknallt.

»Schluß!« hatte Pjotr Petrowitsch geschrien, und Viktoria Federowna war zusammengefahren. »Schluß«, wiederholte er leise und flüsterte völlig erschöpft: »Schluß«. Sein Gesicht bebte vom Schrei. Mit müden Augen musterte Pjotr Petrowitsch die Versammlung. Sein Blick schwenkte zwischen den Wänden hin und her. Sein Körper straffte sich.

»Wie kann man nur so reden. Wie kann man so blind sein!« rief er aus. Seine emporgeworfene Rechte fiel wieder erschöpft hinab auf die Stuhllehne. Traurig schüttelte er den Kopf.

»Was seid ihr für Menschen. Was seid ihr nur für Menschen, muß ich fragen. Doch ich muß mich auch fragen, was haben wir falsch gemacht. Und das tut weh.« Jeder konnte sehen, daß Pjotr Petrowitsch wieder sein Herz spürte. Mit seiner kräftigen, behaarten Hand massierte er darüber. Mit der anderen stützte er sich noch immer auf die Stuhllehne.

»Ihr redet und redet«, begann er wieder, ohne sich um das Schluchzen einzelner zu kümmern. »Ihr redet und redet, kritisiert und kritisiert und seht nicht das Wunder, das sich jeden Augenblick vor euren Augen ereignet. Seid ihr blind oder tut ihr nur so?« Pjotr Petrowitsch machte eine Pause und sah finster und enttäuscht auf den Stuhl. Er mußte sich räuspern. »Es ist nicht meine Art, lange Reden zu halten, ich bin ein einfacher Arbeiter. Aber wenn ich gefragt werde, sage ich meine Meinung, offen und ehrlich, jeder soll wissen, woran er mit mir ist.« Abermals räusperte sich Pjotr Petrowitsch.

»Ich möchte euch eine Frage stellen, die ihr vielleicht besser beantworten könnt als ich. Meine Frage an euch lautet: Wie viele Einwohner wohnen in unserer Heimatstadt?« Nach einem kurzen Schweigen überschüttete der Saal Pjotr Petrowitsch mit Zahlen. Jeder war erleichtert, daß Pjotr Petrowitsch eine so einfache Frage gestellt hatte.

»Ist gut, das reicht, schon gut, vielen Dank, danke, vielen Dank. Von allen aufgeführten Zahlen möchte ich die niedrigste herausgreifen. Wenn ich mich recht erinnere, war es die Zahl von zwei Komma acht Millionen. Zwar leben bei uns bereits viel mehr Menschen, aber gut, ich will mich nicht wieder streiten. Stellt euch vor ...« Pjotr Petrowitschs Blick überflog die Runde. »Wie kann das organisiert werden, daß zwei Komma acht Millionen Menschen zusammenleben? Sie wollen essen, trinken, eine Wohnung, eine Arbeit, etwas zum Anziehen, sie brauchen Verkehrsmittel und Straßen, Schulen, Stadien, Krankenhäuser, Fabriken, Zeitungen, Museen, Bibliotheken. Eine gigantische Aufgabe. Aber unsere Gesellschaft stellt sich ihr, sie verschließt nicht die Augen vor den Problemen. Ja mehr noch, sie ist für jeden von euch da. Ein Beispiel: Wenn ihr morgens aufsteht, was benötigt ihr zuerst? Nun? Nein! Eben nicht, ihr braucht nicht zuerst Wasser oder Zahnpasta, auch nicht die Toilette, überlegt: Ihr steht aus einem Bett auf. Ihr schaltet die Nachttischlampe ein, es wird hell. Ihr seht ein Zimmer, den Schrank, die Tür, Gardinen.

Hat sich einmal jemand von euch die Mühe gemacht, darüber nachzudenken, was das heißt: ein Zuhause? Ihr geht davon aus, daß das, was ihr als erstes machen möchtet, auch das erste ist, was für euch notwendig ist. Aber wieviel beachtet ihr gar nicht mehr, obwohl es so kostbar ist? Habt ihr nie daran gedacht, daß es überhaupt nicht selbstverständlich ist, in einem Bett zu schlafen und auf einen Knopf zu drücken, und es wird hell. Vielleicht denkt ihr gar nicht mehr daran, daß es in eurer Wohnung warm ist. Ihr kennt es nicht anders. Habt ihr je zu Hause gefroren? Nein, die Wärme kommt ja ins Haus wie die Luft zum Atmen und wie das Wasser, das aus dem Hahn in die Badewanne läuft, warm und kalt, wie ihr es wünscht und soviel ihr haben wollt. Da seid ihr noch keine fünf Minuten wach und habt euch gerade mal aus dem Bett erhoben, aber nehmt schon tausendfach die Leistungen der Gesellschaft in Anspruch – als müßte das so sein. Und weil ich kein subjektiver Idealist bin, muß ich korrigierend ergänzen: Selbst wenn ihr schlaft, nehmt ihr die Leistungen der Gesellschaft in Anspruch. Das ist meine Meinung, die aber, ich werde das zeigen, mit der objektiven Realität übereinstimmt. Ein Beispiel: die Wärme. Draußen sind minus zehn Grad, aber bei euch ist es warm, in der Küche, im Bad, im Zimmer. Ihr habt eine Heizung. Was bedeutet das: wir haben eine Heizung? Das bedeutet, daß ihr in einem Haus wohnt, wofür Land gefunden und vermessen, der Baugrund geprüft wurde. Tiefbauer rückten an, ihnen folgten die Spezialisten für die Kranaufstellung. Doch woher haben sie, die Architekten und Bauarbeiter, ihr Wissen? Sie besuchen Schulen, sie lesen Bücher. Woher kommen die Bücher? Woher kommt das Papier? Woher kommen die Kräne? Der Stahl für die Kräne und die Rostschutzfarbe? Woher kommen die vielen, vielen Ziegelsteine, woher kommen die Fensterrahmen, woher kommt das Glas? Ahnt ihr, was für ein Wunder ein Haus ist? Soviel dazu. Doch davon wird es noch nicht warm. Es fehlt die Leitung zum Kraftwerk. Also die Leitung verlegt, Rohre, isolierte Rohre im Erdreich verschweißt. Schnell ein Heizkraftwerk gebaut. Wie geht das, was brauche ich dazu? Sagt es mir. Woher bekomme ich die großen Kessel und den Spezialbeton? Doch wenn das geschafft ist, woher die Leute nehmen, ein solch kompliziertes Werk zu bedienen? Ach! Und die Kohle, die zum Heizen notwendig ist? Auf welchem Schiff, mit welchem Zug wird sie transportiert? Begreift ihr, welch unendliche Arbeit, welch unendliche Sorgen und Mühen damit verbunden sind? Nur die Gesellschaft ist in der Lage, das zu lösen. Und dabei habe ich mir nur ein Beispiel unter Abertausenden herausgegriffen. Ich hätte auch über ein Brot sprechen können oder über eine Hose. Alles bei uns ist so organisiert, daß die Produkte aus der Landwirtschaft und der Industrie die Menschen erreichen, für die sie gemacht sind. Jeder hat zu essen und zu trinken. Kein Obst muß in Häfen geschüttet, kein Getreide verbrannt werden. Darüber habt ihr nicht nachgedacht, he? Aber trotzdem gibt die Gesellschaft euch alles. Dabei sage ich nichts Neues, und als ich hierherkam, habe ich es nicht für möglich gehalten, daß es notwendig sein würde, solch einfache Dinge zu erklären. Ich dachte, wir wären schon weiter und könnten uns der nächsten Etappe zuwenden.

Und nun sagt doch bitte selbst. Lohnt es sich denn angesichts dieses Wunders überhaupt noch, darüber zu reden, wenn der Bus einmal zu spät kommt, vielleicht hatte er einen Reifenschaden, oder wenn der Strom ausfällt, vielleicht hat ein Blitz die Leitung getroffen? Wenn es statt dunkelbrauner Schuhe nur hellbraune zu kaufen gibt – sind die nicht ohnehin schöner?«

Alle schwiegen und sahen zu Boden. Pjotr Petrowitsch nahm bescheiden auf seinem Stuhl wieder Platz, die Hände auf den Knien. Endlich, sich mehrmals räuspernd, ergriff die Versammlungsleiterin das Wort.

»Ich glaube im Namen aller zu sprechen, wenn ich Ihnen, lieber, verehrter Pjotr Petrowitsch, herzlichen Dank für Ihre

Ausführungen ausspreche. Ich spreche wohl im Namen aller, wenn ich sage, daß niemand von uns mehr versteht, daß er die Dinge nicht so sehen konnte, wie sie in Wirklichkeit sind. Erst Sie, lieber Pjotr Petrowitsch, mußten uns lehren, unsere Augen endlich zu gebrauchen. Das beschämt uns tief. Und deshalb möchte ich Ihnen, Pjotr Petrowitsch, unseren Dank aussprechen. Sie haben uns beschämt. Haben Sie Dank, haben Sie vielmals Dank, lieber Pjotr Petrowitsch.«

»Och, nicht der Rede wert«, sagte Pjotr Petrowitsch fröhlich, stand auf und ging, als vermesse er mit jedem Schritt den Boden unter seinen Füßen, zur Tür. Von dort winkte er lustig mit seiner Schirmmütze. »Auf Wiedersehen, Kinder, bis zum nächsten Mal, vielen Dank, auf Wiedersehen, auf Wiedersehen.«

»Geht es Ihnen besser, Viktoria Federowna?« fragte Olga Wladimirowna und klopfte an die offene Tür.

»Oh ...«

»Geht es Ihnen besser, Viktoria Federowna?« Olga Wladimirowna zeigte zwischen ihren Augenbrauen wieder jene Falten, die Viktoria Federowna immer an das Emblem der Olympiade in Moskau erinnerten. Sie nickte.

»Es heißt, sie schicken die Küche heim. Wir geh'n auch«, sagte Olga Wladimirowna, während sie das Gummiband vom Rechnungshefter löste, ihn öffnete und den federnden Frontdeckel mit dem ausgestreckten Mittelfinger auf die Tischplatte drückte.

»Das wär schön«, wisperte Viktoria Federowna und kalligraphierte ihr Kürzel unter die erste der gestrigen Rechnungen von M III. Olga Wladimirowna blätterte um. Sie mußte nichts erklären. Um diese Zeit blubberte sonst schon immer das Wasser. Sie schloß den Hefter.

»Ich muß dann wieder.«

»Ich auch«, erwiderte Viktoria Federowna und rief wegen des plötzlichen Geschreis und Getrappels auf dem Flur: »Wie die Schulkinder ...«

Sie nickten sich noch einmal zu.

Schon um zwölf könnte sie zu Hause sein, eine Decke um die Füße legen, die andere über die Schultern ziehen. Und wenn sie aufwachte, würde sie Smetana und Warenje essen und den Fernseher anschalten. Aus der Handtasche nahm sie ein Buch, das in Zeitungspapier eingeschlagen war. Zwei Drittel hatte sie bereits geschafft, aber wegen Kopfschmerzen mitten in einer Episode aufhören müssen, die sich hinzog, ohne daß viel passierte. Sie blätterte, fand die blaßgrüne Eintrittskarte und las: »Ein Geschäftsmann, der für längere Zeit ins Ausland muß, schreibt seinem besten Freund, der sehr krank ist, jeden Abend einen Brief und schickt ihn als Fax. Doch bald hat er alles geschildert, was seinen Alltag ausmacht. Deshalb beginnt er zu fabulieren und zu erfinden. Und weil es nicht wie in Tausendundeiner Nacht ist und er täglich eine neue Idee braucht, bittet er Kollegen und Bekannte zu helfen. Der kranke Freund aber sammelt die Faxe, verbessert hier und da etwas und heftet die Blätter ab. Als er stirbt, enden die Geschichten. Der schreibende Geschäftsmann, noch benommen von der Nachricht, merkt nur allmählich, was der Verlust seines Freundes bedeutet. Plötzlich allein, läuft er in seiner Wohnung umher und kann tun und lassen, was er will. Nie zuvor hatte er sich einsam in der Stadt gefühlt – die Vorfreude, das Warten des Freundes waren seine Begleitung gewesen. Sie hatten ihn gezwungen, zu beobachten und zu erfinden, und vor der Verlorenheit bewahrt. Der Hang zum Spiel, zum Abenteuerlichen stürzte ihn wenig später in Verstrickungen und ruinierte ihn. Zuletzt wurde er von einer Frau im Zug Berlin–Petersburg gesehen. Doch nach einer stürmischen Nacht verschwindet er, und seine Spur verliert sich. Nur jene Mappe, mit den von seinem Freund gesammelten Schreiben, bleibt von ihm zurück.«

Viktoria Federowna seufzte leise, klappte das Buch wieder zu, zog alle Stecker heraus, nahm Mantel, Mütze und Tasche, schloß ab und ging.

Im »Dieta«, das auf ihrem Weg zur Metro lag, reihte sie sich nach dem Bezahlen in die Schlange für Milchprodukte ein, die neben der Kasse begann. Ihre Vorderleute eroberten in weiter Rechtswindung den Raum, ließen sich im Bogen zum Eingang zurückführen, stießen dann mit spitzem Knick nach vorn, fingen sich in einem Schlenker ab und landeten parallel zum Ladentisch und der Verkäuferin, die auf der anderen Seite den Kassenbon studierte. Viktoria Federowna erschöpfte das Anstehen zunehmend. Doch sie gehörte nicht zu den Frauen, die auf der Bank unterm Fenster saßen und erst aufstanden, wenn sie an der Reihe waren. Sie wußte nicht, woran sie denken sollte, und beobachtete deshalb genau, wie zwei Verkäuferinnen den mattsilbernen Kübel auf einen Schemel hievten. Während die eine mit dem Besenstiel unter den nach innen überstehenden Rand des schwarzen Deckels fuhr, hielt die andere den Kübel fest, das Gesicht abgewandt. Unzählige Male hatte Viktoria Federowna zugesehen, wie der schwarze Gummi ausgehebelt wurde, sie hörte das Flutschen voraus, bevor er sich maulartig öffnete und die Luft einsog. Sie wußte, daß von seiner porösen Unterseite die Smetana tropfen würde. Sie dachte daran, daß es keine Notwendigkeit gab, so lange anzustehen. Wäre die Schlange halb so lang, käme sie fünf Metros eher nach Hause und hätte nichts versäumt. Doch davon, daß sich alles im Leben ausgleichen würde, war sie überzeugt.

Die Blechkelle tauchte ein, rührte den Bodensatz auf und schlug von innen an das Gefäß. Viktoria Federowna schob das Marmeladenglas vor die Verkäuferin, die es auf die Waage stellte und wartete, bis der Zeiger stillstand. Ihre Augen blinzelten beim Ablesen – plus zweihundert Gramm.

Die übervolle Kelle, senkrecht aus dem Kübel gezogen, verharrte darüber, bis der herabrinnende Faden ausdünnte, riß, neu entstand, weißer Zwirn, wieder riß. Im nächsten Moment, und das war entscheidend, mußte die Kelle über dem Glas sein. Viktoria Federowna begeisterte dieser Coup: Lautlos schwebte der Hubschrauber ein, ging nieder, blitzschnell hatten sie Aktenkoffer und Angelina gepackt und waren entkommen. Unmögliches war möglich geworden. An einem neuen, dünnen Fädchen ließ sich die Kelle hinab ins Glas, stieß an den Rand und stülpte sich kuppelartig darüber. Nun waren sie in Sicherheit. Zwei Schläge mit dem Stiel – das Zeichen zur Kehre. Ohne Tropfspur ging es zurück zum Kübel. Sie drehten ab – und stürzten plötzlich in die Tiefe, tauchten ein in die Sahne. Was war passiert? Hatten sie den falschen Koffer? Die falsche Angelina? Es kam ihr wie eine Ewigkeit vor, bis sie wieder aufstiegen. Die Kelle, an den Glasrand gelangt, gab nur schluckweise die Differenz zur vorherbestimmten Summe ab. Der Ausschlag des Zeigers befriedigte Viktoria Federowna. Was einmal zuviel war, blieb unwiderruflich im Glas. Sie leckte am Glasgewinde. Dabei fiel ihr Blick auf den weißgrünen Aufkleber, der an den Fliesen hinter den Verkäuferinnen klebte: amerikanischer Kaugummi. Die Verkäuferinnen putzen ihn mit dem Lederläppchen, das für die Waagen bestimmt war. Viktoria Federowna schraubte den Deckel auf das Glas. Wie schnell sich die Zeiten ändern. Vor drei Jahren hatte irgendein Spaßvogel die Landkarte von Nordamerika hier an die Hauswand geklebt. Die Leute hatten die Städtenamen in kyrillischen Buchstaben dazugekritzelt und so oft darauf gezeigt und getippt, daß weiße Flecken entstanden waren, wie sie sich auf Orientierungsplänen an der Stelle des Standortes bilden.

Viktoria Federowna hatte mit einem Sitzplatz in der Metro gerechnet. Sie war enttäuscht und müde. Der Einkauf hatte sie erschöpft, und mit der Tüte in der Hand war es kein Spaß. Sonst spielte sie gern Kapitän und stand die Fahrt durch ohne Halt. Anscheinend war überall Stromausfall. Die Metro aber funktioniert immer.

Beim Anfahren entstand ein Schmerz im Hinterkopf, der sie an das Gewinsel erinnerte. Sie mußte sich schonen, sie mußte ruhig bleiben. Morgen war Freitag. Freitagabend spielten

Timofej Alexejewitsch und Igor Timofejewitsch miteinander Schach. Wenn es regnete oder überhaupt häßliches Wetter war, verfiel Viktoria Federowna in ausgelassene Stimmung. Das Spiel zwischen Vater und Sohn verbreitete Festtagsatmosphäre, und sie beeilte sich, mit den Vorbereitungen des Abendessens eher fertig zu werden als die beiden mit ihrem Spiel. Sie wartete am gedeckten Tisch und studierte das Fernsehprogramm. Die Filme kannte sie. Trotzdem entstand in ihrem Bauch ein Prickeln wegen der drei bevorstehenden Abende mit Konfekt. War das Spiel zu Ende, reichten sich Vater und Sohn die Hand – nie erfuhr sie, wer Sieger war. Nach dem Abendbrot arrangierten sie die Sessel. Viktoria Federowna saß in der Mitte, links davon Igor Timofejewitsch und rechts Timofej Alexejewitsch. Igor Timofejewitsch wartete neben dem Fernseher, bis Vater und Mutter ihre Plätze eingenommen hatten, zögerte einen Moment, drückte auf die rote Ein/Aus-Taste und huschte zu seinem Sessel, um gemeinsam mit den Eltern das erste Bild zu empfangen. Wenn dann Timofej Alexejewitsch die Hand auf Viktoria Federownas Arm legte und ihr ein Stück Nougat in den Mund schob, war sie glücklich. Und was man erlebt hat, kann einem niemand mehr wegnehmen. In letzter Zeit aber verglich sie sich häufig mit einer Primzahl, die immer allein blieb, während um sie herum die Leute ihr Leben mit anderen teilten.

Viktoria Federowna steuerte die linke Metrotür an, die auf einer der marmornen Bodenplatten aufsaß und bequem zu passieren war. An einem Kiosk kaufte sie ein kleines Weißbrot und »24-tschasa«, ihre Wochenzeitung. Auch die Seife durfte sie nicht vergessen. Früher hatte sie das neue Stück nur ans Waschbecken legen müssen, um das dünne Scheibchen der alten, das kaum noch die Handflächen voneinander trennte, mit dem neuen verschmolzen zu finden. Die Sparsamkeit des Vaters hatte der Sohn nicht geerbt. Und wenn nicht sie selbst das alte Stück benutzte, wurde es spröde. Stopfte sie es aber in den Abfluß, wo es sich zwischen den Verstrebungen auflösen würde, fand sie es bald auf dem Beckenrand wieder und benutzte es weiter. Seit sie allein war, schmiß sie es einfach weg. Während Viktoria Federowna die Seife zu den anderen Sachen packte, nahm die Verkäuferin die Finger aus dem Mund, um das Kleingeld herauszugeben. Es war kalt geworden.

Viktoria Federowna achtete auf den Schmerz im Hinterkopf – ein Hämmerchen, das jede zweite Sekunde schlug. Zuerst würde sie Badewasser einlassen, Sieb und Teekanne überm Klo leeren, die Kanne mit Wasser füllen und eine Hand als Deckel darauf halten, um nichts zu verschütten. Sonst reichte es nicht für die Pflanzen im Vorraum. Dann wäre es Zeit, Butterbrot mit Käse zu essen und als Nachtisch Smetana mit Zucker. Dann baden, dann im Wohnzimmer die Beine hochlegen, lesen, abends fernsehen und den Kopf stillhalten. Morgen war Freitag. Sie dachte an Olga Wladimirowna, an Timofej Alexejewitsch, an Igor Timofejewitsch und Pjotr Petrowitsch. Am meisten fürchtete sie die Stiefel. Wenn sie sich bückte, um den Reißverschluß bis ganz nach unten zu ziehen, wurde der Hinterkopf zum Nadelkissen. Vorher noch die Stufen. Das Aufschließen ginge von allein. Stets dachte sie dabei an Timofej Alexejewitschs Worte beim Einzug: Erst kommt der dunkle Schlüssel, dann der silberne und für die Innentür der goldene, und dann kommt unsere Wohnung. Der goldene war gedunkelt und der dunkle blankgegriffen. Der silberne hatte sich gehalten. An den Formen ließen sie sich unterscheiden.

Als sich gegen dreizehn Uhr von neuem der Gesang erhob, lagen die Stiefel von Viktoria Federowna vor dem Bett, Mantel und Mütze waren von der Sessellehne auf den Boden gerutscht. Im Korridor stand der Beutel mit dem Weißbrot, der Seife, der Smetana und ihrer Lieblingszeitung. Daneben lag die Handtasche und auf ihr der Schlüsselbund. Von der Tür sprang der Gesang auf den Schrank, aufs Bett und weiter zur Decke und zur Lampe. Dort hielt er sich, verlor bald an

Kraft, zog sich zurück über Schrank und Bett zur Tür und an die Scheiben, verebbte. Das Gewinsel blieb. In den Augenblicken aber, die dem Einsetzen oder Abklingen vorausgingen, hätte man ein Schnippen hören können, wenn auch gedämpft von der Bettdecke, unter der Viktoria Federowna schlief.

»HM«, SAGTE Lorenzen, »und weiter?«

»Ja«, sagte Graefe, »er grinste und ging.«

»Mit dem Geld?«

»Ja, und die anderen applaudierten.«

»Ach was?« Lorenzen lehnte sich über den Schreibtisch zur Sprechanlage.

»Mascha, hören Sie? Sagen Sie der Security, daß wir uns fertig machen, verstanden?«

»Okay«, sagte Mascha durch die Sprechanlage, »verstanden.«

»Mascha, und sagen Sie denen, die sollen verdammt noch mal die Augen aufhalten, verstanden?«

»Okay«, sagte Mascha, »ich sag's ihnen.«

Lorenzen ging, eine Hand auf den Schreibtisch gestützt, zurück zum Sessel.

»Gehn wir das mal Punkt für Punkt durch, daß uns da nichts dazwischen gerät. Das schmeckt mir nicht!«

»Ja«, sagte Graefe und zog den Stuhl soweit an den Schreibtisch heran, daß er gerade noch Platz hatte, seine Beine übereinanderzuschlagen.

»Typen wie Schigulin muß man zu nehmen wissen, sonst nehmen die uns aus«, sagte Lorenzen. »Bis aufs Hemd.«

»Ja«, sagte Graefe, »bis aufs Hemd!«

»Wir müssen die nur zu nehmen wissen.«

»Ja«, sagte Graefe.

»Sind Sie denn sicher, daß Schigulin unser Mann war?« fragte Lorenzen. Der Bleistift, eben noch zwischen die Kuppen der Zeigefinger geklemmt, fiel auf den Tisch. Graefe zuckte zusammen.

»Was heißt schon sicher ...«

»Deshalb frag ich Sie ja!« rief Lorenzen. »Daß uns da nichts dazwischenkommt!«

»Ist klar«, sagte Graefe. »Sicher kann man hier nie sein.«

»Müssen wir aber«, sagte Lorenzen, »müssen wir aber, mein Freund.«

Aus der mittleren Schublade nahm er den Browning und legte

ihn auf die Schreibunterlage neben den Bleistift. Dann zog er das Magazin heraus und lehnte sich zurück.

»Der ist geldgierig, weiter nichts«, sagte Graefe.

»Ist doch gut, Menschenskind«, sagte Lorenzen. »Eins müssen Sie wissen. Denen hilft nur noch Geld. Geld und Kompetenz. Sonst nichts. Deshalb sind wir wichtig hier, verstehen Sie?«

»Ja«, sagte Graefe, »ich weiß. Ich wünschte nur, das wäre denen klar, so klar wie uns!«

»Richtig«, sagte Lorenzen, »Gequatsche bringt nichts.« Lorenzen besah seine Handflächen. Dann spielte er weiter mit dem Magazin. »Wieviel hat er verlangt?«

»Er hat gesagt«, antwortete Graefe, »daß er für zwanzig Dollar jemanden kennt, der es reparieren würde.«

»Wahnsinn!«

»Ja. Und für zwanzig Dollar hab ich's gestern gekauft!«

»Und heute ist es kaputt!« sagte Lorenzen und schüttelte den Kopf. Plötzlich schnellte er vor. »Mascha, was ist mit dem Wagen?« Dann rief er zur Tür: »Mascha?«

»Sorry«, hörten sie Mascha. »Der Abwasch.«

»Was ist mit dem Wagen?«

»Die wissen Bescheid!«

»Danke«, sagte Lorenzen.

»Ja, seine Preise waren gut«, sagte Graefe. »Wir haben viel gekauft, aber einmal ist Schluß.«

Lorenzen schob das Magazin wieder ein und drückte mit dem Handballen dagegen.

»Wieso ist sein Job Tarnung? Was meinten Sie damit?«

»Haben Sie den Moskwitsch gesehen, den roten?« fragte Graefe und betrachtete den tiefen, dichten Haaransatz auf Lorenzens Stirn. Er hatte etwas von einem Igel oder Maulwurf.

»Wie kommt der zu so einem Stück, frag ich mich, selbst wenn er Finnen und Amis beliefert wie uns?« Graefe rieb sich die trockenen Hände.

»Und weiter?«

»Jetzt hat er ein Goldkettchen am Handgelenk, wie die Österreicher.« Graefe verschränkte die Arme vor der Brust. »Jetzt denkt er, er ist wer.«

»Und da haben Sie das mit dem Geld gemacht?«

»Ja. Dann hab ich das mit dem Geld gemacht.«

»Wieviel?« fragte Lorenzen. »Fünfzig?«

»Ja. Ich hab noch nen Zehner draufgelegt, sechzig.«

»Und dann haben Sie ihn singen lassen?«

»Ja. Für sechzig Mark hab ich ihm gesagt ...«

»Ach Mark!« unterbrach ihn Lorenzen.

Graefe lächelte. »Klar.«

»Volkslieder?« fragte Lorenzen.

»Mehr revueartig, Schlager, fast Chanson ...«

»Und dabei hat Schigulin das Ding repariert?«

»Ja, und gesungen.«

»Vor allen?«

»Ja. Auch Mascha hat applaudiert.«

»Er hat Sie reingelegt!« sagte Lorenzen und warf sich gegen die Sessellehne. »Total reingelegt!«

»Woher sollte ich wissen, daß er im ... in einem Klub auf der Insel den Kasper macht?« Graefe stellte die Beine schräg. »Und er tanzt dabei!«

»Sozusagen als Zugabe«, sagte Lorenzen, der Graefe – das Kinn auf der Brust – von unten ansah.

»Ja.«

Lorenzen beugte sich über die Sprechanlage. »Mascha, ist der Wagen da?«

»Alles okay.«

»Danke«, sagte Lorenzen, stand auf und öffnete den Garderobenschrank. »Das nächste Mal denken wir uns zusammen was aus.«

Graefe knöpfte das Jackett zu und nahm seinen Mantel.

»Ob es Sinn hat, wenn ich mit ihm rede?« fragte Lorenzen.

»Ja. Ich weiß nicht.«

Lorenzen steckte den Browning ein. »Sie kommen doch mit?«
Er sah Graefe mit gerunzelter Stirn an. Sein Haaransatz
rutschte noch näher an die Augen. »Ich hab reservieren las-
sen, im Tschaika, den Ecktisch.«
Graefe öffnete seine Hände, als würde er einen Ball fangen
und sagte dann: »Gern.«
Noch einmal beugte sich Lorenzen vor. »Mascha, sagen Sie
ihnen, daß wir jetzt kommen. Die sollen verdammt noch mal
die Augen aufhalten, Mascha, sagen Sie denen das! Hören
Sie, Mascha?«
»Alles roger«, sagte Mascha.
Es knackte, als Lorenzen die Sprechanlage ausschaltete.
Graefe zuckte zusammen.
»Nach Ihnen«, sagte Lorenzen und ließ Graefe zuerst durch
die Tür.

HENRY JONATHAN Ingrim betrat gegen elf ein Restaurant auf dem Newski, um einen Imbiß zu nehmen, der einem entstehenden Hungergefühl vorbeugen sollte. Am besten, man erledigte das gleich und hatte so noch den ganzen Tag vor sich. Nach einer halben Stunde kam er gestärkt heraus, besuchte mehrere Geschäfte und fand auch etwas, was zu kaufen sich lohnte. Als es halb eins wurde, betrat er ein Restaurant auf dem Newski, denn wer weiß, ob er so schnell wieder eins finden würde. Von dem Schnitzel säbelte er zu seiner eigenen Überraschung nur die Ränder ab und ließ die Rechnung kommen. Da erinnerte er sich wieder an den Imbiß.

Nun stand ihm immer noch der größte Teil des Tages bevor.

»WER DA?« fragte ich und versuchte, so geräuschlos wie möglich meine Hose anzuziehen. Es war neun. Schon seit Mitte Juni hatten wir kein warmes Wasser mehr, und morgens brauche ich mindestens die Aussicht auf eine Dusche, um aus dem Bett zu kommen. Beim Rattern meiner Türklingel war ich zusammengefahren.

»Wer da?« rief ich zum zweiten Mal, schon lauter, wie es mich mein Vermieter gelehrt hatte. Ich war entschlossen, ohne Antwort nicht zu öffnen, und begnügte mich damit, den mittleren und obersten Knopf meiner Hose zu schließen. Da ich das Scharren von Füßen auf dem Treppenabsatz hören konnte, mußte man meine Frage auch da draußen verstehen. Ich zog das Hemd an, öffnete die beiden Schlösser der ersten Tür und rief – ich war tatsächlich ärgerlich –: »Wer da?«

»Ich grüße Sie!« erscholl eine helle Frauenstimme, die für jeden Chor eine Bereicherung gewesen wäre.

»Die Kommunistin«, durchfuhr es mich. Im selben Moment sah ich durch den Spion der äußeren Tür. Als erlaube sie sich einen Scherz, kam ihr Gesicht näher an mein Bullauge geschwommen. Sie öffnete das riesige Maul.

»Guten Morgen, guten Morgen«, rief sie mit ihrer glockenklaren Stimme. Sie war gekommen, sich zu rächen. Wahrscheinlich war sie bewaffnet. Nicht umsonst sagten alle, daß sie verrückt sei, meschugge, eine Amokläuferin. Und überhaupt, woher hatte sie meine Adresse? Und wie war sie ins Haus gekommen, da sie den Zahlencode des Eingangs nicht kannte? Sie für harmlos zu halten, könnte mich bitter zu stehen kommen.

»Was wollen Sie?« rief ich und merkte zu spät, wie schwach meine Stimme klang.

»Ich habe einen Artikel für Sie«, antwortete die Kommunistin immer noch freundlich.

Eigentlich mochte ich sie, dieses forsche Mütterchen, bei der alle die Augen verdrehten, wenn sie in der Redaktionstür stand. Sterndeuter, Wahrsager und die Predigerinnen des

Weltuntergangs behandelte man besser. Noch nie hatten wir auch nur eine Zeile von ihr gedruckt. Noch nie! Klar, daß ihr irgendwann die Geduld riß. Die Verbindung zwischen Miliz und Kommunisten funktionierte, wie man immer wieder hörte, ausgezeichnet, so daß sie ohne nennenswerte Schwierigkeiten an alle Informationen und, wenn sie wollte, auch an Waffen herankommen konnte. Das war nun mal die Ausgangslage.

»Warum kommen Sie zu mir?«

»Man hat mich zu Ihnen geschickt, um zu entscheiden.« Sie winkte mit einem Blatt Papier. Aber wo hatte sie die andere Hand?

»Warten Sie, ich bin nicht angezogen«, antwortete ich und ging durchs Wohnzimmer zurück ins Schlafzimmer, wo sie mich nicht hören konnte. Auf dem Nachttisch stand ein rotes Plastikauto – mein Telefon. Mit einer Hand griff ich mir das Fahrerverdeck samt Motor- und Kofferhaube, mit der anderen wählte ich die Nummer – an Stelle der Sitzbänke hatte es Tasten. Dann hörte ich unter der Motorhaube das Rufzeichen. In die Unterseite der Kofferklappe sagte ich nun, daß die Kommunistin mich belagere, und fragte, wie sie zu meiner Adresse gekommen sei, aber aus der Motorhaube kam nur Gelächter – ich legte auf.

»Ich habe gestern lange gearbeitet«, begrüßte ich die Kommunistin, bat sie herein und setzte den Wasserkessel auf. Vor ihr schämte ich mich nicht der Unordnung im Wohnzimmer, die das Wäschetrocknen mit sich bringt. Im Gegenteil. So sah sie, daß ich die Hausarbeit selbst verrichtete, und vielleicht mochte auch sie den Duft frischer Wäsche. Ihren Artikel hielt sie wie ein Flugblatt in der Hand.

»Aber bitte, setzen Sie sich, setzen Sie sich nur, bitte ...« Ich schob den großen Sessel heran, von dem ich die noch feuchten Strümpfe sammelte, und setzte mich selbst auf die Couch, wo meine Unterhosen auf der oberen Kante der Lehne trockneten.

Wortlos legte sie den Artikel auf den Tisch zwischen uns. Sie mußte ihn den ganzen Weg über in der Hand gehalten haben, denn das Blatt war nicht gefaltet, und eine Tasche hatte sie nicht dabei.

»Das ist für euch«, sagte sie. »Gestatten Sie, daß ich mich setze?«

Sie zog das Kopftuch von den Haaren. Mit ihrer Bräune und dem einfachen Kleid, über dem sie eine ausgebleichte Strickjacke trug, glich sie einer Bäuerin, die früh aufsteht, um die Morgenstunden zur Arbeit zu nutzen. Ihre Bewegungen waren jugendlich, ihre Gesichtszüge von schöner Klarheit, und ihre Augen mußten Aufsehen erregen, sosehr unterschied sich ihre Lebendigkeit von den matten, müden Gesichtern in der Metro oder im Bus.

Mit ineinandergefalteten Händen wartete sie, daß ich die Lektüre des Artikels beendete. Sie hatte die beiden mit Füller beschriebenen Seiten als Tatjana Iwanowna Kutusowa, zweifache Heldin der Arbeit, Rentnerin, unterzeichnet.

»Sie sind Deutscher, richtig?« fragte sie, als ich aufsah. Ich bejahte und legte das Blatt auf den Tisch. »Möchten Sie Tee?« Mit einer Handbewegung, die keinen Widerspruch duldete, lehnte sie ab. Sie fixierte mich und nickte ein paar Mal.

»Meine Meinung gefällt euch nicht?« fragte sie, als säßen wir nicht allein am Tisch. »Bitte, sagt, was euch nicht paßt, wir können offen darüber sprechen. Wenn ihr meine Überlegungen nicht als Beitrag veröffentlichen wollt, dann als Leserpost, ich unterzeichne mit Namen und Adresse.« Sie nahm ihren Ausweis aus der Strickjacke und legte ihn aufgeschlagen, mit dem Paßbild nach unten, vor sich hin.

»Wollen Sie wirklich keinen Tee?«

»Ich möchte nicht Ihre Zeit blockieren«, sagte sie, »aber ich verstehe die Ablehnung nicht, helfen Sie mir, das zu verstehen. Ich könnte eure Mutter sein, eure Großmutter.«

»Das ist Propaganda, Agitation, das sind keine Fakten«, erklärte ich und starrte auf das Blatt.

»Da habt ihr recht«, konstatierte sie, ohne die Hände aus dem Schoß zu nehmen, »aber Fakten und Tatsachen sind bekannt. Ich beschränke mich auf das Wesentliche und spare Platz.«

Der Wasserkessel pfiff.

»Und Sie wollen wirklich keinen Tee?« fragte ich schon im Hinausgehen.

Diesmal würde mich niemand zu einer Besprechung oder einem Telefonat aus dem Zimmer rufen. Mit einem Handtuch nahm ich den Kessel vom Herd. Das Pfeifen wurde leiser. Die Ausweglosigkeit lähmte mich. Gleich mußte ich zu ihr zurück.

In diesem Augenblick entschloß ich mich zur Auflehnung, so aberwitzig und aussichtslos sie sein mochte. Ich füllte die Kasserolle mit Wasser und setzte sie auf die Flamme. Mit dem Kessel ging ich hinüber ins Bad, spülte mit der Hälfte des kochenden Wassers die Wanne aus, steckte den Stöpsel in den Abfluß und goß den Rest hinein. Wieder in der Küche, füllte ich den Kessel von neuem, zündete die zweite Flamme an und setzte ihn auf. Ich hatte nicht einmal Schokolade oder Konfekt im Haus.

Die Kommunistin saß wie zuvor im Sessel, ohne sich anzulehnen. Als ich auf meinem Platz war, begann sie:

»Ich leugne nicht, daß wir Fehler gemacht haben, daß es unnötige Härten gab, daß Menschenleben sinnlos geopfert wurden. Aber man ließ uns auch keine Zeit, immer die ganze Wahrheit herauszufinden, die Welt stand gegen uns. Wichtig ist, daß Leuteschinder und Verräter ausgerottet wurden, zumindest die meisten. Es gab niemanden mehr, der von Ausbeutung lebte, und jeder erhielt die Chance zu ehrlicher Arbeit. Was erzähle ich euch, ihr wißt es doch. Wir beseitigten das Analphabetentum. Arbeiter- und Bauernkindern eröffneten sich plötzlich die gleichen Möglichkeiten wie den Kindern gebildeter Leute. An die Stelle des brutalen Marktes setzten wir den Plan, statt des Wolfsgesetzes des Kapitalismus herrschte bei uns, mehr oder minder, ein kameradschaftliches

Miteinander. Verzichteten wir auf etwas, so kam uns auch das wieder zugute. Für egoistische Interessen einzelner war kein Platz. Wir standen kurz davor, den Imperialismus mit unserer Produktivität zu besiegen. Aber sie zwangen uns ein Wettrüsten auf, das uns größte Opfer abverlangte. Sie verdienten daran gut, aber bei uns gab es doch niemanden, der davon etwas hatte. Im Gegenteil! Und trotzdem: Wir lebten ohne Angst vor dem nächsten Tag. Wo gibt es das schon. Glaubt ihr denn, woanders wäre eine Arbeiterin zur Erholung nach Sotschi gefahren? Denkt ihr wohl, aus Palästen wären Kinderheime geworden ohne die Sowjetmacht? Mußten alte Leute hungern und betteln? Hatten es die Mädchen nötig, sich zu verkaufen? Wir haben Fehler gemacht, ja, wir haben nicht hart genug durchgegriffen. Nur weil wir nicht hart genug waren, gelang es Juden und Revisionisten, die Sowjetmacht zu stürzen und Jelzin auf den Zarenthron zu heben. Die Hauptfrage unserer Zeit aber lautet: Ist die kapitalistische Gesellschaftsform auch nur im Ansatz in der Lage, die Probleme zu lösen, vor denen heute die Menschheit, die gesamte Menschheit steht? Darüber sollten wir sprechen!«

Aus der Küche zischte es. Das Wasser in der Kasserolle kochte und spritzte auf die Flamme. Ich kippte den verbliebenen Schwapp in die Wanne, füllte die Kasserolle und setzte sie auf den Herd zurück. Auch den Pfeiftopf leerte ich. Ich hielt die Tülle an den Wasserhahn und begriff in diesem Augenblick die ganze Hoffnungslosigkeit, ja Lächerlichkeit meines Vorhabens. Doch wer A sagt, muß auch B sagen. Die Kommunistin wartete auf Antwort.

»Wissen Sie«, sagte ich, »als Junger Pionier empfand ich es als unerträglich, daß wir für das Abliefern der von uns gesammelten Altstoffe Geld erhielten. So war mein Beitrag für die gemeinsame Sache aufgehoben. Ich wollte kein Geld.«

»Das verstehe ich. Das verstehe ich sehr gut!« Ihre Augen leuchteten. »Selbst wenn es uns materiell besser ginge als früher, nehmen wir das ruhig einmal an, es ist ja nicht so, nur mal angenommen ... Ich frage euch, wäre das ein besseres Leben? Nein, man muß entschieden verneinen! Es wäre kein besseres Leben! Wir hatten eine Idee, versteht ihr, eine Idee!«

»Ja«, sagte ich, »natürlich verstehe ich das.«

»Was für ein Enthusiasmus beseelte uns alle nach dem Krieg! Und wie rasch kamen die Erfolge: Unsere Geschäfte waren Museen, da konnten wir kaufen! Und unsere Theatergruppe erst! Wohin wir überall reisten!«

Die Kommunistin zog ein gefaltetes Foto aus dem Ausweis.

»Das hier bin ich, im Stadion, allein auf der Bühne. Und hier, das sind hunderttausend Leute. Und die hier, einmarschiert in Blöcken, geordnet nach Berufen und Brigaden. Zuerst die Architekten und Ingenieure, gefolgt von Maurern, Zimmerleuten, Tiefbauern, Dachdeckern. All das umrahmten Sportlerinnen und Sportler mit Fahnen, Bällen, Tüchern, Bändern und Blumen. Die besten Athletinnen reichten dem Vorsitzenden und seinen Stellvertretern Blumenbouquets auf die Tribüne hinauf, so daß sie gar nicht mehr applaudieren konnten. Was haben wir gelacht. Und ich stimmte ein Lied an, ins Mikrofon, und der Chor hinter mir fiel ein, und schließlich erfaßte die Melodie alle Menschen im Stadionrund.« Die Kommunistin lehnte sich zurück und sang ein paar Takte. Aus der Küche zischte es.

»Wissen Sie, warum ich einen Piloten heiraten wollte? Weil er all das, was wir vollbrachten, auch sehen konnte!«

»Eine Minute bitte«, sagte ich. Die Kommunistin hatte sich so weit vorgelehnt, daß ich fürchtete, sie würde im nächsten Moment meine Hände ergreifen.

Der Pfeifkessel spuckte Wasser. Auf einen Gang mit ihm kamen zwei mit der Kasserolle. In der Eile konnte ich nicht entscheiden, ob es für das Anrichten des Bades besser sei, das Wasser zum Kochen zu bringen und dann kaltes aus dem Hahn einzulassen, wobei sich eine Vielzahl von Gängen erübrigte, oder ob es nicht eher zum Erfolg führte, in kürzeren Abständen nur erwärmtes Wasser zu benutzen und auf die

Zufuhr des kalten zu verzichten, da ja mit der bis jetzt nicht abschätzbaren Dauer dieser Arbeit auch eine Abkühlung des bereits hinübergetragenen Wassers zu erwarten war. Ich wußte keine Formel, mit der die Effektivität zu berechnen gewesen wäre. Günstig war in jedem Fall, das warme und mitunter kochende Wasser dicht über dem bereits vorhandenen Wasserspiegel auszugießen, um eine unnötige Abkühlung aufgrund der Fallhöhe zu vermeiden.

Die Kommunistin band ihr Kopftuch um.

»Überschlaft es noch einmal. Dann diskutieren wir neu. Auch mit den anderen. Nur so kommen wir voran!«

Sie wartete im Vorraum, bis ich die Türen entriegelt hatte.

»Was mich nicht umbringt, macht mich stärker!« Sie streckte mir die Hand zum Abschied entgegen. »Verstehen Sie dieses Sprichwort?«

»Ja, verstehe ich.« Und nachdem ich der Kommunistin noch einmal zugewunken hatte, schloß ich beide Türen.

Es war noch keine Stunde vergangen, als ich beim Anblick der halb gefüllten Wanne plötzlich begriff: Meine aussichtslose, vermessene Rebellion würde gelingen! Heute noch sollte ich baden! Diese Gewißheit kam so unerwartet, daß ich, überwältigt von ihr, augenblicklich jene Erregung verspürte, mit der ich bald ins Wasser tauchen sollte, wo sich, geborgen von Wärme, alle Plackerei in Glück wandeln würde.

DIE PÄSSE verliehen dem Jackett, in dem sie auf Herzhöhe steckten, die Qualität einer kugelsicheren Weste. Doch das bedeutete nicht, unverwundbar zu sein. Unser Wagen folgte dem Asphalt, der über den Sand der breiten Waldschneisen gegossen war. Das Lämpchen neben dem Tachometer begann, jede Viertelstunde von neuem zu flackern, und nach knapp einer halben Stunde leuchtete es wie ein Bremslicht rot vor unseren Augen. Wir schütteten Öl und Wasser mal gleichzeitig, mal im Wechsel in verschiedene Öffnungen unter der Motorhaube und löschten für eine Viertelstunde die angezeigte Gefahr. Dann aber endete der Asphalt. Ein paar hundert Meter weiter lag ein Mensch quer über der Trasse. Wir fuhren langsamer. Als wir den Körper passiert hatten, stieg einer von uns aus und überzeugte sich: Kein Toter, eine Frau, sie hatte getrunken. Zu unserer Linken schimmerte das Meer durch die Bäume, und bald begann wieder der Asphalt.

Jedes Auto, das wir überholten oder das uns entgegenkam, war ein Verbündeter. Unsere besondere Liebe galt den finnischen Fernlastern. Jeder Wagen, der sich von hinten näherte und dessen Insassen beim Überholen herausgafften, bereitete Unbehagen. Wir zählten die Kilometer, um die wir uns aus dem letzten Dorf entfernten, schätzten aber gleichzeitig auch jene Entfernung, die uns noch vom nächsten auf der Karte markierten Namen trennte. Wir merkten kaum, daß es angefangen hatte zu regnen. Nach drei Stunden Fahrt erreichten wir die schöne Stadt Wyborg.

Männer jeden Alters umzingelten uns, sobald wir den Wagen verlassen hatten. Mit diversen Offerten, teils russisch, teils finnisch, drängten sie näher heran. Anfangs winselten sie nahezu, jammerten. Doch als wir zurückwichen, unseren Wagen wieder öffneten, wurde ihr Tonfall stufenlos fordernd, schimpfend, gar drohend. Sie hetzten die Kinder los. Rasch verriegelten wir von innen die Türen und fuhren an – erst langsam, daß sie beiseite springen konnten, dann schneller. Irgend jemand trat gegen unseren Kotflügel. Als Steine flogen, beschleunigten wir zur vollen Geschwindigkeit. Die Leute schrien und verwünschten uns.

Hinter Wyborg passierten wir die hohe, schmale Hängebrücke, auf der ein Soldat patrouillierte. Für die Dauer der Überquerung bot sich uns ein hinreißender Blick übers Land: hinter uns die Stadt mit ihren Türmen, neben uns sich weithin streckende Flußarme und Seen und vor uns ein endloser Wald. Wir waren noch voller Begeisterung für diese Silhouette, für diese Landschaft, da stoppte uns, wie zum Zeitvertreib, eine Bande von jungen Kerlen in Stiefeln, die neben der Straße lagerte. Sie verlangten, einzig legitimiert durch einen Schlagbaum, Einblick in unsere Pässe.

Ihr Hauptmann, oder was auch immer er war, beugte sich über die herabgelassene Scheibe des Beifahrers und bedeutete mit einer Geste, als finge er Mücken, den Motor abzustellen. Er befahl, das Fenster ganz herunterzudrehen. Erst dann war es ihm bequem genug. Im regelmäßigen Takt schnalzte er ein Streichholz zwischen den Mundwinkeln hin und her. Das ließ auf ein gutes Ende seines Eingriffs hoffen. Wir schwiegen. Plötzlich aber stand das Streichholz zwischen den Vorderzähnen still. Wessen Paß prüfte er gerade? Die anderen schlenderten am Straßenrand auf und ab, ließen uns aber nicht aus den Augen. Zwei von ihnen lehnten am Schlagbaum und grinsten.

Was würden sie verlangen, damit wir passieren konnten? Wir waren auf alles gefaßt. Der Hauptmann spuckte das Streichholz zur Seite und ließ die Pässe in den Schoß des Beifahrers fallen.

Beim Anfahren konnten wir uns eines kurzen Grußes, aus dem Erleichterung und Dankbarkeit sprachen, nicht enthalten. Auf dem folgenden Abschnitt rückte der Wald dicht an die Straße heran. Trotz des dringenden Wunsches, Wasser zu lassen, fuhren wir zügig weiter.

Die zweite Sperre war schon von weitem sichtbar. Linkerhand dehnte sich ein Moor, in dem, wie Stangen, abgestorbene

Bäume steckten. Hier gab es kein Leben mehr. Auf der rechten Seite war der Waldboden kahlgefegt. Der Wagen rollte aus. Mit gleichgültigen Gesichtern näherten sich uns die Bewohner der Wache, umkreisten unseren Wagen und schoben ohne weitere Umstände die Gitter beiseite. Aus den Augenwinkeln sahen wir rechts den fein geharkten Sandstreifen, der als Schneise durch den Wald lief.

Wir fuhren weiter, achteten aber darauf, die vorgeschriebene Höchstgeschwindigkeit nicht zu überschreiten, und erreichten Sperre drei. Diese öffnete sich von selbst, ohne daß wir anhalten mußten. Dann reihten wir uns ein in die Schlange wartender Autos, zu denen heitere Touristen gehörten. Allmählich klarte der Himmel auf. Schnell erledigten wir die Formalitäten, gingen zu Fuß durch den Zoll und holten den Wagen nach. Es hatte keine Beanstandungen gegeben. Bevor wir die Fahrt fortsetzten, nahmen wir noch ein Toilettenhäuschen in Anspruch.

Flott passierten wir einen gehobenen Schlagbaum und freuten uns, wie sich der Asphalt zu einer Straße mit Mittel- und Randstreifen glättete. An den Seiten erschienen Leitplanken und Parkplätze, die Autos waren sauber und ohne Rost, die Wiesen saftig und die Häuser gepflegt. Wir hatten es geschafft!

Keine zwanzig Minuten später saßen wir auf der Terrasse eines hübschen Restaurants und bestellten Steaks, Herzoginnenkartoffeln und Champignons, als Vorspeise griechischen Hirtensalat, dazu einen herrlichen Chianti classico, anschließend Kaffee und gebackene Bananen mit Vanilleeis. Jetzt erst merkten wir, welche Spannung auf uns gelastet hatte.

Während wir rauchten und sich das Sättigungsgefühl einstellte, diskutierten wir darüber, daß wir unsere Mission letztlich erfolgreich durchgeführt hatten.

Allerdings mußten wir einräumen, daß nicht alles optimal verlaufen war. So hatte man beispielsweise Boris aus dem Wagen geholt. Mein Gegenüber fand jetzt auch Kraft zu der Aussage, daß er aus dem Rückfenster habe beobachten können, wie

man Boris unter Kolbenschlägen, die ihn ins Stolpern brachten, in Richtung Moor trieb. Wir stimmten darin überein, daß
dies kein gutes Zeichen für seine weitere Zukunft war, litt er
doch schon seit längerem an einer Herzschwäche.

»NEIN, NEIN, ich habe keine, ich habe keine Karte übrig!«
wiederholte ich. »Gestatten Sie bitte – nein, glauben Sie mir!«
So schob ich mich Schritt um Schritt durch den Menschen-
pulk, der sich vor dem Eingang des Palastes bis auf die Straße,
bis zurück zum Geländer der Fontanka staute. Kaum hatte
einer der schwarz gekleideten Türwächter meine über den
Kopf gehaltene Einladung erkannt, als er mir schon entgegen-
stürzte, mit ausgestreckten Armen, die Menge teilend wie ein
Schwimmer das Wasser. Seine weißen Handschuhe packten
mich an der Schulter. Ich wurde unter den Türbogen gezerrt.
Hier aber ließ er von mir ab, strich mein Jackett glatt, lüpfte
seinen Zylinder und verlangte die Einladung zu sehen, als
wäre ich erst in diesem Moment vor ihm aufgetaucht. Dann
verbeugte er sich, das Tor ging auf, und ich trat ein.
Während der Waffenkontrolle, die nachlässig ausfiel, ertönte
eine Bläserfanfare, die gleich darauf meine einsamen Schritte
über die Marmortreppe begleitete. Mädchen und Knaben, im
Spalier aufgestellt, hießen mich auf jeder zweiten Stufe durch
Knicks oder Verbeugung willkommen und nickten mir zu, als
begännen wir gleich ein Menuett. Am ersten Absatz, wo sich
die Treppe in zwei Aufgängen zurückwandte, trat ein Kinderpaar vor und eskortierte mich auf der rechten Seite hinauf.
Noch unter den Schlußakkorden der Fanfare beugte ich mich
über die Hand der Dame im dunkelblauen Atlaskleid, küßte
sie vorsichtig und nahm die letzte Stufe.
»Seien Sie uns willkommen!« Der ältere Herr im Frack neben
ihr, über dessen Weste eine rote Schärpe glänzte, musterte
mich mit blauen Augen. Ich ergriff die ausgestreckte Hand. Er
wußte meinen Namen und stellte mich seiner Gemahlin als
deutschen Kunsthistoriker vor, der sich aufgrund eines Stipen-
diums drei Monate in der Stadt aufhalte. Mit herzlicher Anteilnahme nannte er auch den Titel meiner Dissertation: »Farbe
als Stil – Der Einfluß der französischen Impressionisten auf
Repin«.
Aber noch ehe ich eine Frage an ihn richten konnte, intonier-

ten die Bläser erneut die Begrüßungsfanfare. Der Grandseigneur wünschte mir einen schönen Abend mit interessanten Begegnungen und Gesprächen. Wenn es seine Zeit als Maître de plaisir erlaube, sagte er, während ich ein Glas aus der Hand einer üppigen Italienerin entgegennahm, würde er gern mit mir konversieren, am liebsten auf deutsch – er verfolge meine Publikationen und interessiere sich außerordentlich für die Situation meines Vaterlandes.

»Auf Ihr Wohl!« Mit einer Handbewegung, die mich zum Trinken ermuntern sollte, wandten sich beide von mir ab. Ich leerte mein Glas und reichte es der Italienerin zurück. Irgendwoher kannte ich sie, die meine Hand ergriff und mich in den Vorsaal begleitete, dann aber entschwand, ohne daß wir ein Wort miteinander gesprochen hätten.

Auf der Suche nach Bekannten durchschritt ich drei hintereinandergelegene Säle zur Linken, die sich aufgrund der Spiegel zwischen den marmornen Pilastern in ein Labyrinth verwandelten. Die mit reichem Stuckwerk verzierte Decke bot noch die beste Orientierung. Vor die hohen Fenster waren Vorhänge gezogen, um die Wirkung der Kronleuchter zu steigern.

Bei aller Pracht gab es in den kleinen Räumen, welche die Säle miteinander verbanden, auch Nischen, wie man sie als Caféecke in Museen und Pionierpalästen findet, wo sich an Sprelacarttischen allerlei Volk drängt, um belegte Brote und Würstchen zu verschlingen und bei einer Tasse Tee zu plaudern. In diesen späten Implantaten des Palastes fühlten sich jene am wohlsten, von denen ich mir nicht erklären konnte, wie sie den Grandseigneur und seine Gattin hatten passieren können. Robuste Burschen mit kurzgeschorenen Haaren hielten ihre Köpfe dicht aneinander. Beim Sprechen entblößten sie unbeschreibliche Zahnlücken. Die unteren Chargen steckten in hellen Anzügen, die derart an den Schultern spannten, daß die Arme wie Fremdkörper herabhingen. Gut saßen dagegen die Jacketts ihrer Anführer. Aus den Augenwinkeln taxierten die Kurzgeschorenen ihr Umfeld und verstummten, wenn eines jener Paare, die zum unmittelbaren Kreis um den Grandseigneur zählen mußten, an ihnen vorüberkam. Diese Aristokraten, ich nenne sie einfach so, weil es kein treffenderes Wort für sie gibt, flanierten entlang der Spiegel oder standen in Gruppen beieinander, wobei die Damen, sie trugen nur schweren Schmuck, auf zierlichen Sesseln Platz nahmen. Ihre Bewegungen zeugten von Zurückhaltung und Vorsicht, als hätten sie in ihrem Leben nur Kristall oder Porzellan berührt. Die Herren neigten ihre Köpfe auf eine Art, daß sich mir der Ausdruck »Gehör schenken« nun in seinem Ursprung erschloß.

Die Kahlgeschorenen und die Artistokraten hielten sich voneinander fern. Die Künstler aber tauchten wie Emissäre mal bei den einen, mal bei den anderen auf und mühten sich als Gastgeber um alle und jeden.

»Fühlen Sie sich wohl?« Scipio strich sich eine glänzende Strähne aus der Stirn. Er erinnerte mich immer an ein schönes Pferd. Seine Frau, Anastasia, durch die Korkschuhe einen halben Kopf größer als wir, zeigte sich im engen, grünen Overall. Anstatt einer Handtasche hielt sie eine grüne Literflasche unterm Arm. Sie küßte mich auf beide Wangen, und Scipio verteilte Zigaretten. Reihum tranken wir den grünen Cocktail, rauchten und fingen eine Unterhaltung an, die sich ausschließlich damit befaßte, ob die Gesellschaft dieser »Bonaparty«, die das Juni-Ereignis war, eher ins neunzehnte oder ins achtzehnte Jahrhundert gehöre, und lachten immer lauter, bis ein Fotograf Scipio am Ellenbogen faßte und in den benachbarten Raum zog. Anastasia folgte ihnen.

Ich drückte die Zigarette aus und spazierte weiter. Nach zehn Minuten fand ich mich auf der kleinen Galerie, die das Treppenhaus überwölbte, wieder, keine zwei Meter neben dem Grandseigneur.

»Sie finden wohl niemanden zum Plaudern?« Ich zuckte mit den Schultern und versuchte, ebenso herzlich zu lächeln. Der

Grandseigneur nahm vom Tablett eines als Liftboy gekleideten Kellners drei Gläser, reichte das erste seiner Gemahlin und winkte mich zu ihnen. Wir prosteten uns abermals zu und stießen auf das Gelingen der »Bonaparty« an.

Wieder erklang die Fanfare. Es trafen noch immer Gäste ein, meist Paare oder Familien mit ihren erwachsenen Kindern, die ich, über die Brüstung der Galerie gebeugt, zunächst nur als Frisuren und Schultern erblickte. Mehr und mehr Petersburger Geschäftsleute erschienen, die sich weder den Aristokraten noch den Kurzgeschorenen zuordnen ließen und sich in ihren flinken Bewegungen von den Vertretern der Konsulate unterschieden. Ich achtete auf den Grad von Verbindlichkeit, mit dem der Grandseigneur seine Gäste empfing, und verglich mich mit jenen Männern, die schöne Frauen heraufführten. Im Hintergrund hielt sich der Kellner mit neuen Gläsern bereit. Aber der Wink für ihn blieb aus. Denn kaum war der letzte Fanfarenstoß verklungen, bauten sich erneut die ersten Töne zum Akkord auf. Dem Kinderpaar, das die Eskorte übernahm, färbten sich schon die Wangen rot – da erstarrte ich!

Unter den Handflächen verflüchtigte sich die Brüstung, mein Körper vervielfachte sein Gewicht. Die Halbglatze mit der langen Nase und den dürren Beinen ... Solange er nicht den Absatz erreicht hatte, konnte ich noch flüchten, mich verbergen, und bei der erstbesten Gelegenheit entkommen. Sinnlos die Hoffnung, gleich werde sich mir ein fremdes Gesicht zuwenden. Ich sah doch seine spitz auffahrenden Knie. Ein Skandal zog herauf, vielleicht gar eine Handgreiflichkeit. Natürlich war ich bereit, mich in aller Form bei ihm zu entschuldigen – oder mich auf ihn zu werfen ...

Wladimir, sogar im Smoking, jetzt zwei Stufen auf einmal nehmend, stürmte empor. Das Kinderpaar blieb zurück. Wild lachte er. Ich stand bereit ...

Da beugte er sich tief zu ihrer Hand herab und küßte sie lange, um der Grande Dame Zeit zu geben, durch sein spärliches Haar zu streichen. Gleich darauf breitete er die Arme aus. Der Alte drückte ihn an die Schärpe, küßte ihn.

Ich trat zu ihnen, der Grandseigneur nannte meinen Namen und wiederholte die lobenden Worte von vorhin. Wladimir aber sei einer der bedeutendsten Künstler, nicht nur der Stadt, sondern des Landes, vielleicht Europas. Wir sollten einander kennenlernen.

»Sehr angenehm.« Wladimir faßte meine Hand und schüttelte sie kräftig, als wären wir uns noch nie begegnet. Ich lachte auf, wußte aber nicht, wie weiter. Doch er tat so, als wäre alles in Ordnung; ja, er lud mich sogar in sein Atelier ein, und der Grandseigneur legte uns wie Söhnen die Hände auf die Schultern. Ich litt unter dem tölpelhaften Eindruck, den ich eben gemacht hatte, freute mich aber gleichzeitig über die Auszeichnung, die eine solche Geste bedeutete, und war trotzdem wie erlöst, als die Italienerin zu singen begann.

Wir gerieten ans rechte Ende des Halbkreises, der um die Sängerin entstanden war. Je dringender ich glaubte, jetzt das richtige Wort finden zu müssen, um so elender fühlte ich mich, um so aussichtsloser stellte sich meine Lage dar.

»Ich freue mich, daß Sie hier sind!«

»Was?« fragte Wladimir aus dem Mundwinkel und nickte der Schönen zu, deren Arie sich in den letzten Sprüngen befand.

»Ich freue mich«, wiederholte ich.

Die Augen der Italienerin weiteten sich, die Wendungen ihres Kinns wurden abrupt. Ihr an der Stirn gescheiteltes, hinten aber in vielen Flechten sonderbar heraufgenesteltes Haar erzitterte. Sie konnte nur Koloraturen singen, so eng war ihr weißes Plisseekleid geschnürt, das Brust, Schultern und Nakken nur knapp verhüllte.

»Ich freue mich, daß Sie hier sind!« flüsterte ich und glaubte, eine gewisse Verjüngung an Wladimir zu bemerken.

»Funny«, gab er leise zurück, applaudierte als erster, löste sich aus dem Publikum und führte die rechte Hand der Italienerin an seine Lippen. Auch wie er sich aufrichtete, an ihre Seite trat und sie Schritt um Schritt zurückgeleitete, ihre Finger wieder losließ, um selbst zu applaudieren, während sie auf jedes »Bravo, Guiletta! Da capo!« den Kopf senkte – alles geschah mit größter Anmut. Das Hölzerne seiner Bewegungen schien in den vergangenen Wochen zu vollendeter Geschmeidigkeit gelöst. Traumwandlerisch öffnete er die Flügeltür hinter sich, ließ die rückwärts trippelnde Künstlerin ein und schloß lautlos das Gemach von innen. Der Beifall brach ab, und das Halbrund der Gäste verlor sich in kleinen Grüppchen.

Auf einmal stand Scipio wieder neben mir. Er maß mich von unten bis oben mit einem Blick, der alle Konzentration zwischen den Augenbrauen vergrub.

»Sie kennen Wladimir?« fragte er, ohne sich die geringste meiner Regungen entgehen zu lassen.

»Ja«, sagte ich, »ich wohne bei seiner Schwester.«

»Bei Swetlana?«

»Bei Swetlana!« bestätigte ich und lächelte auf die gleiche Weise wie er. »Bei der Schwester des zweiten Cézanne ...«

Scipio wieherte auf und trat dicht an mich heran.

»Schießen Sie los!« sagte er und zündete sich eine halb gerauchte Zigarette an. Anastasia legte mir eine Hand auf die Schulter.

»Grundsätzlich lehne ich Einladungen in Ateliers ab«, sagte ich, »sie verpflichten zu sehr. Hier aber hatte ich keine andere Wahl.« Nichts tat ich lieber, nichts schien mir befreiender, als über den Besuch in Wladimirs Atelier zu sprechen. Die beiden würden mich verstehen.

Ich erzählte, wie mich Swetlana an einem Samstagnachmittag vor sechs Wochen in eines jener komfortablen Ateliers auf der Wassili-Insel geführt hatte, die als oberste Etage auf die Neubauten gesetzt waren. Wladimir hatte mich an der Eingangstür nur kurz mit einem laxen Händedruck begrüßt. Ohne Swetlana auch nur anzusehen, erteilte er ihr die verschiedensten Anweisungen, um den Besuch eines französischen Sammlers vorzubereiten.

»Wissen Sie noch, wie er hieß?« fragte Anastasia.

»Nein, er ist nie aufgetaucht«, sagte ich. Rauchen durften wir nur im Treppenhaus. Ich blieb mir selbst überlassen und war froh darüber. Swetlana erklärte mir leise, daß das, was ich sähe, nur die kommerziellen Bilder seien, die künstlerischen befänden sich auf dem Zwischenboden, zu dem die schmale Holztreppe führe. Ich beobachtete Wladimir, wie er zwischen geschnitzten Rahmen, Schalen, Stühlchen und seinen Gemälden – ausnahmslos Frauengesellschaften in französischen (Frühling) und englischen (Herbst) Parks – umherging. Ein Bild nach dem anderen postierte er auf der großen Staffelei. Manchmal spielten die Damen Ball, manchmal betrachteten sie Schwäne und manchmal standen sie einsam im Mondlicht. Je länger aber der Franzose auf sich warten ließ, um so zutraulicher wurde Wladimir. Eine seiner ersten Mitteilungen war: »Heute kann sich jeder als Künstler ausgeben!« Er zählte diejenigen auf – wobei er jedesmal einen Finger der Linken mit der Rechten auf den Handballen drückte –, die nicht in der Lage seien, einen Akt zu zeichnen oder ein Stilleben. »Ihre Namen aber sind in aller Munde«, erklärte Wladimir und hob ratlos die leeren Hände. »Natürlich ist es schwer, wenn man sich nicht darauf versteht, den Galeristen und Journalisten täglich Aufwartungen und lohnende Geschenke zu machen. Aber«, fuhr er fort und boxte mit der rechten Faust mehrmals gegen die linke Handfläche, »man kann Arbeit dagegensetzen, harte Arbeit, um ihnen mit Qualität das Maul zu stopfen!«

»Gefällt Ihnen Swetlana?« fragte Scipio. Anastasia funkelte ihn an, lachte aber plötzlich.

»Wenn es einmal keine Künstler mehr geben wird«, sagte Anastasia und nahm einen Schluck aus ihrer grünen Flasche, »wird Swetlana sie neu erschaffen!« Sie hatte recht, denn Swetlanas Ergebenheit und die Verehrung ihres Bruders schlossen alles ein, was damit auch nur entfernt zu tun hatte, und waren selbst schon wieder schöpferisch zu nennen. In ihrer Hierarchie blieb nach den bildenden Künstlern, Schriftstellern und Komponisten, den Genies an sich, viel leerer Raum. Irgendwann kamen dann Philologen, Kunsthistoriker, ausgewählte Musiker und Schauspieler. Danach noch sie, die Verehrerinnen, Dienerinnen, Adorantinnen, Schwestern der Großen dieser Welt.

»Man soll ehrlich sein und sich nicht darüber lustig machen«, sagte Scipio. »Denn in dunklen Stunden ist eine Swetlana oft der einzige Trost.«

Ich schwieg. Aber auch Anastasia blieb ernst.

»Hat Wladimir von seinen Projekten gesprochen?« fragte Scipio und gab die grüne Flasche zurück.

»Nur vom Ränkespiel seiner Feinde«, sagte ich. »Denn er ist der festen Überzeugung, daß nichts unversucht bleibt, ihn als Mensch und Künstler zu diffamieren und ihn aus seinem Atelier, am liebsten aber ganz aus der Stadt oder besser noch aus dem Leben zu treiben. Selbst seine Frau, seine Muse, versuche man, ihm mit falschen Versprechungen abspenstig zu machen.«

Beide sahen mich ernst an.

»Er wehrt sich durch seine Arbeit«, sagte ich und verzichtete auf den ironischen Unterton. »Kennen Sie den Artikel: ›Wohin gehen unsere Künstler?‹« fragte ich.

Man hatte Wladimirs Manifest bis zur Unkenntlichkeit gekürzt, seine Ideen und Überzeugungen waren kaum verständlich geworden. Auch das eine Intrige seiner Feinde. »Sie haben ihn einen zweiten Cézanne genannt«, höre ich noch jetzt Swetlanas Stimme, die trotzig hinzufügte: »Einen dritten wird es nicht geben!«

Scipio und Anastasia hörten mir regungslos zu und ich sprach weiter, wie es mir einfiel.

Wahrscheinlich lag es an Swetlanas Enthusiasmus, daß Wladimir trotz des ausbleibenden Franzosen mit der Vorführung seiner künstlerischen Bilder begann. Durch seine abrupten, sich wiederholenden Bewegungen und seinen stockenden

Gang wirkte er alt. Immer wieder strich er das langgewachsene, dunkle Haar seitlich über seine Halbglatze. Ein Bild nach dem anderen balancierte er Stufe für Stufe von oben herab, setzte es auf die Staffelei und trat so weit zurück, daß er neben meinem Stuhl stehenblieb. Mit verkniffenen Augen wischte er seine Hände am Hemd ab und schnaufte.

»Die Meeresoberfläche ist noch zu eintönig! Finden Sie auch?!« Er biß auf die Lippen. »Diese Geste überzeugt nicht! Finden Sie auch?« Keines der Bilder – sie trugen Titel wie »Frauen bei der Aussprache«, »Breschnew – ein Wahnsinniger«, »Der finnische Meerbusen«, »Georgier beim Teetrinken«, »Abfahrt«, »Der Tod des Kosmonauten«, »Sacharow in Moskau«, »Tisch im Atelier«, »Bettler am 1. Mai«, »Der Newski« – keines dieser Bilder verschwand, ohne daß es Wladimir für schlecht, mangelhaft oder im besten Fall für unvollendet befunden hätte. Einzige Ausnahme blieb das Porträt von seiner Frau Julia: ein vollendetes Gemälde!

»Wie finden Sie nun seine Arbeiten?« fragte Scipio, dem jede Fröhlichkeit abhanden gekommen war. Ich sagte etwas in der Art, daß mir die Farben gefielen und daß es tatsächlich sehr viele Anklänge an Cézanne gebe. Nebenbei wies ich darauf hin, daß der russische Zoll bei der Ausfuhr das Sechsfache des Kaufpreises verlange.

»Auch im Westen wird man noch begreifen«, sinnierte Scipio, »daß ein braungebrannter Körper schöner ist als ein schwarzes Quadrat. Aber erzählen Sie weiter.«

Zum Schluß hatten Wladimir, Swetlana und ich darauf angestoßen, daß die großen Maler nicht erst nach ihrem Tod anerkannt würden, wie beispielsweise van Gogh, sondern bereits zu Lebzeiten etwas von jenem Dank erhalten müßten, den die Nachwelt später immer so reichlich zu spenden bereit war.

»Deshalb bot ich ihm Geld für die Porträts«, rechtfertigte ich mich vor Scipio und Anastasia. »Ein großer Fehler!« ergänzte ich.

Wladimir hatte mich nach der Werkschau zweimal gezeichnet,

die Blätter signiert und mir zusammengerollt überreicht. Und ich hatte ihm hundert Mark angeboten, damit er sich Farben, Leinwand, Rahmen usw. kaufen könne. Als Antwort schlug Swetlana die Hände vors Gesicht. Wladimir preßte die Lippen hart aufeinander. Das Geld wieder einzustecken schien mir gänzlich unmöglich. Er sei betroffen, sagte Wladimir, daß ich ihn so mißverstanden habe. Plötzlich aber schrie er: »Wenn nicht mit Arbeit, wie dann, wie dann soll ich kämpfen?«

Nun schoß ein Schwall von Verdächtigungen und Flüchen aus ihm heraus. Selbst ich würde noch von seinen Feinden benutzt, ihn zu kränken. Und er schwor Rache. Er würde sie hinwegfegen, mit seiner Arbeit – und mit Gewalt, ja, wenn nötig auch mit Gewalt.

Heulend hing Swetlana an ihm, drückte seine linke Hand an ihre Brust, versuchte, ihn zu küssen, zu streicheln. Ich hielt seine rechte Hand, beschwor ihn, doch nicht zu glauben, daß ich auch nur das Geringste mit seinen Feinden zu schaffen hätte, im Gegenteil, alles nur erdenklich Gute wünschte ich ihm ...

Nach zehn Minuten hatte ich nicht nur das Geld wieder eingesteckt, sondern auch versprochen, wiederzukommen, um unser interessantes Gespräch fortzuführen. Ich fragte, ob Wladimir bereit sei, bei meinem nächsten Besuch ein Porträt von mir zu malen ...

»Ich habe einfach noch keinen freien Tag dafür finden können«, gestand ich. Dabei war mein Plan tatsächlich gewesen, mich von Wladimir malen zu lassen, das Bild zu kaufen und es Swetlana zu schenken – zum Abschied.

»Was sind Sie nur für ein Mensch!« sagte Scipio bitter und wandte sich ab. Anastasia klemmte ihre idiotische Flasche unter den anderen Arm und hängte sich bei ihm ein.

Plötzlich stand ich völlig allein mitten im Saal. Selbst wer die Bedeutung der beiden nicht gekannt und deshalb nicht auf ihren Gesprächspartner geachtet hätte, wäre allein durch solch eine barsche, ja demonstrative Abkehr auf mich aufmerksam geworden. Mir war klar, daß ich reagieren mußte, sofort. Ich machte ein paar Schritte in die entgegengesetzte Richtung, besann mich aber rechtzeitig und kehrte um. »Sicherlich täusche ich mich nur«, dachte ich und folgte Scipio zum Buffet. Ich würde ihm auf die Schulter klopfen und fragen, wann ich ihn einmal besuchen dürfe. Sicherlich war er ärgerlich, daß ich so wenig Interesse für seine Arbeiten aufbrachte. Sobald es um Anerkennung und Geld geht, sind Künstler unerträglich!

Was starrten sie mich aber an, die Damen und Herren ringsum. Aus den Augenwinkeln registrierte ich genau, was vorging. Mir war sogar, als flüstere man meinen Namen. Fast hätte ich mich umgedreht – konnte allerdings diese Regung gerade noch unterdrücken, indem ich mir in den Nacken schlug, als hätte mich eine Mücke gestochen. Die Handfläche hin- und herreibend, hinderte ich, gleichsam mit den Fingerspitzen, meinen Kopf daran, sich umzuwenden. »Darf ich mich vorstellen«, sprach ich probehalber vor mich hin und ergänzte, jedes Wort einzeln betonend: »Doktor phil. Hans-Jürgen Göbel.« Schon mein nächster Gedanke brachte Erleichterung: Ich war hier kein Unbekannter, kein nobody!

Kaum aber war ich über diesen inneren Zwiespalt bis auf zwei Armlängen an Scipios Rücken herangekommen, als ich an seinem linken Ohr vorbeiblickte – und erschrak. In bester Laune und mit nach vorn gezogenen Schultern ahmte Wladimir die Italienerin nach, wie sie, den letzten Atem aus sich heraus pressend, die Kontrolle über ihren Unterkiefer verlor. Während er, nach Luft schnappend, seine Grimasse wiederholte und diesmal sogar mit den Zähnen klapperte, blieb ich neben Scipio stehen. Der aber lachte so schrill, daß die Aufmerksamkeit des Saales auf die kleine Gruppe gelenkt wurde, zu der nun auch ich gehörte. Wladimir, durch seinen Erfolg angespornt, gab ein drittes Mal die Italienerin zum besten, wobei er diesmal sogar leicht in die Knie ging. Scipio lachte wieder am längsten, und ich mußte diesmal an einen Delphin denken, so viele kleine Zähne zeigten sich in seinem Mund. Mir selbst gelang kaum ein Lächeln, das ich aber um so länger beibehielt und durch zweimaliges, gut vernehmliches Schnaufen pointierte. Natürlich reichte das keinesfalls, um jenes Vergnügen und jene Ausgelassenheit zu signalisieren, die mich als intimen Freund oder gar Mitglied der Künstlerrunde ausgewiesen hätten. »Wunderbar, wunderbar«, sagte ich schon unsicher und empfand es als kränkend, daß Scipio und Wladimir mich nicht zwischen ihren Schultern bemerken wollten, so selbstvergessen sprachen sie miteinander.

»Darf ich dir Dr. Göbel vorstellen?« fragte Scipio, als wiederhole er eine Sprachübung oder biete eine Zigarette an.

»Ja, gern«, antwortete Wladimir und sah Scipio erwartungsvoll an.

»Er steht neben mir, rechts, aber schau nicht gleich, warte noch«, erwiderte Scipio.

In diesem Augenblick gelang es mir, überraschend für mich selbst, zu lachen. Ich lachte aus voller Kehle und wurde ganz glücklich. Jede andere Reaktion wäre unangemessen gewesen. Zum zweiten Mal ergriff ich die Hand, die mir Wladimir entgegenstreckte. »Freut mich, Sie kennenzulernen, Wladimir Maximowitsch«, sagte ich und spürte ein neues Lachen in mir aufsteigen, dem ich mich überließ. »Freut mich ganz außerordentlich«, konnte ich noch herausbringen und lachte weiter – nicht weniger eindrucksvoll als vorhin Scipio.

»Lieber Max, das ist Dr. Göbel aus Frankfurt, Kunstwissenschaftler«, setzte dieser aufs neue an. »Dr. Göbel, das ist Michail Olegowitsch, Kultfigur, Ausstellungsmacher, Projektkünstler.«

Da niemand mein Lachen unterstützte, kam ich schnell wieder zur Ruhe und schüttelte noch einmal widerwillig Wladimirs Hand, offenbar ein Mann von vielen Namen. »Ich habe eine entschieden andere Auffassung von Humor«, murmelte ich vor mich hin und begrüßte Wladimir mit den Worten: »Sie sind mir ein schönes Chamäleon!«

»Sie sollten seine Aktionen miterleben«, sagte Scipio, als sähe er mich in einem Rückspiegel irgendwo vor sich.

»Sie meinen mich?« fragte ich und kehrte automatisch den Zeigefinger gegen die Brust.

»Wen sonst?« erwiderte Wladimir freundlich und nahm mich bei der Hand. Schon liefen wir quer durch den Saal zurück. Seine vertrauensvolle Geste rückte mich erneut in den Mittelpunkt des Interesses. Zudem nickte er mir fortwährend zu, ganz so, als folgte er meinen Worten.

Da erkannte ich vor uns jene Tür, hinter der Wladimir mit der Italienerin verschwunden war. Ohne zu zögern, stieß er den rechten Flügel auf und lud mich mit einer Handbewegung ein, den nahezu dunklen Raum zu betreten. Er folgte, schloß die Tür und zog die Vorhänge beiseite. Nun strömte das nächtliche weißrosa Licht herein und erhellte den Raum.

»Nun, wie finden Sie meine Werke?«

»Herzlichen Glückwunsch«, entfuhr es mir. Ihn mußte in den letzten Wochen ein Schaffensrausch heimgesucht haben. Alle Mängel seiner Bilder waren wie von göttlicher Hand behoben. Da waren die »Frauen bei der Aussprache«, die dem Betrachter den Rücken zuwandten: die Ornamentik ihrer bunten Schultertücher besaß jetzt den Rhythmus, den Wladimir damals so schmerzlich vermißt hatte. Danaben war »Sacharow in Moskau«, bei dem er nun durch zarte Mimik, das kaum merkliche Heben der Augenbrauen, auf konventionelle Gestik verzichten konnte. Auch die »Bettler am 1. Mai« hatten nun Tiefe, das Rot war unaufdringlicher. So ging ich von einem Bild zum anderen. Was war nur geschehn? Warum rührten mich diese Cézanneschen Erzählungen mit einem Mal so an? Lag es am Licht oder vielleicht bloß an den edlen Rahmen oder dem herrlichen Saal?

Rechts von jedem Gemälde war nicht nur der Titel auf russisch, französisch und englisch samt des Entstehungsjahres vermerkt, sondern auch der Preis in Dollar. Julias Porträt, das einzige Bild, das verloren hatte, kostete sechstausend, der

»Finnische Meerbusen« ebenfalls, »Sacharow in Moskau« gab es für zwanzigtausend, »Bettler am 1. Mai« für zwölftausend. Das Stilleben »Tisch im Atelier«, das kleinste Format, war mit viertausendfünfhundert Dollar am erschwinglichsten.

»Guiletta!« rief Wladimir. Der Kopf war ihr nach vorn gefallen. Arme und Beine von sich gestreckt, schlief die Italienerin sitzend auf einem Kanapee. Ihr Mund stand offen.

»Guiletta!« wiederholte Wladimir und klatschte in die Hände. »Darf ich dir einen deutschen Kunstkenner vorstellen ...« Guiletta zog die über ihrem Busen geöffneten Schnüre zusammen und drückte die Fingerkuppen beider Hände gegen die Schläfen.

»Es wird Zeit«, sagte Wladimir und suchte die hundert Döschen, Kämme und Lippenstifte zusammen, die neben ihr auf dem Sofa lagen, während sie nacheinander die Arme vor einem der großen Wandspiegel hob und einen Deostift in die ausrasierten Achselhöhlen drückte. Aus einem Flacon besprühte sie sich von der Frisur an abwärts bis zur Hüfte, durchquerte den Saal und legte ihre Hand in die Wladimirs. Beide standen wieder in derselben Haltung, mit der sie zuvor rückwärts verschwunden waren. Wladimir drückte die Klinke herab – und Guiletta schwebte wie ein befreiter Vogel davon.

»Zur Sache«, sagte Wladimir und schloß beide Türflügel. »Diese Arbeiten sind Ausgangspunkt unserer heutigen Aktion.« Er räusperte sich. »Fast drei Monate habe ich an ihnen gearbeitet. Alle sind im mittleren Stil gemalt, das heißt: sie sind gut, doch nicht außerordentlich. Aber sie übertreffen ihre Originale bei weitem! Das werden Sie doch zugeben?«

Ich sagte, daß die künstlerische Sicht auf die Dinge vielfach interessanter sei als der Eindruck, den ein Nichtkünstler von den Dingen empfange. Der Terminus »mittlerer Stil« war mir nicht geläufig.

»In der heutigen Nacht«, verkündete Wladimir, ohne auf mich einzugehen, »wird im wahrsten Sinne des Wortes der Traum eines Künstlers in Erfüllung gehen. Er, der schon jahrelang keines seiner Bilder mehr verkauft hat, der verkannt, geschmäht und mittellos sein Leben fristet, er, der wahre Künstler, wird über Nacht berühmt werden, und das, ohne selbst ein Bild gezeigt zu haben, ohne selbst irgend etwas dafür getan zu haben. Seiner Malerei zu Ehren – ausgestellt im schönsten Palais der prächtigsten Stadt der Welt – wird eine Party gegeben unter Beteiligung des erlesensten Publikums. Doch damit nicht genug. Das, was er seit jeher heimlich erhoffte, das, wofür er in rasender Verzweiflung seine Seele verkauft hätte, ist geschehen: Seine Bilder sind schön geworden. Das, womit er heimlich unzufrieden war, ist behoben. Das, was bei ihm nur angelegt war, ist ausgeführt und scheinbar wie im Selbstlauf der Elemente zu einer gewissen Vollendung gebracht. Was jeder Mensch als eigene Schöpfung begehrt, trägt seine Signatur. Was der modernen Kunst so bitter fehlt, hier ersteht es von neuem und in reinster Form wieder auf! Statt Sinnleere – Existentielles. Sein Lebenslauf ist fabelhaft, und wir werden in den nächsten Stunden den Kulminationspunkt erleben. Morgen wird sein Name im Fernsehen und im Radio genannt werden, übermorgen werden sich die Zeitungen, Journale und Verlage um ihn reißen. Nicht zuletzt wird er reich, schon in den nächsten Stunden! Für gut die Hälfte der Bilder haben sich Käufer eingefunden, einige Werke gehen als Geschenke ans Russische Museum, ein paar muß er zurückhalten. Den Höhepunkt bildet Guiletta: Mit Eröffnung der Ausstellung kehrt sie zu ihm zurück.«

Er schwieg für einen Augenblick.

»Nun, was sagen Sie? Ist das nicht eine geniale Aktion? Ich nenne das Ganze: ›Die Erlösung des Künstlers oder die Verschwörung der Dilettanten‹.« Wladimir warf mir einen triumphierenden Blick zu. »Ich muß bloß die Saaltür öffnen«, fügte er hinzu, »und alles nimmt seinen Lauf. Nur der Künstler selbst«, und hier lachte Wladimir auf, als ahmte er meine Begrüßung nach, »kann dem noch eine Wendung geben. Deshalb ist er auch ein Künstler.«

Ohne zu zögern, ergriff ich den Pokal, den er mir reichte, setzte ihn an die Lippen und trank. Wie ein Flackern schoß mir der Wein durch die Kehle und entfachte eine solche Gier, daß meine Seligkeit davon abzuhängen schien, sofort alles hinunterzustürzen. Sein Gerede zerstob wie ein Traum, der eben noch ein sinnvolles Ganzes ergeben hatte. Erleichtert stellte ich das leere Glas auf der Malachitkonsole vor Guilettas Spiegel ab.

Nebenan schmetterte die Fanfare laut wie noch nie, Füße scharrten, Gläser klirrten, Raunen – dann wurde es still, und der Grandseigneur, ich glaubte, seine sonore Stimme zu erkennen, hielt eine Ansprache. Ich verstand nichts, wußte aber, daß er mich unter seinen Zuhörern suchte. Einige Persönlichkeiten wollte er namentlich begrüßen ... Aber vergebens würde er den Kopf heben und seinen Hals aus dem Hemdkragen recken. Selbst der Weg zur Tür, zum Schlüsselloch war mir zuviel. Kein anderer als Wladimir hatte mich in diese Situation gebracht.

»Ihnen ist schlecht, nicht wahr?« erkundigte er sich, als ich mich rücklings auf der nächstgelegenen Bank ausstreckte, den Hinterkopf in die übereinandergelegten Handteller gebettet. Ich lauschte aufmerksam. Tatsächlich verstand ich einzelne Wörter, ganze Phrasen und schließlich auch den Satz: »Der Künstler muß frei sein für die Leiden der anderen!«

»Bleiben Sie hier, Dr. Göbel«, sagte Wladimir in einer Art, als bringe er einen Toast aus, »und gedulden Sie sich. Ihr Lohn wird ein bevorzugter Beobachtungsplatz sein.« Dann lauschte er, seinen dünnen Körper gegen den Türflügel gelehnt, und trat wie auf ein Stichwort hinaus. »Ahs« und »Ohs« schwollen an und entluden sich in einem Applaus, auf dessen Höhepunkt die Tür zuschlug.

Ich war froh, allein zu bleiben. Das Liegen tat gut. Nicht lange, und nebenan beruhigte man sich wieder. Aus der Stille heraus begann Guiletta zu singen, eine Melodie, im innigen Andante, klagend und werbend zugleich. War das dieselbe Stimme, die ihre Koloraturen so herzlos herausgeschleudert hatte? Ich schloß die Augen und lauschte. Ein Kammerorchester begleitete ihre Weise von Liebe und Tod.

Gräßlicher Lärm schreckte mich auf! Wladimir zerschlug ein Bild – mit der Axt drosch er wie auf den »Abschied« ein. Der neue Hieb spaltete den Rahmen, riß ein Stück Leinwand heraus: Das Mädchen am Fenster blickte auf ein schwarzes Loch. Schon stand er vorm nächsten Gemälde: Im »Tod des Kosmonauten« verfing sich die Axt in einer Rahmenstrebe ... Er zerrte das Bild samt Haken von der Wand und stampfte darauf herum. Wütend schlitzte er ein weiteres auf. Der »Finnische Meerbusen« erhielt einen flüchtigen Treffer in den Strand. Er, der Linkshänder, hielt den rechten Arm vor die Augen. »Sacharow in Moskau«, das Hauptwerk, durch dünnes Glas von ihm getrennt – wie der Sturz einer Vitrine aus dem fünften Stock: Splitter, ohrenbetäubend, die Spitze des Spasski-Turms hing herab. Nebenan frenetischer Applaus.

Wladimir blieb taub für meine Zurufe. Er schwang die Axt. Ich sah meinen Körper wanken. Mein schwerer Kopf balancierte darauf, fiel nach vorn, zur Seite, zurück. Dabei saß ich hellwach auf der Bank, spürte, wie sich die Gehirnmasse verdichtete, noch schwerer wurde, und es nur eine Frage der Zeit schien, wann mein Schädel mich mit sich hinabreißen würde. Neuer Lärm, Stimmengewirr, Schreie, Tritte, ein Knall, die Türflügel schlugen auf. Ich sackte zusammen, fiel kopfüber und dachte dabei, daß es mir endlich gelungen sei, in meine Schuhe zu fahren. An der Spitze der Prozession schritt Guiletta herein, zur Rechten geführt vom Grandseigneur, zu ihrer Linken ging Wladimir. Wie mit spitzigen Eiszapfen stach es aus meinem Kopf heraus in die glutdurchströmten Nerven. Alle möglichen Schuhe zeigten auf mich. Vor den Gästen liegend, sah ich auf. Guiletta, von zwei Händen um die Taille gefaßt, küßte stürmisch Wladimirs Gesicht.

»Julia!« gellte ein Schrei. »Julia!«

Sie fuhr herum. Rechts von mir stand Wladimir mit der Italienerin, und links von mir ... links von mir stand Wladimir ohne Italienerin.

»Was ist das für ein Wesen, das nicht im Spiegel erscheint«, dachte ich. Das Publikum, eine unruhige Herde, drängte herein. Die beiden Wladimirs und die Italienerin verharrten in ihren Posen. Je länger ich aber zwischen beiden hin und her blickte, um so offensichtlicher wurde mein Irrtum. Denn der rechte Wladimir war im Gegensatz zum linken im Gesicht und am Hals von den Kußmündern Guilettas gezeichnet. Statt die Geste einer Umarmung nachzuvollziehen, stand der linke Wladimir, die Fäuste geballt, nach vorn gebeugt da, als hätte man ihm eine Schubkarre aus den Händen genommen und dafür ein Beil gegeben.

Die Gäste in den vorderen Reihen schienen vom Vergleich der beiden Wladimirs ganz in Anspruch genommen, die nachdrängenden hingegen wurden immer lauter und rücksichtsloser. Nachdem sich ein Murren bemerkbar machte und Worte wie »Feuerwehr« und »Miliz« fielen, stürzte Guiletta mit einem Aufschrei vom rechten auf den linken Wladimir zu, umschlang seinen Hals und küßte ihn wild.

Langsam lösten sich Wladimirs Fäuste, zögernd drückte er die Frau an sich, streichelte mit seinen dreckigen Malerhänden über den Rücken des weißen Kleides. Sie schluchzte auf, preßte den Mund an seine Schulter und ließ ihren Tränen freien Lauf. Nun sah der linke Wladimir aus wie der rechte. Nein. Es schien so, als hätte sich nur das Zimmer gedreht. Denn jetzt wischte sich der rechte Wladimir mit den Ärmeln das Gesicht ab und ballte die Fäuste.

»Guiletta, zu mir!« rief er. »Guiletta!« wiederholte er drohend. Die Gäste standen still. Was wohl niemand für möglich gehalten hatte, geschah. Guilettas Weinen verstummte. Langsam hob sie den Kopf, richtete sich auf und zog die Schultern zurück. Schlaff fielen Wladimirs Hände von ihrer Taille ab. Leeren Blicks, die Mundwinkel verschmiert, drehte sie sich um und begann, als müßte sie jeden einzelnen Schritt neu erfinden, sich von dem einen Wladimir zum anderen zu bewegen. Die Wimperntusche floß dunkel über ihre Wangen zum Kinn. Wie erlöst fuhr ich auf, als Guiletta einen Schritt nicht mehr vollendete und niedersank – ohnmächtig oder tot.

Ich stürzte hinzu. Noch bevor ich aber auch nur ihr Kleid berührt hatte, wurde ich an den Schultern gepackt und ins Publikum gezerrt. Niemand, auch kein Wladimir, bemühte sich um sie. Ich riß mich los – erneut faßte man mich. Die Kurzgeschorenen drehten mir den Arm auf den Rücken. Endlich hatten sie einen gefunden, an dem sie ihr Können demonstrieren konnten.

»Gefallen dir deine Bilder nicht?« Der rechte Wladimir breitete die Arme aus, als wolle er die Gesellschaft hinter ihm daran hindern, sich noch weiter vorzuschieben. »Lassen Sie alles so, wie es ist! Berühren Sie nichts!« rief er mit scharfer Stimme. Erst jetzt gaben die Gäste durch Aufschreie und Drohungen zu erkennen, daß sie den Vandalismus bemerkt hatten.

»Du sagst ja gar nichts?« fragte der rechte den linken Wladimir.

»Ich bin Maler, nicht Redner«, antwortete der und wischte sich über die Backe.

»Dann solltest du andere für dich reden lassen!«

Der linke Wladimir schien allein damit beschäftigt, sich das Gesicht zu säubern.

»Warum nur hast du das getan? Du warst doch fast am Ziel deiner Wünsche!?«

»Bastard! Woher kennst du meine Wünsche!« schrie der linke aufgebracht und hob das Beil über den Kopf, als wäre es eine Fackel. »Raus!« Er machte einen Schritt nach vorn, die Adern an seinem Hals traten hervor.

Diese Sprache verstanden die Gäste und wichen zurück. Nur zwei Frauen, die offenbar bereit waren, sich für die Kunst in Stücke hauen zu lassen, rührten sich nicht von der Stelle, bis Wladimir, der rechte, ihnen ein Zeichen gab. Oder dirigierte er schon die Milizionäre, die paarweise ein Absperrgitter hereinschleppten?

In diesem Moment riß ich mich los, stürzte zu Guiletta und löste ihre alberne Frisur. Wie schön sie war, trotz der zerlaufenen Schminke. Ihren Puls aber konnte ich nicht mehr finden. Schnell nahm ich den runden Handspiegel, der aus ihrer Tasche gefallen war, und hielt ihn vor ihren Mund. Gott sei Dank! Sie lebte. Ich zerriß das Fädchen, das ihren Busen einschnürte ...

Wladimir aber, der linke, war verschwunden. Zwischen den Überresten von »Abschied« und dem nur leicht beschädigten Porträt Julias war eine Öffnung in der Malachitverkleidung, eine kleine Tür, nicht einmal ein Meter hoch. Nur das Beil war zurückgeblieben.

»Sehen Sie«, rief Wladimir der Gesellschaft zu, die sich am Absperrgitter drängelte und fotografierte. »Sehen Sie denn nicht«, verkündete er, »daß wir es hier mit einer Installation zu tun haben, einer vollendeten Installation! Nichts daran sollten wir ändern, nichts hinzufügen! Denn könnten wir besser eine ›Verfremdung‹ erzeugen, also einen neuen, höheren Standpunkt des Bewußtseins, von dem aus das Geschehen zu überblicken ist? Offenbart sich hier nicht eine ungemein wichtigere Pointe des Sinns: die Verzweiflung des Künstlers?«

Das Publikum hinter der Barriere schwieg und blickte nachdenklich zwischen den zerstörten Bildern und der schönen Guiletta in meinen Armen hin und her.

»Schreiben Sie etwas darüber!« rief mir Wladimir heiter zu und stützte sich auf das schwarze Gitter, als wolle er sich jetzt erstmal alles in Ruhe ansehen.

In diesem Moment öffnete Guiletta die Augen, lächelte mir zu, schlang ihre Arme um meinen Hals und zog mich hinab zu ihren Lippen.

»Bravo!« hörte ich die Stimme des Grandseigneurs, und der Applaus hinter den Gittern schwoll ohrenbetäubend an.

*

»Gott sei Dank!« stöhnte Swetlana, als ich aufwachte. Am Stand der Sonne, die zwischen den roten Vorhängen hereinschien, erkannte ich, daß es schon Nachmittag war.

»Trink!« sagte sie und stützte meinen Kopf. Kamillentee. »Trink, alles wird gut!« Sie nahm ein Tuch von meiner Stirn und legte mir einen kalten Waschlappen auf. »Der Arzt war da, alles wird gut«, wiederholte sie.

Mühsam richtete ich mich im Bett auf, und der Waschlappen fiel auf die Decke. Ich nahm die Tasse und trank gierig. Mechanisch griff ich nach dem Handspiegel auf dem Stuhl neben Swetlana.

»Wie tot hast du dagelegen, wie tot«, sagte Swetlana und schüttelte den Kopf.

Ich sah nicht gut aus. Außerdem waren um meinen Mund herum Schmierspuren von hellem Lippenstift.

»Julia hat angerufen«, sagte Swetlana. »Wladimir ist mit deinem Bild fertig.«

»Welchem Bild?« fragte ich.

Swetlana sah stolz auf mich herab. »Dein Porträt ...«

Ich hatte Schwierigkeiten, meinen Kopf hochzuhalten.

»Er hat dich aus der Erinnerung gemalt«, erklärte sie. »Er ist ein Genie!«

»In welchem Stil ist es denn?« fragte ich und schloß die Augen.

»Im hohen Stil, im ganz hohen Stil!« schwärmte Swetlana, nahm den Spiegel aus meiner Hand und fuhr mir ein paarmal mit dem Waschlappen um den Mund.

ALLE WEGE lagen im Dunkel. Nur wer in der Mittagspause einkaufen ging, lief unter dem faden Licht, das zwischen zehn Uhr morgens und zwei Uhr nachmittags durch die Wolken sickerte. Diese hingen tief über den Dächern als natürliche Begrenzung unserer Welt nach oben. Der seltene Schnee brachte nur ein flüchtiges Hell in die Straßen. Unsere Sorge galt dem Trocknen der Schuhe und den Knöpfen am Mantel. Der Müdigkeit war nicht mit Schlaf beizukommen.

Nur bei der Arbeit oder in trüblichtigen Läden zeigten wir unsere Gesichter. Von den verhüllten Alten wußte man nie, ob sie neben dem Eingang auf ein Almosen warteten oder auf ihresgleichen. Ihnen blieb oft nur die Wahl, zu hungern oder zu stürzen.

Die Schritte waren zu einer Art Trippeln verkommen, mit dem wir uns über vereiste Fußwege wagten. Wir rutschten aufeinander zu, stießen uns, hielten den anderen fest, schlitterten weg und warfen im plötzlichen Balanceakt Taschen und Arme in die Luft. Erst als die zerbeulten Abflußrohre ihre Eisblöcke wie abgelutschte Bonbons auf die Gehsteige spuckten, erhielten wir den eigenen Gang zurück.

Wolkenloses Licht traf eine gelbe Hauswand. Wir hatten die Sonne nicht einmal mehr vermißt. Das Dunkelblau des Himmels entsprach der Weite der Prospekte. Häuser und Paläste offenbarten Farbigkeit und Proportionen. Statuen traten hervor. Aus Hofdurchfahrten und Treppenfluren krochen die Gerüche. Der Tag bekam einen Morgen und einen Abend.

Der Fluß bewegte sich. Grünes Wasser strömte in die Adern der Stadt. Eisschollen, hell wie nackte Leiber, trieben unter den Brücken. Darüber, auf der meerzugewandten Seite, hing eine Menschengirlande. Angler schoben Schultern und Ellenbogen vor- und übereinander, ohne zu schimpfen. Andere zogen gemeinsam ein Schleppnetz in der Art, wie Matrosen den Anker einholen. Es roch nach Öl und frischen Gurken.

Tage vergingen, bis wir einsahen, daß wir die Mäntel nicht mehr brauchten. Ein Kind legte die flache Hand auf den

Asphalt und streichelte den narbigen Riesenrücken. Mit einem Mal war der Wind aus der Metro kälter als die Luft vor der Station, die sich mit Möwen, Tauben und Fliegen füllte.

Übermütig krempelten wir die Ärmel zurück. Die Wärme saß auf Steinen und Schultern, sie verfing sich in Blättern und Haaren. Wir konnten sie greifen.

Abends wuchsen die Schatten wie Kletterpflanzen an den Wänden empor, bis sie verlöschten, um am Nachbarhaus wieder herabwandernd aus dem Dämmer zu tauchen. Die Nacht war getilgt. Auf den Brücken blendete die Sonne noch nach elf, milderte sich am nördlichen Horizont zu weißem Licht, und umfing bald darauf die Stille als rosenfingrige Eos. Wer sie sah, fand keinen Schlaf mehr. Wenn sich Schlag zwei die Straße in den Himmel richtete, gelang uns aus dem Stand heraus ein Flug, der uns über den herabrieselnden Staub in die Luft hob, bis die Laternenpfähle unter uns verharrten, und wir ihre Spitzen mit den Händen berühren konnten. Erst morgens gegen halb sechs, im grellen Tageslicht, stand ich allein auf dem weiten Newski.

»UND DABEI war Mischa Sergejewitsch ein Mann, der immer Blumen kaufte!« sagte Polina und blickte flüchtig auf. »Nicht mal Spinnen hat er zertreten!«

»Das hat wohl die Moni gwußt?« fragte Grambacher, der mir zunickte und den Stuhl neben sich zurückschob. »Kommen's zu uns, Martens!«

Polina nippte aus dem grünen Likörglas, das sie zwischen zwei Fingerkuppen hielt. Die Spitzen ihrer roten Fingernägel berührten sich kurz. Ich setzte mich.

»Und was is jetzt mit dem?« fragte Grambacher, seine Hand noch immer an meiner Lehne.

»Er versteckt sich, in Irkutsk. Er kennt da viele.«

»Das is ja nicht zum Sagen«, lachte Grambacher auf, als hätte er endlich erfahren, was er wollte. »A verrückte Gschicht is das!« wandte er sich zu mir, ohne meinen Stuhl loszulassen.

»Eine Hexe!« zischte Polina und drückte ihr Glas an die Lippen. Sie sah zum Fenster.

»Nach Irkutsk, ha, nach Sibirien, das glaubt dir keiner!« Grambacher gestikulierte mit dem Daumen der Rechten, als befinde sich Mischa Sergejewitsch hinter seiner Schulter. Die Zigarette zwischen Mittel- und Zeigefinger war noch nicht angezündet.

»Mischa ist ein guter Mensch.« Polina suchte seinen Blick. »Sie ist eine Hexe!«

»Ha, is ja nicht zum Sagen!« brüllte Grambacher, den eine solch plötzliche Lachlust ergriff, daß er meine Stuhllehne losließ, die Faust um sein Feuerzeug ballte und, unter Einsatz des ganzen Oberkörpers, zweimal auf die Tischkante tippte. »A verrückt Gschicht is das!« Mit der anderen Hand strich er sich über die Stirn. »So a Quatsch!«

»Bit-te«, skandierte Polina.

»Oh, pardon!« bedauerte er und streckte sich mit dem Feuerzeug weit über den Tisch.

Nachdem ich bestellt hatte, erinnerte nur noch Grambachers rotes Gesicht an seine Belustigung. Beide Ellenbogen aufgestützt wie Polina, zündete er sich seine Zigarette an und schwieg.

Ich hatte ihn vor zwei Monaten kennengelernt und einen Artikel über seine Airline geschrieben. Darin stand viel über Grambachers leidenschaftliche Entscheidung für Rußland, über seine Liebe zu Petersburg, und den umfangreichen Service, der für jeden Ausländer einen Vorgeschmack auf Deutschland darstellt, sozusagen Germany en miniature. Geschrieben hatte ich über das großzügige Engagement seiner Firma in der Kunst, über Grambachers privaten Einsatz für krebskranke Kinder in Petersburg usw. Natürlich mußte in diesem Artikel auch Polina vorkommen, weil die Airline Arbeitsplätze schaffte und Polina mit guten Deutschkenntnissen – ihr Vater, ein Oberstleutnant, war in der Naumburger Gegend stationiert gewesen – manchmal allein das Büro betreute. Sie wußte aus eigener Erfahrung zu berichten, daß viele Kunden angenehm überrascht seien, wenn sie erführen, wie preiswert die Deutschen seien – berücksichtigte man den enormen Service. Galina, Alja und Maxim Iwanowitsch bekräftigten dies. Die schöne Monika, eine siebenundzwanzigjährige Brünette aus dem Badischen, die das dynamische und harmonische Team an neuen Computern ausbildete, fühlte sich in dieser herrlichen Stadt durch die Herzlichkeit von Polina und den anderen Mitarbeitern wie zu Hause. Anfänglich hatte sich Grambacher gern mit der schönen Deutschen gezeigt, doch als ich ihm den fertigen Artikel vorlegte, der danach ins Russische übersetzt wurde, nannte er Monika bereits wieder Fräulein Häberle. Anstelle der Fotos, die Anton, unser Fotograf, von der Crew gemacht hatte, bestimmte Grambacher ein Porträtfoto von sich zur Veröffentlichung, das er mir, geschützt von einer Klarsichtfolie, mit der dringenden Bitte um Rückgabe aushändigte.

Ich war es schnell leid geworden, Grambacher zweimal pro Woche anzurufen, nur um mir sagen zu lassen, daß die Werbevorlagen noch nicht aus Frankfurt eingetroffen seien. Keinen einzigen Millimeter hatte er uns verschafft! Deshalb war mir unklar, was Grambacher jetzt wollte.

Polina, die ein rundliches Gesicht hatte, aber noch recht schlank war, unterdrückte ein Gähnen, knickte ihre Zigarette im Aschenbecher und preßte mit dem Filter das glimmende Ende aus.

»Mahlzeit!« sagte Grambacher. Auf meinem Teller lagen zwei große Schnitzel, ein Berg Pommes mit Mayonnaisehäubchen und vier Gurkenscheiben – mein Lieblingsgericht.

»Wissen's schon«, begann er, »daß i in vier Monat in Paris bin, und zwar für immer?«

Ich verneinte. Zwangsläufig kam Grambacher auf Paris zu sprechen, auf die unvergleichliche Atmosphäre der Stadt, die Bedeutung der dortigen Niederlassung, die gute Verbindung nach München, den Charme der Sprache und das bunte Straßenbild. Eine ungemein größere Verantwortung würde dort auf Peter Grambacher liegen.

Ein perfekter Triumph: Erst hatte er mir den Artikel abgenommen und mich wie einen Anfänger hingehalten, dann ging ich auf seine Einladung ein und ließ mich versöhnen. Dabei war es absurd, noch in Grambacher zu investieren.

Ich hatte die Zitrone über beiden Schnitzeln ausgedrückt, fand aber keine Serviette, um mir die Hände abzuwischen.

»Schließlich und endlich«, sagte er, »is die Achse Petersburg – Paris ja doch die zentrale Achse in Europa, da können sich andre anstrengen wie's wolln«, und zwinkerte. Polina, über die Tischkante gelehnt, sah nun nicht mehr aus dem Fenster, sondern schob, indem sie langsam die Arme streckte, ihre aneinandergelegten Handflächen und Finger wie einen Keil über das Tischtuch auf Grambacher zu. Ich aß mit klebrigen Händen weiter.

»Der Louvre is jetzt das größte Museum«, fuhr Grambacher fort, »und selbst wenn's Berlin, München, Köln, Hamburg und Frankfurt zsammenschmeißen – an Paris kommt nix ran. ›Nach Paris, nach Paris‹ sagt schon der Tschechow.«

Polinas Hände waren von Grambacher unbemerkt geblieben. Sie sah wieder aus dem Fenster. Dann aber, als hätte sie auf einen bestimmten Moment gewartet, er sprach gerade von dem unberechenbaren Bodenpersonal des Charles-de-Gaulle-Flughafens, stand Polina auf, warf sich ihre Handtasche über die Schulter und tänzelte davon.

Grambacher winkte mit seiner Zigarettenhand ab, als sei er im Bilde. »Lassen's mi jetzt schnell die Gschicht erzähln«, begann er und rückte mit seinen Ellenbogen näher heran.

Ich kaute weiter.

»Sie kennen doch die Moni, die bei uns is, die schöne Häberle?«

Ich nickte und schob die halbe Pommesportion von der Mitte an den Rand. Ich wollte mich nicht wieder so vollschlagen.

»Die tut hier tüchtig rumschnacksln«, sagte Grambacher. »Die hat sich hier so durchgevögelt, mal hier, mal da, und war von den Russn ganz happy. Ihr ganzes Geld hat sie dabei glassen. Wein, Cognac und Zigarettn noch und noch, Obst, Schokolade, für so was alles. I sag nix dagegn, aber immer mit dem Anspruch, die Samariterin zu sein, verstehns, was i mein?«

Ich hatte gerade den Mund voll und kaute schneller, aber da redete er schon wieder.

»Für die Moni sind die Russen Naturburschn oder Anarchisten oder Selbstmörder oder Künstler und so a Gschlamp, und die warn natürlich spitz auf so eine aus'm Westn, kannst du dir denkn. Krabbelt denen ins Bett und spielt den Nikolaus. Und übel is sie ja nicht, die Moni, das sagt sogar die Polli – als Frau.«

Ich gabelte ein paar Pommes vom Tellerrand.

»I merk's ja selber. Die Anrufe im Büro, die Euphorie, wie die andern redn. Die mögn's nicht. Die hat sich Sympathien verscherzt, damit!«

Grambacher trank sein Bier aus, hielt das leere Glas dem Kellner entgegen und preßte die Lippen gegen das Aufstoßen zusammen.

»Wenn die Polli nicht wär, dann wärs mit Paris ganz easy«, sagte er und verlangte die Rechnung.

Es war unglaublich, welch große Schnitzelportionen sie einem hier auftischten. Die zweite Zitronenscheibe drückte ich mit Messer und Gabel aus.

»Jetzt kommts: Die Häberle hat der Polli gsagt, daß sie mal schaun will, wegen Arbeit in Deutschland für ihren Cousin, den Mischa. Deshalb is der ins Hotel.« Grambacher war so nah herangerutscht, als wollte er mitessen. »Der kann a bissel deutsch, sagt die Polli, aber man muß ja nicht immer nur reden, stimmts?«

Er stieß gegen meinen Ellenbogen und entschuldigte sich. Ich aß weiter.

»Und weiß der Teufel, was wahr is. Zur Polli hat die Häberle gsagt, der wollt gar keine Arbeit, der is über sie hergefalln und hätt ihr die Sachen vom Leib gerissn. Und da hat sie, die Häberle geschrien, bis jemand gekomme is, und er is dann auf und davon. Und der Mischa hat der Polli gsagt, am Telefon, er hätt nur am Tisch gsessn, und sie hat ihm ein Glasl nach dem anderen gegeben und sich an ihn rangschmissen. Die hätt gar keine Arbeit gehabt. Und jetzt kommts«, kündigte Grambacher an und machte eine Pause.

Ich hatte erst ein Schnitzel gegessen, als die Gurken bereits alle waren.

»Sie hat sich die Bluse aufgerissn, Knopf für Knopf, hat er der Polli erzählt, und is ihm an die Wäsche. Die Häberle muß abgegangn sein wie die V-zwei. Die wollt sich wieder durchwalgen lassen. Und als sie sein Ding gesehen hat, hat sie gsagt, so groß wie das von einem Pferd oder von einem Elefanten oder so was. Und da hat er ihr eins aufs Maul gehaun, sie hat geplärrt, und er is los. Aber jetzt kommts erst«, sagte Grambacher. Seine rechte Hand hatte sich wieder bis an meinen Tellerrand vorgeschoben.

Ich klaubte ein paar Pommes von der Tischdecke.

»Der Polizei hat sie gsagt, daß er sie überfalln hätt, daß er sie vergewaltigen wollt. Und das glauben sie ihr, weil er weg is. Der Polli glauben sie nicht, weil sie seine Cousine is. Sie war ja nicht dabei, und er is weg.«

Grambacher steckte sich eine neue Zigarette an, blieb aber so nah bei mir sitzen, daß ich kaum das Messer bewegen konnte. Seine Rechnung kam.

»I kan doch nicht gegen die Häberle auftreten, wie sich die Polli das vorstellt. Was sagens denn dazu?«

»Spannend«, sagte ich, »echt spannend.«

»Is das a Gschicht?«

Ich nickte.

Grambacher drückte seine glimmende Zigarette zwischen Daumen und Zeigefinger aus und steckte sie in die Packung.

»So. Jetzt muß i aber los!« Er legte das Geld auf die Rechnung. »Die Polli wartet.« Beim Aufstehen stützte er sich auf meine Schulter. »Süß tropft der Abschied in jeden Augenblick ...«, rezitierte er, nahm Polinas Cape und seinen Mantel.

Jetzt war der Moment gekommen.

»Ja, freilich, klar, morgen, prima, anrufen, supper, servus, ciao ...« Grambacher winkte mit seiner aus dem Mantelärmel auftauchenden Hand.

Ich winkte zurück. Der Kellner nahm meinen leeren Teller und fragte, ob es geschmeckt habe. Ich nickte wieder.

WAR DAS Ihr Ernst? Heute muß man sich nichts mehr ausdenken – schon der Umwelt zuliebe! Ich überlasse Ihnen aber
gern nachfolgendes Fax. Der Absender ist ein merkwürdiger
Bursche, den ich kaum drei Wochen beschäftigte – er hatte es
darauf angelegt. Dieser Jegorowitsch war intelligent und fle-
xibler als alle Russen, die ich kenne, aber ein Phantast und als
Führungskraft unberechenbar. Er schreibt deutsch. Sie werden keine Schwierigkeiten haben.

Salute, Ihr***

Sehr geehrter Herr ***,
Sie wundern sich, von mir zu hören? Dabei ist es unausweich-
lich, Ihnen zu schreiben. Wer sollte meine Erfahrungen tei-
len? Außer Ihnen kenne ich niemanden. Mir liegt unendlich
viel an Ihrer Meinung. Lesen Sie!
Ich spazierte zwischen zwei und drei Uhr mittags, wie es
meine Gewohnheit ist, auf dem Newski. Gegenüber des Gostini Dwor, mehr zu Jelissejew hin, zwischen Eis- und Losver-
käufern, blieb ich stehn, weil ich ihn sah. Das heißt, ich ging
sogar einige Schritte zurück, um ihn zu betrachten. Als würde
er sich unterhalten, saß er breitbeinig auf einem niedrigen
Holzschemel und zwinkerte in die Maisonne. Die Unterarme
auf die Knie gestützt, berührten sich seine herabhängenden
Hände an den Daumenkuppen und entlang der Zeigefinger.
Diese deuteten auf das kleine Pult darunter, aus dessen
Schräge eine ovale Fläche hervorstand.
Sie wissen natürlich Bescheid. Doch wie für uns Inflation et-
was gewesen war, was es früher bei den Deutschen gegeben
hatte, so kannte ich Schuhputzer nur aus Berichten über Kin-
derarbeit in Italien oder Südamerika.
Noch während ich mich zu ihm hindurchdrängte, begann es:
Vom Unterbauch, von den Leisten her, durchströmte mich
eine Freude, wie ich sie nur, und auch das höchst selten, beim
Betreten von Buch- oder Plattenläden kannte. Man eilt auf

etwas zu, streckt den Arm aus, und glaubt noch immer, das Ende einer Schlange oder ein Hinweisschild übersehen zu haben.

Schnell setzte ich den Fuß aufs Pult und raffte, als wäre es eine tägliche Geste, das rechte Hosenbein. Er steckte die Schnürsenkelenden so behutsam unter die Schuhzunge, daß ich meinen Fuß beinah zurückgezogen hätte, breitete dann ein Tuch über den Schaft, legte seine flachen Hände darauf und fuhr zwischen Kappe und Quartier hin und her. Obwohl er kaum älter war als ich, Mitte Zwanzig vielleicht, lichtete sich bereits sein schwarzes Haar. Ich würde ihn nicht wiedererkennen, nur seine Hände, die sich bewegten, als wäre die eine das Spiegelbild der anderen. Er hatte sich das Hemd mitsamt Jackett hochgekrempelt und drückte die Bürstenspitze in den Krater, der von der Schuhcreme in der Büchse geblieben war, tippte an drei Stellen auf den Schuh und begann unter jongleurhaften Bewegungen mit dem Einreiben. Vor Anstrengung näherte sich sein Gesicht immer wieder der Schuhspitze, und für Augenblicke, wenn er den Fersenteil erreichte, hob sich sein Hintern vom Schemel. Ich wußte, daß der Moment gekommen war, eine Zeitung aufzuschlagen. Denn zu der Arbeit, die unter mir verrichtet wurde, hatte ich nichts weiter beizutragen, als den einen Fuß vom Pult zu nehmen und den anderen hinaufzustellen. Ist das nicht ungeheuerlich?

Ein paar Kinder kamen zaghaft näher und wichen vor den unberechenbaren Ellenbogen des Mannes zurück. Andere betrachteten uns aus der Distanz, während sie das Papier von ihrem Eis rissen. Hinter meinem Rücken, auf der anderen Seite, vor dem Gostini Dwor, überschlugen sich Megaphone, Wortschwaden, weiß der Teufel, wer gegen wen. Sie begreifen nicht, daß ihre Armut, ihre Qualen, ihre öden Freuden nichts weiter sind als das Resultat ihres fehlenden oder falsch gelenkten Willens! Nicht mehr und nicht weniger, ganz einfach. Was sonst sollte sie dahin geführt haben, wo sie heute leben. Kinder sind verständiger.

Bevor mich mein Großvater schlug, sagte er immer: Du hast es gewußt. Es war deine Entscheidung. So begann ich schließlich, den Willen zu schulen. Meine erste Aufgabe war es, wach zu bleiben und, sobald die Großeltern schliefen, im Treppenhaus eine Zigarette zu rauchen, deren Kippe ich im benachbarten Hausflur in einen Briefkasten werfen mußte. Nach einer Woche beschloß ich, daß die Zahl, die mir beim Rauchen als erste einfiel, die Anzahl meiner Schritte bestimmen sollte, die ich zu gehen hatte, bis ich die Kippe wegwerfen durfte. Wie ein Verurteilter lief ich bis zum Morgen herum und nahm sie noch mit in die Schule. Nach und nach aber bekam ich mich in den Griff. Schwankte ich zwischen verschiedenen Zahlen, entschied ich mich für die höhere. Ich, ein heimlicher Olympiakader, wurde süchtig danach, zu trainieren, mich zum Sklaven meines Willens zu machen. Die größte Schwierigkeit aber war zu wissen, was der Wille ist. Sollte ich aufstehen und rauchen und laufen, oder wollte ich nicht lieber, daß ich liegenblieb und die Augen bis zum Weckerklingeln offenhielt? Sollte ich plötzlich blind die Straße überqueren, oder sollte ich versuchen, jeden zu berühren, der mir auf dem Gehsteig entgegenkam? Schulte es den Willen besser, nach jedem Wort zu schnalzen, oder war es effektiver, wenn ich nur jedes zehnte Wort aussprach? Mit zwölf schwelgte ich in dem Gefühl, daß ich mich vollkommen in der Hand hatte. Ja, es ging soweit, daß ich kaum noch etwas tun konnte, ohne mir dabei eine bestimmte Aufgabe zu stellen. Natürlich blieb es bei dieser Sportart nicht aus, daß ich Einzelgänger wurde.

Als ich von zwei Männern auf der Straße zusammengeschlagen wurde, weil sie in meinem Berührungswillen einen Dieb erkannt haben wollten, zählte ich die Worte, mit denen sie auf mich einschrien, und multiplizierte sie mit den Schlägen und Tritten, die mich trafen. Jedes durch fünf teilbare Ergebnis schrie ich heraus. Verunsichert ließen sie mich in Ruhe. Das Willenstraining mußte also nicht notwendig mit Qualen verbunden sein.

Alles weitere war eine simple Entscheidung und läppisch im Vergleich zu den bisherigen Aufgabenstellungen. Ich verschmolz mein Talent – und jeder hat irgendeine Art Talent – mit meinem Willen und war nicht mehr zu schlagen, weder in der Schule noch an der Universität noch jetzt. Ich war kein Streber, aber mein Wille verlangte immer unglaublichere Proben und immer neue Siege.

Und jetzt, da ich wieder auf den linken Fuß wechselte und ein über meiner Schuhspitze straff gezogenes, schwarzes Samtläppchen hin- und herfuschelte, das gleich darauf um meinen Absatz gelegt wurde, so daß seine Hände statt der vertikalen die horizontalen Bewegungen eines Boxers mimten und das Läppchen höher rutschte – da stand ich still vor Glück. Sie verstehen! Ich begriff meinen Sieg. Ich hatte es geschafft! Ich war in eine Zeit eingedrungen, die bisher nur im Traum gegolten hatte. Dieser Augenblick, in dem ich von einem Fuß auf den anderen wechselte, den glänzenden Schuh auf das Trottoir zurückstellte und den gewichsten dem Mann unter mir zum Polieren überließ – dieser Augenblick war der Schlußstein von all dem, was ich gewollt, wofür ich gearbeitet und gelebt hatte.

Doch schon mit dem nächsten Atemzug, da ich das Geld in der Tasche suchte, begriff ich: das bisherige Leben war nur meine Lehrzeit. Was ich für Vollendung hielt, offenbarte sich als Schritt zurück an den Anfang – oder besser als Vollendung des Zirkelkreises.

Sie verstehen: Ich bin reich. Allein die Immobiliengeschäfte bringen mir pro Woche mehr, als Sie in zwei Monaten verdienen – und ich bin Russe. Das Geld aber ist nur ein Meilenstein auf dem Weg unseres Willens. Von hier an verwirrt sich alles. Wer sich überhaupt noch weiterbewegt, und das sind wenige, wird religiös oder, wie Sie, ein Zyniker. Dabei ist doch alles möglich – ich betone: alles –, wenn es nur im Volk ein paar Menschen mit starkem Willen gibt, die die anderen mitreißen! Keiner wird bestreiten, daß den Staat jene Menschen tragen, die denken und arbeiten und all das schaffen, wodurch ein Land lebt. Wirtschaftliche und politische Stärke aber sind nur beständig, wenn sie sich auf sittliche Kräfte stützen. Was aber ist das Ziel des menschlichen Zusammenlebens, wenn nicht, eine sittliche Ordnung zu errichten? Daraus folgt, was unser großer Stolypin einmal unübertroffen so formulierte: Man kann ohne unabhängige Staatsbürger keinen Rechtsstaat schaffen. Doch den unabhängigen Staatsbürger kann es ohne Privateigentum nicht geben. Von hier, wenn Sie so wollen, krümmt sich die Bahn zurück in die Utopien und erfüllt sie erstmalig mit Leben. Von hier aus grüße ich Sie, im goethischen Sinne des Wortes, als meinen Genossen! Sie verstehen: So langweilig und grau, wie Sie es immer hinstellen, sind die Tapeten des Menschenlebens noch lange nicht! Zwanzigmal wurde Kiew genommen und zerstört, in den Staub getreten. Der Reiche weinte, der Arme aber lachte. So werde ich die Kleider der Bettler in Murren verwandeln, ihre Fußlappen ersetze ich durch rasendes Brüllen. Durch mich werden die Wege und Straßen erblühen wie Sonnenblumen. Ich erschaffe! Wie kleine Fische werden die Herren der Welt sein, von der Schärfe meines Gedankens durchbohrt. Ich zündle mit den Streichhölzern des Schicksals. Ich werde den Massen den Onegin des Eisens und Bleis ins taube Ohr lesen. Das Volk lagert im Boot der Faulheit, die Krieger des Willens ersetzt es durch Lieder, Heldentod durch Weißbrot. Raub durch Laub. Kriegsgericht durch Liebesgedicht. Alle wollen faul sein, lässig und lieb. Wenn aber erst der Adler rauh die krummen Flügel ausbreitet, nach Leli sich sehnt, fliegt Er herbei, wie die Erbse aus dem Blasrohr – aus dem Wort Rußland. Wenn das Volk in Elche sich verwandelt, wenn es Wunden über Wunden trägt, wenn es luchsgleich leise auftritt, mit nassem schwarzem Maul ans Tor des Schicksals stößt – dann bittet es um leichte Leli, Liebe, um Leli und um reine Els, es bittet, den müden Leib auf ein Lager zu betten. Sein Kopf ist dann ein Lexikon nur aus den Worten des El. Wer im fremden Land als Iltis umherläuft, will Liebe! Denn wer sucht sich, wenn er fällt, auch das Wohin aus? In den Schnee, ins Wasser, in die Grube, in den Abgrund? Der Ertrinkende setzt sich ins Boot, beginnt zu rudern. Er, Ra, Ro! Rauch, Rausch, Rache! Gott Rußlands, Gott der Raserei. Perun, dein Gott, der Riese, kennt keine Schranken, Ränder, Raine, er reitet, rast, er rodet. Wo ist der Schwarm der grünen Has für zwei, und El der Kleider beim Lauf? Aus der Flaum-Flausch-Posaune Peruns, aus dem Flammen-Vlies Peruns sprühen auf Pfoten der Feder der Blöße die Spelzspäne in Zeit und Raum. Isum! Oh Isum! Gegen Wyum, gegen Noum, komm, Koum! Oh Laum, oh Laum. Mein Byum ruft, Isum, Isum, Isum! Doum. Daum. Mium. Raum. Choum. Chaum. Pertsch! Hartsch! Sortsch! Hansioppo! Tarch paraka prak tak tak! Prirara pururu! Sam, gag, samm! Meserese boltschitscha! Wjeawa Miwea-a

»DA IST JA der Ritter – Bonjour!« rief Frau Rasumonowa in nahezu akzentfreiem Deutsch und streckte ihm ihre große, hagere Hand entgegen. Lächelnd betrachtete sie Martens, der sich vorbeugte, sanft ihre Finger umschloß und seine Lippen in ein Delta blasser Adern auf ihren Handrücken drückte. Sie lächelte, bis sich ihre Augen wieder begegneten.

»Es geht ihr um einiges besser!« begann sie und strich über ihr zurückgekämmtes Haar.

»Ich freue mich sehr, Sie kennenzulernen!« erwiderte Martens, riß das Papier von dem kleinen Strauß Dreidollarrosen und schritt über die Schwelle.

»Für mich ...?« Frau Rasumonowa, die durch den schmalen Flur zurückwich, schlug die ungeküßte Hand vor den Mund – ein dunkler Bernstein in Silberfassung unter der Nase.

»Für Sie!«

»Ein Vermögen!« Frau Rasumonowa legte den Strauß vorsichtig auf die niedrige Spiegelablage zwischen die Kämme, während sie mit der anderen Hand einen Kleiderbügel in die Luft hielt, als treibe sie Gymnastik. Es roch nach Zigaretten, Kompott und alten Möbeln.

»Das also ist Maschenka!« Martens machte Anstalten, sich nach der weißen Katze zu bücken, die Frau Rasumonowas Kleidsaum hob.

»Sehr richtig«, bestätigte Frau Rasumonowa und zog sich weiter zurück, so daß Martens die Möglichkeit nutzte, die Enge zwischen Wand und Garderobengestell zu passieren.

»Pünktlichkeit ist die Höflichkeit der Könige, heißt es nicht so?« erkundigte sich Frau Rasumonowa, machte zwei Schritte auf Martens zu und schob sich an ihm vorbei zum Eingang, wobei sie ihr dunkelblaues Kleid mit der flachen Hand an sich drückte und mit der anderen die übergeworfene Strickjacke an der Schulter festhielt. Die drei Schlösser kratschten laut. Maschenka war verschwunden.

Martens lächelte noch immer und stellte sich, während er die Schultern seines Mantels auf dem Bügel richtete, so dicht an die Wand, daß Frau Rasumonowa nun an ihm vorbeihuschen konnte. Er zögerte einen Moment, ob er die Schuhe ausziehen sollte, drehte seinen Kopf vor dem Spiegel ins Profil, bis er sich nicht mehr sah, und folgte ihr ins Zimmer.

»Wissen Sie«, sagte Frau Rasumonowa und wandte sich mit der Kaffeekanne zu ihm um, »unsere Jekaterina war nie krank, nie, nur Kinderkrankheiten. Und jetzt, wo es so wichtig ist, mit einem Mal, neununddreißig Fieber, sogar über neununddreißig!«

»Geht es Jekaterina nicht besser?« Martens wußte nicht, wo er den zweiten, noch eingewickelten Blumenstrauß ablegen sollte.

»Aber ja! Viel besser!« versicherte Frau Rasumonowa, die noch zögerte, den bunten, gestrickten Hahn von der Tülle zu nehmen, um Kaffee auszuschenken. »Wenn es nach ihr ginge! Wir sind Ihnen so dankbar! Kommen Sie ... ach, die Bücher. Ja, wenn es die Bücher nicht gäbe, das Buch der Lieder! Geben Sie her, wir stellen ... wunderbare Blumen!«

Als Frau Rasumonowa mit der Vase zurückkehrte, war die Röte aus ihrem Gesicht verflogen. »Nach ihrem Anruf gestern, als Jekaterina sagte ... Ich bin so glücklich über ihren Besuch! Nein, nein. Das ist schon außergewöhnlich. Nehmen Sie Zucker? Ist es recht? Aus heiterem Himmel, über neununddreißig Temperatur, unsere Prinzessin.«

Als Martens die Zigarette zwischen Frau Rasumonowas Fingern entdeckte, schnellte er aus dem Sessel und lehnte sich über den niedrigen Tisch. Er mußte sich mit seinen Knien vorsehen.

»Wenn Jekaterina«, sagte sie und blies den Rauch durch die Nase, »gesund ist, müssen Sie wiederkommen. Jekaterina ist eine so ausgezeichnete Hausfrau. Wie sie backen kann! Nehmen Sie keine Milch, Herr Martens? Ich habe so viele Fragen! Hier ist Kulatsch, und hier das Pas'cha.«

Frau Rasumonowa balancierte ein großes Stück vom Osterkuchen zwischen Messer und Gabel auf seinen Teller, stach den flachen Holzlöffel ins Pas'cha und reichte ihm das Schälchen herüber.

»Wo haben Sie studiert, wenn ich fragen darf? Aber nicht so zaghaft, bitte, nehmen Sie doch, ja, so ...«

Frau Rasumonowa begleitete Martens' Erzählungen über seinen Werdegang mit begeistertem Kopfschütteln und Nachfragen. »Magnifique!« rief sie immer wieder und verfolgte jede seiner Bewegungen, als er sich eine neue Zigarette ansteckte. Seine dunkelblaue Krawatte paßte zu dem hellen Hemd. Seine Fingernägel waren groß und gepflegt, und der kleine Schnauzer stand ihm gut.

»In dem Sessel, in Ihrem«, erläuterte Frau Rasumonowa und trank einen Schluck Kaffee – Martens sah auf die glänzenden Armstützen unter seinen Händen –, »hat immer meine Mutter gesessen.«

»Ah, ja?«

»Ich habe nie ihre Stimme gehört, wissen Sie, denn als ich geboren wurde, war sie bereits stumm. Aber jetzt, elf Jahre nach ihrem Tod, höre ich ihre Stimme. Ist das nicht eigenartig?«

»Ja, das ist eigenartig«, bestätigte er, »aber warum nicht?«

»Das ist lieb, daß Sie das sagen«, antwortete Frau Rasumonowa, die wieder leicht errötet war und die Tasse mit beiden Händen auf ihrem Schoß hielt. »Aber die Menschen sind verwahrlost.«

»War es schlimm für Sie, eine stumme Mutter zu haben?« erkundigte sich Martens und lehnte sich zurück.

»Schlimm?« nahm Frau Rasumonowa das Wort auf. »Ich habe meine Mutter nie als stumm empfunden, wir haben uns verständigt. Sie wünschte sogar, daß auch ich stumm wäre. Stellen Sie sich das einmal vor! Sie hat mich erst, da war ich schon in der Schule, also nach dem Krieg, an diese Stelle geführt, an die Moika. Daran erinnere ich mich noch genau. Es war Mitte Oktober, und es schneite. Grüne Blätter und Schnee – seltsam, aber schön ... Geben Sie mir Ihre Tasse ... Wir haben zusammen in die Moika geschaut. Die Schneeflocken bildeten nicht einmal Ringe, wenn sie das Wasser berührten.«

Frau Rasumonowas Blick glich den endlosen Einstellungen von Filmen, wie sie am frühen Nachmittag im Fernsehen gesendet werden. In den Zigarettenschwaden, die wie ein Vorhang das Tageslicht filterten, sah sie alles, wovon sie sprach. »Dieses ausgelassene Gelächter, dieses Lachen, während man mit Stangen unsere Offiziere unter Wasser drückte wie dreckige Wäsche ... Man johlte, als die Leiber nicht mehr auftauchten. Meine Mutter, neun war sie damals, verlor die Sprache.« Frau Rasumonowa machte eine Pause, in der sich auch Martens nicht rührte. »Ich kannte sie nicht anders – soll ich noch Milch holen? Wenn mein Vater sie nicht geheiratet hätte ... Lange habe ich gedacht, Adlige, das sind alles stumme Menschen.«

Die Bäume vor dem Haus dämpften das Licht, das auf den oberen Stockwerken lag. Die Schreibtischlampe in der Ecke leuchtete.

»Wenn ich daran denke, was man ihr allein an Schmuck genommen hat«, begann sie wieder. »Ich besaß ein altes Foto von ihr, ein Kinderbild, und sie mit solchen Brillanten im Ohr, solche ...« Frau Rasumonowa knickte den Mittelfinger in die Handfläche und sah wie durch ein Fernrohr zu Martens hinüber. »... nur eben rund. Noch als alte Frau hatte sie so eine Art, sich die Ohrläppchen zu reiben ...«

Er blies die Luft durch die Nase und schüttelte den Kopf.

»Und wissen Sie, wann ich begriff, was wir verloren haben? Wann ich das begriff?«

Frau Rasumonowa beugte sich sehr weit vor.

»Ich war in der siebenten Klasse, als eine Freundin mir die ersten Orangen meines Lebens zeigte. Da hatte ich plötzlich Mutters Brillanten vor Augen. Ein einziger hätte gereicht, um das ganze Geschäft leerzukaufen. Ist das nicht schrecklich?«

Frau Rasumonowa stellte ihre Tasse zurück, drückte die abgelegte Zigarette aus, die bis zum Filter heruntergebrannt war, und schwieg. Martens hörte eine getragene Musik, von der er nicht wußte, ob er sie sich einbildete oder ob sie aus einem Radio der Nachbarwohnung kam oder von der Straße.

»Wissen Sie, was mein einziger Wunsch ist, Herr Martens?« Jetzt sah er, daß ihr Kinn zitterte, auch die kleine Warze neben der Nase. Abwechselnd biß sie sich auf Ober- und Unterlippe. Dann zog sie ein zum Klümpchen geknülltes Taschentuch aus der Sesselritze, schälte einen Zipfel heraus und schneuzte sich. »Oh, pardon, pardon!« Sie lachte auf und flüchtete weinend aus dem Zimmer. Maschenka, weiß der Teufel, wo sie plötzlich herkam, lief ihr nach, und die Musik verstummte.

Allein gelassen, erschien Martens das Zimmer mit den beiden großen Sesseln und dem Kaffeetisch dazwischen kleiner. Er nahm nur flüchtig die Fotos, Ansichtskarten, Steine, Gläser und Püppchen wahr, die auf der schmalen Ablage vor den Bücherreihen aufgebaut waren. Als gäbe es ihn gar nicht, ging Frau Rasumonowa vom Bad aus gleich zu Jekaterina.

Martens aß den Osterkuchen mit den Händen, das Pas'cha ließ er stehen. Es schmeckte abgestanden. Gern hätte er einen Cognac getrunken, die Kissen vom Sofa geworfen und sich ausgestreckt, den Kopf auf der Seitenrolle. Er unterschied die Stimmen der beiden Frauen, verstand aber nichts. Nur ihr Zischen war deutlich zu hören, mit dem sie sich wechselseitig zur Ruhe mahnten. Martens ging ins Bad. Bei geöffneter Tür – der Lichtschalter war nicht zu finden – wusch er sich, gurgelte kurz, wischte über Augen und Stirn, spuckte lautlos ins Becken und trocknete sein Gesicht an einem rosa Handtuch, über dessen Haken er »Jekaterina« gelesen hatte.

»Mama!« rief plötzlich eine gepreßte Stimme und brach mitten im zweiten »a« ab.

Frau Rasumonowa erschrak. Sie hatte ihn offensichtlich nicht im dunklen Bad vermutet. »Entschuldigen Sie mich, aber ich muß einkaufen. Und zum Schuster. Jekaterina ...«

Zwischen ihren Augenbrauen stand eine senkrechte Falte. Schon im Mantel, fuhr sie in die braunen Pumps und nahm

zwei Einkaufsbeutel vom Garderobenhaken. »Eine Stunde ...«
Sie verließ die Wohnung mit einem abwesenden Blick, der
Martens nur zum Schluß noch streifte. Von außen wurde
zweimal abgeschlossen. Maschenka maunzte kläglich.

»Darf ich?« fragte er in die Stille der Wohnung und klopfte vor
Jekaterinas Zimmer an den Türrahmen. Die Blumen tropften.
Er klopfte ein zweites Mal, diesmal gegen die angelehnte Tür,
und hörte ein leises »Ja«.

Erst als Jekaterina etwas höher rutschte und die angezogenen
Beine unter der Decke ausstreckte, sah er ihr Gesicht. Ihre
dunklen Haare breiteten sich über das Kopfkissen, schlängel-
ten sich an den Wangen vorbei den Hals hinab und verschwanden unter der Bettdecke.

»Wunderschön«, sagte sie matt und nahm die Rosen in Emp-
fang.

»Darf ich?« Martens zog den einzigen Stuhl in den schmalen
Gang, der zwischen den beiden Betten blieb und an dessen
Stirnseite, unter dem Fenster, ein weißlackierter Nachttisch
mit einer Vase stand.

»Ich habe Ihnen etwas verschwiegen«, begann Jekaterina sofort, schloß die Augen und roch an den Rosen. Die Blüten-
kelche lagen auf ihrem Mund.

»Soll ich die Blumen ...«

»Ich weiß es!« unterbrach sie ihn.

»Was wissen Sie?«

»Warum fragen Sie noch?«

»Seit Montag ...?«

»Ja.«

»Von der Buchhalterin?«

»Sie kann nichts dafür«, antwortete Jekaterina in demselben
müden Tonfall.

Martens lehnte sich auf seinem Stuhl nach vorn. »Ist das denn
so schlimm?«

Jekaterina sah ihn an, als öffnete sie erst jetzt ihre Augen. An
der Nasenwurzel, den Mundwinkeln entstanden Fältchen, sie

zitterte, sie warf sich herum. Ihre Schultern bebten. Martens, der wieder den Kopf schüttelte und achtgab, daß er das Bett nicht berührte, rutschte näher heran.

»Hauptsache, Sie bekommen das Geld, ob von der Firma oder von mir ... was kümmert denn Sie das?« Er war aufgestanden und beugte sich vor, die Hände mal auf den Knien, mal in den Hosentaschen. »Jekaterina«, flehte er.

Martens hätte gern die Rosen unter ihrem linken Oberarm vorgezogen. Eigentlich hatte er von dem Mann mit dem Akkordeon und den beiden Frauen erzählen wollen, denen er vorhin begegnet war. Er wollte sie nachahmen und singen:

> Dunka, Dunka, Dunka, ja!
> Dunka, du mein Liebchen ...
> Ach Dunka, Dunka, Dunka,
> ach, Dunka, hab mich lieb.

Die Frauen hatten so gelacht und sich gegen den Mann in ihrer Mitte gedrückt, daß er aufhören mußte zu spielen.

»Dann gehe ich jetzt«, sagte Martens. Jekaterinas Schultern hoben und senkten sich gleichmäßig. Er schob den Stuhl zurück.

»Bitte nicht«, sagte sie nach einer Weile. »Sie müssen warten.«

»Weiß sie es?«

»Sie besucht eine Freundin«, erklärte Jekaterina und drehte sich wieder auf den Rücken.

»Na dann ...« Martens setzte sich wieder. Mit einer Hand streichelte er Maschenka, die an einem Stuhlbein entlangstrich.

»Ich kann Ihnen solange etwas vorlesen, Heine«, sagte Jekaterina und faltete ein Taschentuch über ihrem Gesicht auseinander.

»Aber was machen wir denn nun mit den Rosen?« fragte Martens und beugte sich tiefer zu Maschenka herab.

»BITTE VERÖFFENTLICHEN Sie in Ihrer Zeitung die Anzeige: ›Suchen Uniformen, Waffen, Uhren, Porzellan, Fotografien und anderes aus der Zarenzeit für die Ausstattung eines Restaurants in Leipzig.‹ Wir bitten um Rücksprache ...« Dann folgte eine Telefonnummer.

Nach mehreren Versuchen erreichte ich den Unterzeichnenden Hans-Karl Schulz. Er wende sich auf Empfehlung von *** mit der Bitte an mich, für ihn eine Auswahl zu treffen und, wenn möglich, auch den Transport zu arrangieren. Für alle Kosten und Mühen käme er natürlich auf. »Wissen Sie«, sagte Schulz immer wieder, »wie sehr ich Sie um Ihren Aufenthalt in Sankt Petersburg beneide!«

»Chiffre: Leipzig« war ein großer Erfolg. Ich konnte die Angebote nach den günstigsten Adressen auswählen. Wanduhren, Postkarten, Sessel, Porzellanschalen, Silberbesteck, Brieföffner aus Elfenbein, Fächer, ein Degen, Tischdecken, Damenschnürschuhe.

Nach einer Woche überließ ich »Chiffre: Leipzig« Anton, unserem Fotografen, der jede Zuschrift so sorgfältig behandelte wie die Bewerbungen auf seine Annonce unter der Rubrik: ER sucht SIE. Für Schulz war er der richtige Mann. Nach fünf Tagen legte Anton einen mehrseitigen Computerausdruck vor. Tabellarisch waren Artikel, Kurzbeschreibung, Preisvorstellung, Adresse und Telefon erfaßt. Auf einem gesonderten Blatt folgten die Zollbestimmungen.

»Hör mal zu!« sagte Anton und las vor: »Sammlerstücke. Freuen uns auf Besuch! Boris Sergejewitsch Altman.« Er gab mir den ausgerissenen Zettel. Dieser Altman mußte in seinem Leben selten etwas zu Papier gebracht haben. Die Buchstaben waren ungelenk gemalt. Die Adresse sagte mir nichts.

»Erstklassige Landschaft«, beteuerte Anton, »Ladogasee, Schlüsselburg, Newaufer. Die bieten was fürs Geld! Danach gehn wir in die Pilze!«

Er kämpfte um jede Adresse. Ich fragte nach seinen Damen, für die sonst die Wochenenden reserviert waren. Seine Antwort blieb unverständlich, weil er sich Tabakfädchen von den Lippen fingerte.

Am Sonntag erschien Anton im hellen Anzug. Er hielt mir die Wagentür auf und drückte den roten, mit einem Monogramm bestickten Schlips auf sein dunkelblaues Hemd. Wir kamen schnell durch die Stadt und fuhren unter wolkenlosem Himmel weiter, mitten im Schwarm der Ausflügler: Auf den Rücksitzen drängten sich Großeltern und Enkel, die Autodächer trugen Kanus, Schüsseln, Kästen, Planen und Angelruten.

»Wenn hier jemand winkt, halt nie an.« Anton spuckte beim Sprechen Krümelchen gegen die Scheibe. Seine Schwester hatte uns Fleischpiroggen als Proviant mitgegeben. Man müsse sie warm essen. Er summte kauend sein Lieblingslied »Mein Schicksal« und schniefte durch die Nase.

Manchmal war Anton so lethargisch, daß man ihm den Zucker im Tee hätte umrühren müssen, und dann wieder brachte ihn etwas derart in Schwung, daß er stapelweise Umschläge mit unserem Absender versah und sich viermal am Tag die Zähne putzte. Auf seinen Rat hin hatte ich Wodka und Zigaretten gekauft.

Die Abfahrt von der Newabrücke nach Schlüsselburg umschloß in weitem Bogen den Parkplatz, wo wir vor dem bunkerartigen Eingang des Dioramas hielten, von dem Anton die Fahrt über geschwärmt hatte. Er setzte seine Sportmütze auf, zog Scheibenwischer und Außenspiegel ab und kontrollierte noch einmal jede Tür. Es war erst kurz nach elf. Ich sollte mich überraschen lassen.

Eine halbe Stunde später fuhren wir entlang dem Ufer die Newa abwärts, wo zwischen dem 12. und dem 30. Januar 1943 mit der Operation »Funke« die Deutschen eins draufbekommen hatten. Sie waren von der 67. Armee der Leningrader Front, unter Generalleutnant Gowrow, der 2. Stoßarmee und einem Teil der 8. Armee der Wolkow-Front unter Armeegeneral Meretskow, unterstützt von der baltischen Flotte, in die Zange genommen worden. Anton wußte bescheid.

Am Denkmal für die Helden der Roten Armee hielten wir wieder und machten uns bei geöffneten Türen über die restlichen Piroggen her.

»Hier waren die Deutschen, und da drüben wir«, erklärte Anton wieder mit vollem Mund und stellte das Radio ab. Ich sollte die Grillen hören. Es war schwül. Zum Rauchen stiegen wir aus und sahen zur Newa.

»Ist es nicht eigenartig«, sagte er, »daß man immer die Sehnsucht hat, an einen Fluß, an ein Meer, auf einen Berg zu kommen? Immer zieht es einen fort. Verstehst du, was ich meine?«

Wir liefen über die Straße zum Wald, wo Hinweisschilder den Verlauf eines Kabels markierten. Der sandige, spärlich mit Gras bewachsene Boden war zerwühlt. Überall frische Gruben und kleine Gräben. Neben den Sandlöchern lagen verrostete Handgranaten, Eßgeschirre, Feldspaten, Filter von Gasmasken. Anton hob etwas Weißes auf und warf es mir vor die Füße. »Von hier oder von da.« Er tippte sich auf die Schulter, dann an die Hüfte.

Ich fand einen durchlöcherten Stahlhelm.

»Wehrmacht!« rief Anton.

Der Verlauf der Schützengräben war noch deutlich erkennbar. Gedankenverloren wie Pilzsucher, zogen wir Sohlen und ganze Stiefel aus der Erde, zeigten einander Knochen und Patronengurte, warfen verrostete Handgranaten und duckten uns. Hätten nicht auch Plastikflaschen und anderer Müll hier gelegen, wäre ich aus Angst vor Minen umgekehrt. Vor einem sich steil erhebenden Bahndamm pinkelten wir nebeneinander auf eine Gasmaske, bis die runden Augenscheiben glänzten, und schlenderten zurück. Der Stahlhelm kam in den Kofferraum zum Pilzkorb, den Stiefeln und einer alten Hose. Anton spuckte auf seine Fingernägel, polierte jeden einzelnen mit dem Taschentuch und faltete es wieder zusammen.

»Geschafft«, verkündete Anton, als wir das Dorf P. erreichten. Im Garten vor einem grünen Holzhaus leuchteten drei weiße

Kopftücher zwischen der dunklen Wäsche auf der Leine. Anton, der ausgestiegen war, nahm seine Mütze ab, sprang über den Straßengraben und lehnte sich an den Zaun. Die Frauen griffen nach Ärmeln und Hosenbeinen, während sie mit Anton sprachen. Dann sahen sie einander in die braunen Gesichter und schüttelten die Köpfe.

»Boris Sergejewitschs gibt's, aber keinen Altman«, sagte Anton und drehte den Rückspiegel. Zwei Jungen kamen die Straße entlang.

»Bietest du mir eine an?« fragte Anton und kurbelte die Scheibe herunter. In der Jackettasche des Kleineren steckte gut sichtbar eine Schachtel Belomor. Er musterte mich, dann den Rücksitz und die Ablage. Der andere stellte einen Beutel vorsichtig zwischen seine Füße.

»Ich geb euch Feuer und ihr mir ...«

»Sie haben doch Zigaretten!« Der ausgestreckte Arm des Kleineren zeigte auf die Schachtel Marlboro zwischen der Sonnenblende des Tachos und der Frontscheibe.

»Aber vielleicht habe ich gerade Appetit auf eine Belomor, he? Wir können tauschen, einverstanden?« Ihre Gesichter blieben reglos.

»Wohnt hier ein Altman?« Anton klappte seine Schachtel auf.

»Boris Sergejewitsch?« fragte der Große und steckte sich eine Zigarette in die Brusttasche. Ihm fehlte ein oberer Eckzahn. Der Kleine fingerte eine Belomor hervor.

»Boris Sergejewitsch Altman, genau. Danke.«

»Was wollen Sie?«

»Ihn kennenlernen. Wohnt die Familie hier?«

»Warum?«

»Das geht euch nichts an – denke ich mal.«

Die beiden schwiegen. In den Augen des Größeren lag etwas Gehetztes, etwas, was sich schwer beschreiben läßt.

»Er hat mich eingeladen, in Ordnung? Geschäfte!«

Der mit dem Beutel zeigte die Straße entlang. »Rechts vor dem letzten Haus, der Weg.«

Anton schob seinen Kopf aus dem Fenster.

»Rechts, vor dem grünen Zaun rechts«, wiederholte der Kleine. Die Frauen waren in der Haustür stehengeblieben. Anton tippte an den Schirm seiner Mütze. »Raucht nicht zu viel, Jungs!«

Wuchernder Sanddorn hatte die Holzzäune zu beiden Seiten des Weges so schief gedrückt, daß man die Bretter an manchen Stellen mit ausgebreiteten Armen zugleich hätte berühren können. Also stellten wir das Auto ab und gingen zu Fuß weiter. Nach hundert Metern führte der Weg über freies Feld. Trotz des trockenen Wetters war es hier noch matschig. Anton, seine Hose an den Schenkeln gerafft, balancierte vor mir über die Balken, die als Stege in den Pfützen lagen. Nach dem ersten Fehltritt hatte ich Modder in den Sandalen.

Dann erblickten wir die Kate. In ein helles, frisch lackiertes Täfelchen, genau über der Mitte des Türbalkens, war der Name eingebrannt: ALTMAN. Sonst schien alles aus dem gleichen modernen Holz zu sein wie der Stamm neben dem Eingang, der wohl als Bank diente. Wir hörten Stimmen – streitende Geschwister.

Auf die Dachschindeln waren flickenartig Bleche genagelt. Ein Kabel hing von der schiefen Antenne herab und verschwand irgendwo. Das Fenster war dunkel und zur Hälfte mit Milchglas ersetzt. Auf dem Brett vor der Tür standen kleine Gummistiefel und Walenki mit Gamaschen.

Ein Junge, vielleicht zehn, schlurfte heraus.

»Wie geht's?« fragte Anton. Drinnen wurde es still, als hätte man ein Radio abgeschaltet. »Guten Tag, Großer!« Der Junge zog sein Hemd über die Hose und wich Antons Hand aus. Wir strichen uns an zwei, über kurze Latten genagelten Knüppeln den Matsch von den Sohlen und klopften an.

»Darf man?« Anton zögerte einen Moment an der Schwelle und trat ein. Es roch nach ranzigem Fett und zugleich säuerlich. Wie Balken durchzog das Licht von den Fenstern aus den Raum. Um einen Tisch saßen Kinder, zwei Mädchen, an der

Stirnseite ein Junge, etwa vierzehn. Sie schälten Kartoffeln aus einer Schüssel vor ihnen, deren Rand nur wenig niedriger als ihre Köpfe war. Weder unterbrachen sie ihre Arbeit noch sahen sie auf.

»Eure Eltern sind nicht da?« Anton setzte die Mütze wieder auf. Hinter mir klappte die Tür zu. Den Fußboden bedeckten abgetretene Läufer. In einem Plastikeimer lagen trockene Brotscheiben und Essensreste.

»Kommen Sie wegen Leipzig?« fragte der Junge am Tisch, der Messer und Kartoffel in die Schüssel gleiten ließ.

»Ja, Leipzig«, sagte ich. Die Mädchen blickten kurz zu uns herüber.

»Herzlich willkommen!« Der Junge streifte die Ärmel herunter und verkniff das Gesicht, als er sich sein Stehbündchen zuknöpfte.

»Boris Sergejewitsch«, sagte er und kam uns mit ausgestreckter Hand entgegen. »Boris Sergejewitsch Altman, angenehm.« Erst schüttelte er Anton die Hand, dann mir. Die Mädchen nahmen die Schüssel vom Tisch und verschwanden hinter einen Vorhang, der eine Ecke des Raumes abtrennte.

»Das läßt sich nicht ändern«, sagte Altman, als wir auf unsere dreckigen Fußspuren sahen. Er ging zu seinem vorherigen Platz und wischte mit der flachen Hand die Wasserflecken vom Tisch.

Anton und ich setzten uns einander gegenüber an die Längsseiten.

»Möchten Sie Tee?« Altman steckte sich eine Belomor an und lehnte sich zurück. »War mal besser.« Er blies in die glimmende Spitze, zog verächtlich die Mundwinkel herab und spuckte in eine Schüssel, die hinter mir an der Wand stand.

»Was wollen Sie uns verkaufen?« fragte ich. Eines der Mädchen, sie war nun stark geschminkt, stellte einen Samowar vor uns.

»Das ist Tanja.« Altman fehlten Zähne.

»Worum geht es«, fragte ich wieder.

Altman rauchte und betrachtete immer wieder die Spitze seiner Papyrossa. Die Abwesenheit von Erwachsenen war gespenstisch.

»Da war er noch jung!« Anton zeigte auf ein Poster von Van Damme, das neben dem von Schwarzenegger, Abba, Michael Jackson auf das Holz der unverputzten Wände geklebt war, nahm sich eine Belomor und knöpfte sein Jackett auf. Auf dem Regal neben dem Eingang türmte sich pyramidenhaft eine Büchsensammlung.

»Nicht schlecht, nicht schlecht«, lobte Anton und schob anerkennend die Unterlippe vor. »Gemütlich, gemütlich.«

»Hat unser Gast recht, Denis?« Der Kleine hockte mit angezogenen Beinen im Sessel hinter Antons Rücken.

»Richtig«, antwortete er.

»Und eure Eltern?« fragte ich.

Altman warf die Streichhölzer zu Anton, der sie mit der Linken fing. »In der Stadt.«

»Und ihr seid geblieben?«

»Wir sind weg, weg aus Piter. Sie essen mit uns?«

»Beefsteak mit Pommes«, sagte der Kleine aus dem Sessel.

»Nicht schlecht, Beefsteak mit Pommes«, wiederholte Anton, schob die Streichhölzer über den Tisch und nickte mir zu. »Nicht schlecht!«

»Wir essen immer Pommes«, sagte Altman. »Stimmt's, Tanjuscha? Tanjuscha!« Sie verteilte Tassen und stellte die Teekanne zum Samowar. »Ein gutes Mädchen. Bedienen Sie sich!«

»Danke, Boris Sergejewitsch, besten Dank.« Anton goß erst in mein Glas ein wenig von dem dunklen Tee, dann in Altmans und zum Schluß in sein eigenes.

»Die Vogelbeeren hab ich selbst eingekocht«, sagte Altman, als das Mädchen die aufgeschraubten Gläser vor uns hinstellte.

»Vogelbeeren, Moosbeeren, Heidelbeeren, Kirschen«, zählte sie auf, verteilte die Löffel und verschwand hinter den Vorhang. Denis wurde mit dem Abfalleimer zu den Kaninchen geschickt.

»Klasse, einfach Klasse«, flüsterte Anton. Mit dem Teelöffel schlug er in die Luft, als suche er ein passendes Wort. »Wunderbar, wie der letzte Herbst.« Altman hielt sein Glas unter den Samowar und ließ heißes Wasser aus dem Hahn laufen. Ich ahnte bereits, daß ich eine Story an der Angel hatte und gab mich überrascht, als Altman auf die Frage nach der Schule nur mit den Schultern zuckte. »Und das geht gut?«

»Nichts geht ohne die Miliz.«

»Prachtkerl!« wieherte Anton. »Nichts geht ohne die Miliz!«

»Ihr seid befreundet?« fragte ich.

»Wir machen unsere Arbeit«, sagte Altman.

»Die helfen euch?«

»Wir ihnen und sie uns.« Er schlürfte weiter seinen Tee.

»Und was arbeitet ihr?«

»Gleich.«

Anton begann von dem Restaurant in Leipzig zu erzählen, von seinen Streifzügen, von Preisen, Säbeln und Fächern aus Elfenbein. Altman stellte keine Fragen, er schien überhaupt nicht zuzuhören. Als Anton schwieg, rief er etwas, das wohl den Mädchen galt. Denn hinter dem Vorhang begannen sie, etwas auszupacken – eine Werkzeugkiste oder ähnliches. Anton löffelte Warenje und schlürfte Tee. Er sah mich nicht mehr an. Plötzlich ging die Tür auf.

»Kehrt marsch«, schrie Altman. Die beiden Jungen, die wir kannten, zogen sich zurück. Nur Denis, mit einem glückstrahlenden Gesicht, stolperte in Gummistiefeln herein. Altman war aufgesprungen. Im nächsten Moment flogen leere Bierdosen herum, rollten an die Wand und unter den Tisch.

»Dreckschwein!« Altman stieß ihn gegen die Stirn. Denis stieg aus den Gummistiefeln, trug sie hinaus und wischte dabei mit den nackten Füßen über seine Drecktapsen. Kaum war die Tür wieder zu, erschien Tanja hinter dem Vorhang.

»Unglaublich«, flüsterte Anton und stand auf. »Unglaublich!«

»Unsere Arbeit«, verkündete Altman, nahm Tanja eine Maschinenpistole ab und legte auf mich an.

»Unglaublich ...«, hauchte Anton. »Phantastisch!«

»Von den Deutschen: Schmeisser, 38/40!« Altman übergab die Maschinenpistole Anton. Der streichelte über den Lauf. »9 mm – keine Munitionsprobleme.«

»Nicht gerade aus der Zarenzeit«, sagte ich.

Altman warf seinen Kopf herum. Ich wollte ihn beruhigen. Da zog er hinter seinem Rücken eine Pistole aus der Hose und hielt sie mir unter die Nase. »Heil Hitler!« schrie er. »Sag: Heil Hitler! oder sag: Sieg Heil! Heil Hitler! Sieg Heil!« Seine Mundwinkel zuckten. Er zielte tiefer. »Los! Heil Hitler! Heil Hitler!«

»Walther, 9 mm, 6 Schuß«, sagte Anton, die Maschinenpistole in der Hüfte. »Warte draußen!«

»Zieh Leine!« Altmans Stimme klang mit einem Mal süßlich. »Los.«

Ich stand auf, schob den Stuhl zurück und machte behutsam die ersten Schritte. Altmans ausgestreckter Arm folgte mir. Die Tür war angelehnt. Noch bevor ich sie erreicht hatte, klickte es. Dann war ich draußen.

»Kauft ihr?« fragte Denis. Er drückte ein Kaninchen ins Gras, stülpte mit der anderen Hand eine Kiste darüber und legte Steine darauf.

Ich fragte ihn nach den anderen Jungen.

»Buddeln, auf Schatzsuche.« Aus dem Beutel holte er eine leere Holsten-Büchse. »Kennst du das?«

Ich nickte. Das andere Mädchen, geschminkt wie Tanja, stand in der Tür und winkte ihn heran.

»Was hast du da?« fragte ich Denis. Es sah aus wie ein Muttermal, das unter der offenen Knopfleiste hervorsah. Er zog das Hemd auseinander und streckte seine Brust vor. Auf Herzhöhe war ein Orden tätowiert.

»Du müßtest mal Timur sehn!«

»Wen?«

»Ihn, Timur. Hast du Zigaretten?«

Ich gab ihm eine Handvoll.

»Wow!« rief er und wartete, bis ich ihm meine flache Hand bot. Klatschend schlug er seine dagegen. »Ihr kauft?«

»Ja.«

»Ihr wollt deutsche? Unsere sind besser!«

»Glaub ich nicht.«

»Denis!« rief das Mädchen und stampfte mit dem Fuß.

»Schenkst du mir was?« fragte er hastig. Ich gab ihm mein Feuerzeug, das er gleich gegen die Sonne hielt.

Ich wartete am Auto. Die Hitze war drückend. Nebenan hackte eine Babuschka Holz. Zweimal, dreimal grüßte ich – sie starrte mich an, sammelte die Scheite ein und ging ins Haus. Selten fuhr ein Wagen vorbei. Auf der anderen Flußseite standen eng beieinander unverputzte Villen mit Türmchen und Zinnen.

Als Anton endlich kam, hielt er ein längliches, in Zeitungspapier eingeschlagenes Paket wie eine zu kurze Krücke an den Körper gedrückt. Er brauchte lange, um sie im Kofferraum zu verstauen. Wortlos nahm er den Wodka und die Zigaretten. Noch einmal wartete ich eine halbe Stunde.

»Und wenn sie uns anhalten?«, fragte ich.

Wir fuhren an der Newa zurück. Anton rauchte. Es waren nur wenige Autos unterwegs.

»Aber sprich nicht darüber, hörst du?« Antons rechter Zeigefinger tickte vor mir in die Luft. »Und wenn schon«, stieß er dann lachend hervor. »Wenn schon.«

In den Wochen danach wechselten wir kaum einen Gruß. Anton gab mir das Geld für die Zigaretten und den Wodka zurück. Für die Zuschriften interessierte er sich nicht mehr. Er hatte irgend etwas gefunden, was seinen Blick in die Ferne zog und ihn blinzeln ließ, als stünde er mit dem Gesicht zum Wind. Dann verschwand er ganz aus der Redaktion, und seit einem halben Jahr habe ich ihn nicht mehr gesehen.

Obwohl mein Artikel ohne Fotos erscheinen mußte, war er ein

großer Erfolg. Die Sache mit Schulz verlief im Sand. Er hat nie Geld überwiesen. Allerdings erreichen mich Zuschriften unter »Chiffre: Leipzig« noch heute.

ICH HATTE geglaubt, es sei nur eine Frage der Zeit, also des richtigen Augenblicks, ihr Ja-Wort zu gewinnen für einen Abend oder ein Wochenende, vielleicht sogar für mehr. Sie aber führte mir ihre Hand vor Augen wie eine Fotografie, auf der nur ein Detail, ein schmaler, goldener Ring, auffallen sollte – als wären mir ihre Finger nicht vertraut, als liebte ich nicht das sanfte Rund jedes Nagelbettes und all die Fältchen über ihren Knöcheln. Der Ring mit der Perle hatte ihr weitaus besser gestanden. Mit gespreizten Fingern klaubte sie drei Gläser zusammen, hob sie aneinandergepreßt aufs Tablett und ging.

Ich kam nur ihretwegen. Waren die Fenstertische, die sie bediente, besetzt, wartete ich vor der Tür oder an der Bar. Anders als am Tage, wenn Touristen das Restaurant bevölkerten und ihre Kinder Spielzeug ausbreiteten, drängten sich abends Geschäftsleute, auf deren Tischen zwischen Gläsern und Flaschen Funktelefone standen. Man aß gut hier: Kamtschatka-Krebse für vier Dollar, Wiener Schnitzel, Stroganow oder Meeresfrüchte für acht Dollar, Bier und Wodka für zwei. Blieb ihr zwischen den Bestellungen Zeit, sah ich sie Schläfe an Schläfe mit der Oberkellnerin sprechen, ohne den Saal aus den Augen zu lassen. Kerzengerade, scheinbar ohne Anstrengung, stand sie vor dem Buffet, auf dem Aschenbecher und die Besteckkörbe mit den Servietten ihren Platz hatten. Um sie bei mir zu haben, genügte es, den Finger von der Tischplatte zu heben. Sofort lösten sich ihre vor dem Schoß gefalteten Hände und schoben die Serviette auf den Unterarm zurück. Ihr Rock war eng und hielt die Schritte klein. Die Beine zeichneten sich abwechselnd unter dem straffen Stoff ab. Eine Strähne ihres glatten schwarzen Haars wippte zwischen Kinn und Hals. Beim letzten Schritt an meinen Tisch warf sie den Kopf zurück, doch gleich fiel ihr das Haar wieder ins Gesicht.

Wie haßte ich jene Gäste, die sie nach ihrem Namen fragten, ihr den Arm um die Taille legten, Trinkgeld gaben und nicht begriffen, daß man verloren sein konnte ohne dieses Lächeln. Ihr Lächeln, das den winzigen Spalt zwischen zwei Schneidezähnen zeigte und verheißen sollte, sie sei zu allem aufgelegt, zu allem fähig, gleich hier, vor den Gästen und der Oberkellnerin. Ich wollte den Kopf an sie lehnen, an jene Stelle, vor die sie den Block hielt und wo sich der Rockbund sanft wölbte. Sie dankte für die Bestellung. Ich mußte an mich halten, als sie leicht die Knie beugte und das Tablett aufnahm! Jeder Schritt ließ ihre Ferse für einen winzigen Moment auf dem Absatz zittern und bildete immer wieder diese besondere Linie zwischen Schienbein und Wade. Ich sog die Luft ein, durch die sie gegangen war.

Es gab niemanden, den ich in meine Passion eingeweiht hatte. Keiner meiner Mitarbeiter wäre darauf gekommen, sollte er mich je durch die Fenster erspäht haben, denn abends wurden die Jalousien nicht geschlossen. Wer wollte, konnte die schwarzen Tische und Stühle, die blauen und roten Kanapees, die Bar mit den glänzenden Zapfhähnen und die tropischen Pflanzen betrachten, auch die festliche Beleuchtung und die gut gekleideten Menschen, die aßen und tranken, sich unterhielten und lachten.

Wenn nicht gerade alte Frauen mit dem Rücken an den Scheiben lehnten und die Sicht versperrten, weil sie Puppen und Tücher, Schallplatten und Eierwärmer zum Verkauf vorzeigten, sah man über den Newski zur Staatsduma, an deren Treppe Künstler ihre Werke anpriesen. An der Haltestelle vor mir platzten die Busse auf, leerten sich und sanken, neu erstürmt, wieder in Schräglage. Daneben hockten Bettler auf den Stufen zur Unterführung. Und überall Kinder, die unter einem Tuch ihre Hände in die Taschen anderer zaubern konnten und über die man stolperte, so plötzlich standen sie da. Das Hotelpersonal scheuchte sie von den Eingängen. Hier drinnen war man sicher.

Wer auch immer hereinglotzte, hätte nicht mein Verlangen erahnt, neben ihr zu erwachen, bei ihr zu sein, wenn sie sich wusch und die Zähne putzte, mit ihr zu reden, während sie das Bein anwinkelte und sich die Nägel schnitt.

Sie stellte das Bier vor mir ab – keine Handspanne trennte ihren Kopf von meiner Stirn –, nahm das leere Glas, legte an seine Stelle die Rechnung, suchte bereits nach Wechselgeld, überhörte die Zahl, die ich nannte und gab statt dessen bis auf den letzten Schein heraus. Weder widersprach ich, noch sah ich auf.

Doch dann – ja, sie hatte nur gewartet, daß ich den Kopf hob, als sei alles nur ein Mißverständnis –, dann lächelte sie mir zu, bewegte die Lippen wie zum Kuß und verschwand. Vor Glück schloß ich die Augen.

Schon drei, vier Minuten später, ich hatte gegenüber dem Eingang Posten bezogen, quälte mich die Vorstellung, ich könnte sie verfehlt haben. Trotz der Überlegung, daß sie zumindest abrechnen mußte und sich umziehen, wuchs die Versuchung, die Türsteher in den grauen Anzügen zu fragen. Die hatten nicht nur Blick und Gespür für die Qualität von Schuhen, die Güte eines Mantelstoffes, das Modell einer Brille – you are welcome –, sondern auch ein gutes Gedächtnis.

»Eine Frau, eine Frau, er will eine Frau!«

Wenige Schritte neben mir, an der Ecke zum Newski, blieben Passanten um einen hochaufgeschossenen Kerl stehen, der mit den Armen fuchtelte. Für Augenblicke, wenn der Westwind die Wolken aufriß, war man geblendet vom hellen, klaren Licht, das den Frühling ankündigte und den endlosen Prospekt mit Meerluft füllte.

»Eine Frau, eine Frau!« wiederholte der lange Kerl.

Selbst wenn sie einen anderen Ausgang nahm, mußte sie auf dem Weg zur Metro hier vorbei – und an dem Grüppchen, das sich zwischen dem Eingang der Unterführung und dem Eckhaus versammelt hatte. Die Aufregung des Langen kehrte in den unruhigen Bewegungen der Mäntel, Hälse und Taschen um ihn herum wieder.

Sie erschien in der Tür, allein und mit einem roten breitkrempigen Hut. Die Männer in Grau grüßten. Ohne sich umzusehen, lief sie in Richtung Puschkin-Denkmal. Ihre Absätze mußten bis ins letzte Stockwerk hinauf zu hören sein. Meine Fußspitzen berührten fast den Saum ihres cremefarbenen Mantels. Ich versuchte, gleichmäßig zu atmen. Den Hut trug sie so schief, daß ihr Haar auf der linken Seite ganz darunter verschwand. Am Hoteleingang wurde sie langsamer, der Mantel senkte sich an ihre Knöchel. Dann blieb sie stehen und durchsuchte die Handtasche. Zum ersten Mal roch ich ihr Parfum. Ich wartete. Ihre Finger bewegten sich wie auf einer winzigen Schreibmaschine. Sie zog einen Dollar heraus, verschloß die Handtasche und – mein Gott! »Njet, njet«, schimpfte sie. Zwischen ihren Vorderzähnen – nicht die geringste Lücke.

Als ich wieder aufblickte, zeugten nur noch die Verbeugung des livrierten Hoteldieners und der grüne Schein in seiner Hand von ihrer Gegenwart.

Ich rannte nicht zurück. Ich fragte niemanden, ich bestach keinen der Männer in Grau. Willenlos starrte ich auf den roten Teppichläufer vor dem Eingang, bis mich eine Art Instinkt, den Weg des geringsten Widerstandes zu nehmen, auf meinen Posten zurückführte und vor den Zurufen der Taxifahrer und Kinder rettete.

Die Menge um den Langen, der mir nicht ganz richtig im Kopf schien, war noch größer geworden. Er starrte mit vorgerecktem Kinn auf etwas, was ich auch dann nicht erkannte, als ich mich hinter den Rücken auf die Zehenspitzen stellte. Ich erkundigte mich nach dem Grund der Versammlung. Statt einer Antwort tippte der Mann, dessen Ellenbogen gegen meine Brust drückte, die Frau vor ihm an, die, nach einem kurzen Blickwechsel, wiederum der Schulter vor ihr ein Zeichen gab. Und so ging es weiter. Ich versicherte, nur wissen zu wollen, weshalb man hier zusammenstehe. Meine Aussprache verriet mich. Und so redeten sie mir zu, die mit Mühe geschaffene Gasse nun auch zu nutzen.

Der irre Kerl musterte mich, den Verursacher der Unruhe, von oben herab. Ich zuckte mit den Schultern, da sah er weg. »Gehn Sie, los, gehn Sie!« keifte nahezu tonlos die Frau vor mir, und ich gelangte in die Mitte.

Auf dem Trottoir lag ein zerlumpter alter Mann, eine Platzwunde über der rechten Augenbraue, und blickte zu den Umstehenden auf. Daneben kniete eine Frau. Gerade hob sie seinen Kopf an, um eine Mütze unterzuschieben. Er verzerrte den zahnlosen Mund recht närrisch. Die Schleimfäden zwischen den Lippen rissen, und seine hellblauen Augen gingen munter hin und her. Mehrmals verneigte sich ein Mütterchen vor ihm und schlug mit weiten Bewegungen das Kreuz, als hüllte sie sich in ein langes Tuch. Andere folgten ihrem Beispiel, darunter auch jüngere Männer. Bis auf jene Frau, Ärztin wahrscheinlich, die den Kopf des Alten hielt, half niemand. Die Ärztin, immer eine Hand an seiner Wange, knotete ihr Kopftuch auf, zog es, um zwei Finger geschlungen, von den Haaren und hielt ihr Ohr an seine Lippen. Was er sagte, war nicht zu hören. Sie küßte ihn auf die Stirn.

»Gott segne dich, Mädchen!« Der Mann mit den struppigen Haaren neben mir war, wie wohl die meisten, allein gekommen. Sein grauer, akkurat über der Brust gekreuzter Schal verlieh ihm, trotz des schäbigen Mantels und seines unrasierten Kinns, etwas Vornehmes.

»Was für ein Mädchen!« – »Eine wahre Russin!« flüsterte man. Ein großer, breitschultriger Milizionär zwängte sich in den Kreis, forderte Auskunft und warf einen Blick auf den Alten. Hünenhaft überragte er die Reihen, beide Hände am Koppel, vom linken Handgelenk schlenkerte der Knüppel.

Ruhig legte die Ärztin ihr Cape ab und gab es mitsamt dem Kopftuch der Rothaarigen neben ihr. Ohne sich um die Gaffer oder den Milizionär zu scheren, öffnete sie die wenigen Knöpfe ihrer Bluse und löste auch noch die Bändchen, die ihre Ärmel an den Handgelenken rüschten.

»Eine Schönheit!« Der Struppige verneigte und bekreuzigte

sich gleichzeitig mit vielen anderen. Mich rührte eine runde Impfnarbe an ihrem Oberarm. Gern hätte ich ihr beigestanden, doch sie schien weder Hilfe zu erwarten noch ihrer zu bedürfen.

Als der Reißverschluß hakte, riß sie förmlich ihren Rock vom Leib, streifte die Strumpfhose ab, wozu sie kurz aus den Schuhen schlüpfte.

»Halleluja«, dröhnte der Milizionär, ohne die schweren Hände vom Koppel zu nehmen oder die Ärztin aus den Augen zu lassen.

»Täubchen, bleib nicht auf halbem Wege stehen! Kennst du die Männer nicht?« hörte ich eine winzige Alte gegenüber. Doch die Angesprochene hatte nur Augen und Ohren für ihn, dem sie die Wange streichelte, das Blut von der Stirn wischte. Sie stand auf.

»Ruhe!« mahnte einer und fuhr mit dem Daumen über seine angelaufenen Brillengläser.

Die Äuglein des Alten, das Gesicht zur Grimasse erstarrt, hefteten sich an jede Bewegung ihrer Hände. Sie hakte den Brusthalter auf und streifte die Träger ab. Der Alte brachte ein dünnes »Aah« hervor, als sie ihren Slip herunterzog und vom rechten Knöchel schleuderte – zum Struppigen. Der küßte ihn gierig und warf ihn der Rothaarigen zu.

Schon war die Ärztin über den Alten gestiegen. Vorsichtig ließ sie sich in die Hocke nieder, setzte das linke Knie auf den Asphalt, ließ das rechte folgen.

»Gott mit dir, eine Heilige!«

»Du rettest Rußland!«

»Eine Heilige«, nahmen viele den Ruf auf.

»Dein Name, Mädchen, dein Name!«

Eine Frau weinte. Die Ärztin ergriff die Hände des Alten, die leblos neben ihm gelegen hatten, hob sie bis zu ihren Schultern, führte sie sacht am Körper hinab und preßte sie sich auf die Brüste.

Ein Stoß in die Seite ließ mich herumfahren. Die ich getreten hatte, bot mir einen honiggelben Strauß dünner Kerzen dar, den sie nur mit Mühe zusammenhielt.

»Nimm schon«, murrte sie. Kaum hatte ich eine Kerze berührt, verlangte sie hundert Rubel, neigte sich jedoch vertrauensvoll näher. »Zwei – hundertfünfzig.«

Der Struppige umwickelte, noch während ich das Geld suchte, mit einem Zeitungsfetzen den Fuß seiner brennenden Kerze. Wachs tropfte ihm auf die Hand und lief in den Ärmel. Als einziger stand ich aufrecht inmitten der sich verneigenden Menge. Doch als der Struppige die Kerze herüberhielt, damit ich meine anzündete, fühlte ich mich nicht länger allein. Ein paar Frauen hatten zu singen begonnen. Mehr und mehr Stimmen fielen ein. Der lange Irre schlug verhalten den Takt.

Noch ehe ich es richtig begriffen hatte, weinte ich, und die Tränen strömten wie seit Kindertagen nicht mehr. Wie lange war es her, daß ich solch einer Musik gelauscht hatte.

»Dein Name, Mädchen, dein Name!« Frauen preßten ihre Taschentücher vor den Mund oder tupften sich die Augen. Gebet und Gesang suchten einander zu übertrumpfen. Ich genoß dieses Crescendo mit einer Gänsehaut bis auf die Schenkel, summte die Melodie mit, sang die Worte, die ich verstand, und hätte gern ein Kreuz geschlagen und mich verneigt. Ja, ich wollte die Erde küssen, wollte niederknien, damit der Gesang nie mehr verstumme, und nie wieder sollte die Ärztin aus unserer Mitte gehen, die auf den Beinen des Alten liegend, ihm die Hose öffnete, sein dünnes Glied hervornestelte und es in ihrem Mund barg.

»Die Schlange, die göttliche Schlange!«

»Alles, alles wird sich wenden!«

Und schon krakeelten die ersten: »Er ist auferstanden!«

»Ja, er ist wahrlich auferstanden!« antworteten andere.

Entlang des Newski hupten Autos. Selbst der Milizionär ließ sich küssen, zog dann seine Uniformjacke unterm Koppel straff und schluckte. Eine Träne auf seiner Wange verschmierte er mit der flachen Hand wie ein Kind.

Unter dem Jubel der Menge gab die Ärztin den Stengel des Alten frei, hockte sich schnell darüber und ließ sich hinab – den Kopf zurückgeworfen, der Mund ein lautloser Schrei.

Im selben Moment erstarrten die hellblauen Augen des Alten, ein Schauer huschte über sein Gesicht. An seinen Lippen bildeten sich Bläschen und zerplatzten. Der Gesang brach ab, das Gebet verlor sich zum Murmeln. Man reckte die Hälse, stellte sich auf die Zehenspitzen, rückte enger zusammen. Die Ärztin schien betäubt. Allmählich aber entspannte sich ihr Mund. Sie begann zu lächeln, und die Gesichter der Umstehenden verklärten sich.

Sie küßte ihn. Es klang wie fallende Tropfen, so innig berührte sie Stirn, Wangen und Mund. Noch weiter streckte sie sich vor. Die Spitzen ihrer Brüste bedeckten seine Augen und streiften ihm dreimal über die Lider. Dabei zog sie den Schoß von seinem Glied. Es war so still, daß dies der Beginn einer Ohnmacht hätte sein können. Schließlich aber erhob sie sich über seinen Kopf hinweg. Der Alte lag mit festlich erigiertem Schwengel und geschlossenen Augen in unserer Mitte.

»Mit den Brüsten!« flüsterte man sich zu. »Eine Heilige, wahrhaftig, mit den Brüsten!«

Langsam fuhr sie sich zwischen die Beine, nickte, sah auf, hob ihren Arm, reckte ihn höher und höher empor und spreizte endlich die feuchten Finger zum Siegeszeichen.

Welch Jubelschrei durchschnitt die Luft, welch Glück, welch tosender Applaus. Und jeder wollte sie berühren, ihr die Füße küssen, die Wange an ihr Knie drücken, das schwarze Haar streicheln, sie mit Tränen netzen. Ich wußte nicht, ob es noch wilde Umarmungen waren oder bereits Knüffe und Rempler, die mich nach vorn schoben und stolpern ließen. Ich fiel aber nicht, denn nirgendwo war Platz.

Man bestürmte die Rothaarige, entriß ihr im Nu alles. Nur vom Slip rettete sie einen Fetzen für sich. Als die ersten Knüppelschläge des Milizionärs niedergingen, ermunterte man ihn, doch richtig dreinzuschlagen, beschimpfte und reizte ihn mit

Unflätigkeiten und entwand ihm den Knüppel. Auf seinen Pfiff hin aber scharten sich einige Männer zusammen, hakten einander unter und drängten uns mit einer Phalanx aus Rükken, Schultern und Nacken zurück, daß nur noch er selbst, die Ärztin und die Leiche des Alten im Inneren des Kreises verblieben.

Sie, der man nicht mal die Schuhe an den Füßen gelassen hatte, bedeckte linkisch Brüste und Scham. Der lange Irre aber, eben noch Teil des Kordons, trat wie ein Hofmarschall zu ihr, verbeugte sich, küßte ihr die Hand und breitete seinen Mantel vor ihr aus, die Innenseite nach oben. Aus der Hosentasche holte er einen Beutel hervor, zog ihn glatt und verkündete: »Für unsre Heilige! Für unsre gute Frau!« und warf selbst ein paar Rubel hinein, als wären wir Affen, denen man es vormachen müßte.

Gegen Rücken, Nacken und Schultern gedrängt, winkten wir ihn mit Scheinchen heran, als gälte es, noch einen Wetteinsatz zu machen. Jene aber in den hinteren Reihen knüllten ihr Geld zu Bällchen und warfen es in den Kreis. »Hierher! Hier! Hier!« schrie man dem Irren zu, hundert Stimmen befehligten ihn gleichzeitig. Er mühte sich, machte unter Applaus Bocksprünge hierhin und dahin, bückte sich wie eine Giraffe und erhob drohend die dürren Arme, als man statt der Rubel Schnittlauchbündel und Butter, Quarkbeutel und Würste, Knoblauch, Bananen und Brot nach ihm warf. Auch auf den Milizionär und die Ärztin zielte man mit Eiern, Kohlrabi, Heringen und selbstverfertigten Sprüchen: »Das Weib hat ihn verehrt, beschwert und ein warmes Grab beschert.« So gut es ging versuchte sie, dem Gabenregen zu entgehen, wich den dicksten Brocken aus, duckte sich, kauerte jedoch dann getroffen von Gurken, Tomaten und Kohlköpfen erschöpft nieder. Aber selbst da ließ man nicht von ihr ab. »An der jungen süßen Fotz rinnt herab der alte Rotz!« Der Irre sprang noch immer wie ein gichtiger Bock umher. Doch die Bewegungen seiner Gliedmaßen ermatteten zusehends. »Die Wangen fahl, das Loch zerschunden, ach, der Balg wird sie schon runden!«

Mit hochrotem Kopf stürzte sich der Milizionär auf die Menge und riß blindlings ein Loch in den Wall, der auch ihn geschützt hatte. Im nächsten Augenblick wurde er von einem Dutzend Armen gepackt und emporgehoben. Auch der Irre war schnell eingefangen und geschultert, erwies sich aber bereits als derart entkräftet, daß er von allen Seiten mit Stöcken und Krükken gestützt werden mußte. Den Beutel mit den Geldbällchen leerte man über der Ärztin aus. Danach stieg sie willig einem niedergeknieten Goliath auf die Schultern. Sie war die Galionsfigur des Zuges, der schon die ganze Breite der Fahrbahn einnahm und die Autos wie Hochwasser überspülte. Das Licht der vielen tausend Kerzen hüpfte hin und her und erleuchtete die Gesichter.

Die Ärztin winkte uns zu, verteilte nach allen Seiten Kußhände und lachte plötzlich hell auf. Da erst gewahrte ich die winzige Lücke zwischen ihren Schneidezähnen und erblickte an ihrer Hand den Ring, den sie drehte, bis wieder die Perle oben erschien. Dann sah ich nur noch die Wolkendecke, die tief und graublau über die Stadt zog. Allein im Nordwesten brach ein scharfes, gelbgrünes Licht hervor, genau über der Admiralität, deren in den Himmel schießende Spitze uns die Richtung wies.

IWAN TOPORYSCHKIN ...
Iwan Toporyschkin war eines der Pseudonyme von Daniil
Charms.

ALS DIE KOMMUNISTEN ...
Anspielungen auf die Vita des hl. Nikolaus.

ÜBER GELBEN ...
Hier finden Ausschnitte aus A. Bjelys Roman »Petersburg«
Verwendung. Bis 1991 befand sich in der Isaak-Kathedrale ein
Foucaultsches Pendel, an dem die Drehung der Erde um die
eigene Achse nachgewiesen wurde.

ES VERGING ...
Adaption von Puschkins »Postmeister« aus den »Erzählungen
des verstorbenen Iwan Petrowitsch Bjelkin«.

»ACH DIE ...«
Zitate aus den Tschechow-Dramen »Drei Schwestern«,
»Onkel Wanja«, »Die Möwe«, »Platonow«.

»NEIN, NEIN, ...
Offensichtlich ist der Einfluß von E. T. A. Hoffmanns »Die
Abenteuer der Silvesternacht« aus den »Fantasiestücken in
Callots Manier« für diese Erzählung. Das Motiv der Bilder-
zerstörung gibt insofern Rätsel auf, weil eine gewisse Analogie
zu Vorgängen in einer Berliner Galerie besteht. I. Kabakow
hat darüber berichtet.

WAR DAS ...
In Nabokovs »Maschenka« schult Ganin seinen Willen, indem

er nachts aufsteht und seine Zigarettenkippe in einen Briefkasten wirft. Im Schlußteil konnte die Bezugnahme auf folgende Werke Welimir Chlebnikows nachgewiesen werden: »Zangesi«, »Die Götter«, »Lautschriften 1922«, »Perun«.

DA IST JA ...
Das Liedchen von »Dunja« findet sich in einer ähnlichen Variante in Bulgakows »Die Weiße Garde«.

Michael Ondaatje im dtv

»Das kann Ondaatje wie nur wenige andere:
den Dingen ihre Melodie entlocken.«
*Michael Althen in der
›Süddeutschen Zeitung‹*

In der Haut eines Löwen
Roman · dtv 11742
Kanada in den zwanziger
und dreißiger Jahren. Ein
Land im Aufbruch, wo
mutige Männer und
Frauen gefragt sind, die zu-
packen können und ihre
Seele in die Haut eines
Löwen gehüllt haben.
»Ebenso spannend wie
kompliziert, wunderbar
leicht und höchst erotisch.«
(Wolfgang Höbel in der
›Süddeutschen Zeitung‹)

Es liegt in der Familie
dtv 11943
Die Roaring Twenties auf
Ceylon. Erinnerungen an
das exzentrische Leben,
dem sich die Mitglieder
der Großfamilie Ondaatje
hingaben, eine trinkfreu-
dige, lebenslustige Gesellschaft...

Der englische Patient
Roman · dtv 12131
1945, in den letzten Tagen
des Krieges. Vier Men-
schen finden in einer tos-
kanischen Villa Zuflucht.
Im Zentrum steht der ge-
heimnisvolle »englische
Patient«, ein Flieger, der
in Nordafrika abgeschos-
sen wurde... »Ein exoti-
scher, unerhört inspirier-
ter Roman der Leiden-
schaft. Ich kenne kein
Buch von ähnlicher
Eleganz.« (Richard Ford)

Buddy Boldens Blues
Roman · dtv 12333
Er war der beste, lauteste
und meistgeliebte Jazzmu-
siker seiner Zeit: der Kor-
nettist Buddy Bolden, der
Mann, von dem es heißt,
er habe den Jazz erfunden.

dtv